W0204563

Slammed

COLLEEN
HOOVER

Slammed

1

Sans regret

Traduit de l'anglais (États-Unis)
par Cécile Tasson

J'AI LU

Déjà paru sous le titre :
Indécent

Titre original
SLAMMED

Éditeur original
Atria, a division of Simon & Schuster, Inc.

© Colleen Hoover, 2012

Pour la traduction française
Éditions J'ai lu, 2014

Pour la présente édition
© Éditions J'ai lu, 2023

Je dédie ce livre aux Avett Brothers,
dont les chansons m'ont toujours inspirée :
« Décide qui tu veux être et lance-toi. »

Première partie

1

Je suis perdu au milieu de nulle part.
Peux-tu me rendre un quelque part ?

The Avett Brothers, « Salina »

Je charge avec Kel les deux derniers cartons dans le fourgon de déménagement, puis referme le coffre et le verrouille sur dix-huit années de souvenirs dont mon père a fait partie.

Il est mort il y a six mois. Depuis, l'eau a suffisamment coulé sous les ponts pour que Kel, mon frère de neuf ans, ne fonde pas en larmes chaque fois qu'on parle de lui. Cependant, nous nous sommes retrouvés confrontés aux problèmes financiers d'une famille monoparentale, une famille qui ne peut plus se permettre de vivre au Texas, dans le seul chez-nous qu'on ait jamais connu.

— Lake, arrête de bouder, dit ma mère en me tendant les clés de la maison. Je suis sûre que tu vas adorer le Michigan.

Elle ne m'appelle jamais par le prénom qu'elle a choisi d'écrire sur mon acte de naissance. Mon père et elle se sont disputés pendant neuf mois à ce sujet. Elle aimait « Layla » à cause de la chanson d'Eric Clapton. Mon père préférait « Kennedy » à cause d'un Kennedy. « On se fout de savoir quel Kennedy, disait-il. Je les aime tous ! »

J'avais déjà trois jours quand l'hôpital les a forcés à se décider. Ils se sont alors mis d'accord pour prendre les trois premières lettres de chaque prénom et en tirer un compromis : Layken. Mais ni l'un ni l'autre ne m'a jamais appelée ainsi.

— Maman, arrête de croire aux miracles, je rétorque en imitant sa voix. Je vais détester le Michigan.

Ma mère a toujours eu le don de faire passer un sermon entier en un seul regard. Une fois encore, elle n'hésite pas à s'en servir.

Je remonte les marches du perron pour jeter un dernier coup d'œil dans chaque pièce avant de fermer définitivement la porte. Elles sont toutes vides et tristes. Je n'ai pas l'impression d'avancer dans la maison où j'ai vécu depuis ma naissance. Les six derniers mois se sont résumés à une déferlante d'émotions, toutes négatives. Ce déménagement était inévitable. Je le comprends à présent. Je pensais simplement qu'on sauterait le pas *après* mon année de terminale.

Je me tiens dans la cuisine qui n'est maintenant plus la nôtre quand j'aperçois une petite barrette en plastique violet sous le placard où se trouvait le frigo. Je la ramasse, retire la poussière dessus et la fais glisser entre mes doigts. « Ça repousse », m'avait dit mon père.

J'avais cinq ans. Ma mère avait laissé traîner des ciseaux sur le bord du lavabo dans la salle de bains. Apparemment, j'ai eu la réaction classique de tous les enfants de mon âge : je me suis coupé les cheveux.

— Maman va se fâcher très fort ! avais-je dit en pleurant.

En passant à l'acte, je croyais qu'ils repousseraient tout de suite et que personne ne s'en rendrait compte. J'ai passé une bonne heure devant le miroir à attendre que la magie opère. Au bout d'un moment, j'ai fini par ramasser ma mèche en me demandant comment j'allais pouvoir la recoller, ni vu, ni connu, et je me suis mise à pleurer.

Quand mon père est entré dans la salle de bains et a vu ce que j'avais fait, il a rigolé et m'a soulevée pour m'asseoir sur le meuble.

— Maman ne s'apercevra de rien, Lake, m'a-t-il promis en attrapant quelque chose dans le tiroir du placard. Ça tombe bien, j'ai un instrument magique avec moi. (Il a ouvert la main et m'a montré une barrette violette.) Tant que tu auras ceci dans les cheveux, Maman n'y verra que du feu. (Il a recoiffé mes cheveux coupés et les a attachés ensemble avec la barrette. Après quoi, il m'a fait me retourner pour que je m'admire dans le miroir.) Tu vois ? C'est comme neuf !

En observant notre reflet, j'ai eu l'impression d'être la fille la plus chanceuse du monde. Personne d'autre autour de moi n'avait un papa qui possédait des barrettes magiques.

Je l'ai portée tous les jours pendant deux mois. Ma mère ne m'a jamais fait la moindre réflexion. Avec le recul, j'ai compris que mon père l'avait mise dans la confidence. Mais à cinq ans, j'étais persuadée qu'il s'agissait de magie.

Je ressemble davantage à ma mère qu'à lui. Nous sommes toutes les deux de taille moyenne. Après deux grossesses, elle a du mal à rentrer dans mes jeans, mais on arrive à s'échanger tout le reste. Nos cheveux sont châtains, raides ou bouclés selon le temps qu'il fait. Ses yeux émeraude sont plus intenses que les miens, peut-être parce que sa peau blanche les fait ressortir.

En revanche, les choses les plus importantes, je les ai prises du côté de mon père. On avait le même humour pince-sans-rire, le même caractère, le même amour de la musique, le même rire. Kel, c'est le contraire. Physiquement, il ressemble à notre père, avec ses cheveux blond foncé et ses traits fins. Il est petit, pour son âge, mais il se rattrape avec sa personnalité.

Je me dirige vers le robinet avec la barrette et fais couler l'eau sur treize ans de poussière accumulée. Je la retire du bout du pouce. Kel entre dans la cuisine à reculons pendant que je m'essuie les mains sur mon jean. Il est bizarre comme gamin, mais je l'adore. Il aime beaucoup un jeu qui s'appelle « les jours à l'envers ». Il passe alors la journée à marcher à reculons, à parler à l'envers, et demande même le dessert en premier lors des repas. Je suppose qu'étant donné notre différence d'âge et l'absence de cousins autour de lui, il faut bien qu'il trouve comment s'occuper.

— Dépêcher te de dit te Maman, Layken, dit-il à l'envers.

Après avoir glissé la barrette dans la poche de mon jean, je me dirige vers la porte d'entrée et verrouille la maison pour la toute dernière fois.

*

* *

Les jours suivants, ma mère et moi nous relayons pour conduire le fourgon et ma Jeep. On ne s'arrête que deux fois en route pour dormir à l'hôtel. Kel alterne, lui aussi. Le dernier jour, il monte avec moi dans le fourgon. On termine les neuf heures épuisantes qu'il nous reste pendant la nuit, en ne faisant qu'une seule pause au milieu. Arrivés aux abords d'Ypsilanti, notre nouvelle ville, j'observe le paysage. On est en septembre, pourtant, j'ai mis le chauffage. Il faut vraiment que je refasse ma garde-robe.

Lorsque je tourne à droite, dans notre rue, le GPS m'informe que j'ai « atteint ma destination ».

— Ma destination.

J'éclate de rire. Le GPS sait que dalle.

L'impasse n'est pas très longue. Il y a huit maisons de plain-pied de chaque côté de la route. Un panier de basket dans une allée me fait espérer un compagnon de jeu pour Kel. En toute honnêteté, le voisinage a l'air sympa. Les pelouses sont entretenues, les trottoirs sont propres, mais le tout est trop bétonné. Bien trop bétonné. J'ai déjà le mal du pays.

Comme le propriétaire nous a envoyé des photos de la maison, je reconnais immédiatement la nôtre. Elle est petite. Toute petite. Au Texas, on avait un ranch avec des hectares de terrain. La cour minuscule qui entoure celle-ci est essentiellement composée de bitume et de nains de jardin. La porte principale s'ouvre. J'aperçois un homme, sûrement notre nouveau propriétaire, qui sort et nous fait signe.

Je dépasse la maison de quelques mètres pour pouvoir entrer dans l'allée en marche arrière, de façon à ce que le coffre du fourgon soit directement devant la porte. Mais avant d'enclencher la vitesse, je secoue Kel pour le réveiller. Il dort depuis l'Indiana.

— Kel, réveille-toi, je lui murmure. On est arrivés.

Il étire ses jambes en bâillant, puis colle son front à la vitre pour observer notre nouveau chez-nous.

— Regarde ! Il y a un enfant dans le jardin ! s'exclame-t-il. Tu crois qu'il habite dans notre maison ?

— Je ne lui souhaite pas. C'est sûrement un voisin. Descends et va lui dire bonjour pendant que je recule.

Quand le fourgon est garé correctement, je mets le levier de vitesses au point mort, remonte les vitres et coupe le moteur. Ma mère se range à côté avec ma Jeep et je la regarde sortir pour saluer le propriétaire. Je m'enfonce un peu plus dans mon siège et pose les pieds sur le tableau de bord. Kel et son nouvel ami jouent avec des épées invisibles dans la rue. Je suis jalouse de lui, jalouse qu'il accepte aussi facilement ce déménagement, jalouse de me retrouver dans le rôle de l'enfant capricieuse.

Au début, c'est vrai qu'il s'est mis en colère, mais surtout parce qu'il était en pleine saison de tournois avec son équipe de baseball. Ses copains vont lui manquer. Heureusement, à neuf ans, notre meilleur ami est souvent imaginaire et vit de l'autre côté de l'Atlantique. Ma mère l'a convaincu en lui promettant qu'ici, il pourrait s'inscrire au hockey, chose impossible au Texas. C'est difficile de trouver ce genre de sport dans le Sud rural. Après ça, il s'est montré très enthousiaste et motivé pour venir habiter dans le Michigan.

Je comprends pourquoi nous avons dû déménager. En tant que directeur d'un magasin de peinture, mon père gagnait bien sa vie. Ma mère, elle, travaillait de temps en temps comme infirmière quand c'était nécessaire, mais sinon, elle s'occupait de la maison et de nous. Un mois après que mon père nous a quittés, elle a trouvé un emploi à plein temps. Le stress provoqué par le décès et par le fait d'être devenue le seul chef de famille lui a miné la santé.

Un soir, pendant le dîner, elle nous a expliqué qu'il ne lui restait pas suffisamment d'argent pour payer les factures et les remboursements d'emprunt. Elle nous a dit avoir trouvé un boulot avec un meilleur salaire, mais qu'il fallait déménager. Brenda, une vieille amie de lycée, lui avait offert un poste. Elles ont grandi ensemble à Ypsilanti, la ville natale de ma mère, pas loin de Detroit. Ce travail est beaucoup mieux payé que ce qu'on lui proposait au Texas, elle n'a pas pu refuser. Je ne lui en veux pas. Mes grands-parents sont morts. Elle n'a personne sur qui se reposer. Je comprends… mais comprendre une situation ne la rend pas plus facile pour autant.

— Layken, tu es morte ! crie Kel derrière la vitre baissée. (Il brandit une épée imaginaire contre mon cou, s'attendant à ce que je m'effondre sur mon siège, mais je me contente de lever les yeux au ciel.) Je t'ai poignardée ! Tu es censée mourir ! dit-il.

— Fais-moi confiance, je suis déjà morte, marmonné-je en ouvrant la portière pour descendre.

Kel a baissé les épaules et fixe le sol, son épée imaginaire oubliée contre son flanc. À quelques pas, son nouvel ami a l'air tout aussi déçu. Je regrette aussitôt de lui avoir transmis ma mauvaise humeur.

— Je suis déjà morte, dis-je avec ma plus belle voix de monstre. Parce que je suis un zombie !

Ils se mettent à crier tandis que je tends les bras en avant et penche la tête sur le côté en gargouillant.

— Cerveaux ! je grommelle en les poursuivant sans plier les genoux. Cerveaux !

Je fais lentement le tour du fourgon, les bras tendus devant moi quand, tout à coup, j'aperçois quelqu'un qui saisit mon frère et son nouvel ami par le col.

— Attrape-les ! s'exclame l'inconnu sous les hurlements des garçons.

Il semble légèrement plus vieux que moi et beaucoup plus grand. La plupart des filles diraient sûrement qu'il est sexy, mais je ne suis pas la plupart des filles. Les garçons se débattent. Il fait de son mieux pour les retenir. Ses muscles se bandent sous son tee-shirt.

Contrairement à Kel et moi, il ne fait aucun doute que ces deux-là sont frères. L'âge mis à part, ils sont absolument identiques. Ils ont tous deux le teint hâlé et des cheveux noirs de jais coupés court. L'aîné rit lorsque Kel réussit à se libérer et l'attaque avec son « épée ». Quand il lève la tête vers moi et articule les mots « à l'aide », je me rends compte que je suis figée dans ma pose de zombie.

Ma première réaction consisterait à ramper jusqu'au fourgon et à me cacher pour le restant de mes jours. Au lieu de quoi, je recommence à crier « cerveaux » et me jette sur le garçon en faisant semblant de le mordre. J'attrape ensuite Kel et son ami et les chatouille jusqu'à ce qu'ils tombent sur le trottoir.

Lorsque je me relève, le grand frère me tend la main.

— Salut, je m'appelle Will. On habite de l'autre côté de la rue, précise-t-il en désignant la maison d'en face.

Je lui rends sa poignée de main.

— Moi, c'est Layken, et je suppose que je vis ici, dis-je en jetant un coup d'œil derrière moi.

Il sourit. Comme aucun de nous ne sait comment continuer, on reste ainsi un certain temps. Je déteste ce genre de moments embarrassants.

— Eh bien, bienvenue à Ypsilanti ! me souhaite-t-il. (Il ôte sa main de la mienne et la glisse dans la poche de sa veste.) Vous venez d'où ?

— Du Texas ?

Je ne sais pas pourquoi j'ai fait de ma réponse une question. Je ne sais pas non plus pourquoi j'en fais tout un plat. Ni pourquoi je réfléchis au fait que j'en fasse tout un plat. Je rougis. Ça doit être à cause du manque de sommeil que j'ai accumulé en trois jours.

— Du Texas ? répète-t-il.

Il se balance d'avant en arrière. Comme je n'ajoute rien, un silence gêné s'installe entre nous. Il jette un coup d'œil à son frère et se penche pour l'attraper par les chevilles.

— Il faut que j'accompagne ce petit gars à l'école, reprend-il en le hissant sur ses épaules. Une vague de froid devrait arriver cette nuit. Tu ferais mieux de décharger le maximum de choses aujourd'hui. Elle est censée durer plusieurs jours. Si vous avez besoin d'aide cet après-midi, faites-le-moi savoir. On sera rentrés vers 16 heures.

— OK, merci, lui dis-je.

Ensemble, ils traversent la rue et je les suis du regard jusqu'à ce que Kel me poignarde dans le dos. Alors, je tombe à genoux, enroule mes bras autour de mon ventre et m'affale. Kel s'assied sur moi pour m'achever. Quand je jette un coup d'œil en face, je surprends Will qui nous observe. Il claque la portière de son frère et nous fait signe avant de partir.

Décharger les cartons et les meubles nous prend presque toute la journée. Le propriétaire nous aide à porter les choses les plus lourdes que ma mère et moi n'arrivons pas à soulever. Trop fatiguées pour enchaîner avec les affaires de la Jeep, nous décidons de nous en occuper demain. Une fois le fourgon vide, je ressens une légère déception. Maintenant, je n'ai plus aucune excuse pour demander un coup de main à Will.

Après avoir monté mon lit, je récupère les cartons portant mon nom dans l'entrée. J'en défais une grande partie et trouve des draps propres par la même occasion. Soudain, je m'aperçois que les meubles projettent leurs ombres sur les murs. Je jette un coup d'œil par la fenêtre. Le soleil se couche. Soit les jours sont plus courts ici, soit j'ai perdu la notion du temps.

Dans la cuisine, je trouve Kel et ma mère en train de ranger la vaisselle dans les placards. Je m'assieds sur l'une des six chaises hautes près du bar faisant aussi office de table pour pallier le manque de place. Il n'y a pas grand-chose dans cette maison. Quand on passe la porte d'entrée, on tombe sur un petit hall, puis un salon. Ce dernier est séparé de la cuisine par un couloir à gauche et une fenêtre à droite. Sa moquette beige est bordée de parquet qui s'étend ensuite dans toute la maison.

— Tout est très propre, ici, dit ma mère en rangeant la vaisselle. Je n'ai pas vu le moindre insecte.

Au Texas, il y a plus d'insectes que de brins d'herbe. Quand on n'est pas en train de chasser des mouches, c'est qu'on est occupé à tuer des guêpes.

— Le Michigan a au
pose.

J'ouvre le carton à pizz
ce qu'elle a commandé.

— Un seul avantage,
un clin d'œil en se pench
attrape une part aux pe
dedans.) Moi, je dirais qu

Je fais semblant de ne p

— Je t'ai vue parler av
continue-t-elle avec un sou

— Oh pitié, Maman. (J
indifférent que possible.) Je suis certaine que tu vas vite te rendre compte que le Texas n'est pas le seul État où résident les spécimens masculins de notre espèce.

Je me dirige vers le frigo et en sors un soda.

— Ça veut dire quoi « réssider » ? me demande Kel.

— Résider, je le corrige. Ça veut dire : occuper, habiter, loger, peupler, séjourner, vivre.

Mes cours de préparation à l'entrée aux universités commencent à porter leurs fruits.

— Donc on désside à Ypsilanti, alors ?

— Réside, je rectifie une fois encore. (Je termine ma tranche de pizza et bois une gorgée de soda.) Je suis crevée. Je vais me coucher.

— Tu veux dire que tu vas résider dans ta chambre ?

— Tu apprends vite, petit scarabée.

Je me penche pour l'embrasser sur le front, puis je regagne ma chambre.

Je prends un plaisir fou à me glisser sous les couvertures. Au moins, mon lit, lui, est toujours le même. Je ferme les yeux en essayant de m'imaginer dans mon ancienne chambre. Ma vieille chambre [illegible]s draps et les oreillers sont glacés. [illegible]verture sur mon visage pour générer [illegible]haleur. Note à moi-même : repérer le [illegible]t dès mon réveil.

[illegible]est exactement ce à quoi je m'emploie en me [illegible]vant, lorsque mes pieds touchent le parquet gelé. J'attrape un pull dans mon placard et le mets par-dessus mon pyjama tout en cherchant une paire de chaussettes. C'est peine perdue. Je me dirige alors dans le couloir où je marche sur la pointe des pieds pour ne réveiller personne et éviter un contact trop franc avec le sol. En passant devant la chambre de Kel, j'aperçois ses chaussons Dark Vador par terre. Je me faufile à l'intérieur et les enfile. Enfin au chaud, je peux maintenant me rendre dans la cuisine tranquille.

Je cherche la cafetière partout, en vain. Je me rappelle alors l'avoir rangée dans la Jeep : pas de bol, la voiture en question est garée dehors. Dans ce froid incroyable.

Les manteaux ne sont pas là non plus. Au Texas, on en met rarement en septembre. J'attrape les clés, décidée à faire un rapide aller-retour jusqu'à la Jeep. Quand j'ouvre la porte, une sorte de substance blanche recouvre le jardin. Il me faut quelques secondes pour comprendre de quoi il s'agit. De la neige ? En septembre ? Je m'accroupis et en ramasse une poignée pour l'examiner. Il ne neige pas souvent au Texas et, quand ça arrive, ce n'est pas de la neige comme celle-ci. Elle ressemble à de petites billes de grêle dures comme de la pierre. Celle du Michigan, en revanche, est la neige comme on se l'imagine : molle, poudreuse et *gelée* ! Je la fais tomber et m'essuie les mains sur mon pull avant d'avancer vers la Jeep.

Je ne vais pas très loin. À la seconde où les chaussons Dark Vador rencontrent la neige, la voiture sort de mon champ de vision. Je me retrouve allongée sur le dos, les yeux rivés sur le ciel bleu. Je ressens tout de suite une douleur à l'épaule droite, et je comprends que j'ai atterri sur quelque chose de dur. En fouillant un peu, je mets la main sur un nain de jardin. La moitié de son chapeau rouge est tombée en morceaux. Il est en train de me sourire. Je grogne et soulève le gnome avec mon autre bras, prête à le balancer au loin, mais quelqu'un m'en empêche.

— Si j'étais toi, je ne ferais pas ça !

Je reconnais tout de suite la voix de Will. C'est une voix agréable, apaisante, mais autoritaire en même temps, comme l'était celle de mon père. Je me redresse en position assise. Il est en train de remonter l'allée vers moi.

— Ça va ? me demande-t-il en riant.

— Je me sentirai beaucoup mieux quand j'aurai éclaté ce truc, dis-je en essayant de me lever, sans succès.

— Tu ne devrais pas faire ça, les gnomes portent chance, m'explique-t-il en arrivant à côté de moi.

Il me prend le nain des mains et le pose avec soin sur l'herbe couverte de neige.

— Mouais, rétorqué-je en regardant la balafre sur mon bras et le cercle rouge qui s'étend sur la manche de mon pull. Quelle chance !

Will arrête de rire dès qu'il s'aperçoit que je saigne.

— Mon Dieu, excuse-moi. Je n'aurais jamais osé me moquer si j'avais su que tu étais blessée. (Il se penche, m'attrape par mon bras valide et m'aide à me lever.) Il faut que tu mettes un pansement là-dessus.

— Je ne sais même plus où chercher, répliqué-je en pensant à tous les cartons qu'il nous reste à déballer.

— Alors viens avec moi. J'en ai dans ma cuisine.

Il retire sa veste pour la poser sur mes épaules et, tout en me tenant le bras, il m'aide à traverser la rue. Je me sens un peu pathétique d'être assistée ainsi. Je peux très bien marcher toute seule. Mais je ne me plains pas. J'ai l'impression de trahir le mouvement féministe. J'ai régressé à l'état de damoiselle en détresse.

Une fois à l'intérieur, je pose sa veste sur le dossier du canapé avant de le suivre dans la cuisine. Il fait très sombre. Je suppose que tout le monde dort encore. Sa maison est plus grande que la nôtre. Les pièces sont ouvertes comme chez nous, mais le salon a l'air plus spacieux. Une large baie vitrée devant laquelle se trouve un banc aux coussins moelleux donne sur le jardin.

Plusieurs photos de famille sont accrochées au mur en face de la cuisine. La plupart représentent Will et son petit frère. D'autres montrent également leurs parents. Je les contemple pendant que Will cherche les pansements. Les deux frères ont sûrement hérité des gènes de leur père. Sur le cliché le plus récent, qui semble déjà dater de quelques années, il a passé les bras autour de ses enfants et les serre l'un contre l'autre pour une séance photo impromptue. Ses cheveux noirs de jais sont parsemés de mèches grises, et une moustache épaisse surplombe son sourire éclatant. Ses traits sont identiques à ceux de Will. Ils ont tous deux des yeux rieurs et des dents blanches parfaites.

La mère de Will est magnifique. Elle a de longs cheveux blonds et paraît grande. Pourtant, je n'arrive pas à trouver de ressemblance avec ses fils. Peut-être que Will a pris son caractère. Les photos accrochées au mur montrent une différence radicale entre leur maison et la nôtre : c'est leur foyer.

J'entre dans la cuisine et m'assieds au bar.

— Il faut nettoyer la plaie avant de mettre le pansement, dit-il en remontant ses manches et en ouvrant le robinet.

Il porte une chemise jaune pâle, légèrement transparente sous la lampe de la cuisine, qui révèle les contours de son sous-pull. Il a les épaules carrées. Les manches serrent ses bras musclés. Sa tête arrive à la hauteur des placards. En les comparant à ceux de chez nous, j'en déduis qu'il mesure environ quinze centimètres de plus que moi. J'observe les motifs de sa cravate, rejetée sur son épaule pour ne pas la mouiller, lorsqu'il ferme l'eau et marche vers le bar. Le rouge aux joues, je lui prends le linge humide des mains. Je ne suis pas très fière de la façon dont je le reluque.

— C'est bon, dis-je en relevant ma manche. Je peux le faire toute seule.

Il ouvre un pansement pendant que je nettoie le sang de ma blessure.

— Qu'est-ce que tu faisais dehors, en pyjama, à 7 heures du matin ? me demande-t-il. Vous n'avez pas fini de décharger ?

Je secoue la tête et jette la serviette à la poubelle.

— Café.

— Oh. Toi, tu n'es pas du matin.

Ça ressemble plus à une affirmation qu'à une question.

Quand il s'approche de moi pour poser le pansement sur ma plaie, je sens son souffle contre mon cou. Je me frotte les bras pour dissimuler ma soudaine chair de poule. Il colle le pansement sur mon épaule et le tapote.

— Voilà. Comme neuf ! dit-il.

— Merci. Et je suis du matin, rétorqué-je. Quand j'ai bu mon café.

Je me lève et regarde ma blessure. En réalité, je fais semblant d'examiner le pansement tout en réfléchissant à la meilleure façon d'agir. Je pourrais partir tout de suite, mais ce serait impoli vu qu'il vient juste de m'aider. Si j'attends qu'il me fasse la conversation, en revanche, je risque d'avoir l'air stupide et de m'incruster. Je ne comprends vraiment pas pourquoi je me prends autant la tête quand je suis avec lui. Après tout, c'est un « résident » comme les autres !

Lorsque je me retourne, il est en train de préparer une tasse de café. Il me l'apporte jusqu'au bar.

— Tu veux du lait ou du sucre ?

Je secoue la tête.

— Je le bois noir, merci.

Appuyé sur le bar, il m'observe pendant que je bois. Ses yeux sont exactement de la même couleur que ceux de sa mère sur la photo. Finalement, il a hérité de quelque chose d'elle. Il sourit, puis rompt notre échange visuel pour regarder sa montre.

— Il faut que j'y aille. Mon frère m'attend dans la voiture et je dois aller travailler, dit-il. Je te raccompagne. Tu peux garder la tasse.

J'observe la tasse en question avant d'avaler une autre gorgée. Il y est écrit : Le Meilleur Papa du Monde. Mon père avait la même à la maison.

— Je vais m'en sortir, le rassuré-je en me dirigeant vers la porte. Je crois que j'ai compris comment marcher debout.

Il me suit à l'extérieur et referme la porte derrière lui. Il insiste pour que je prenne sa veste. Je la passe sur mes épaules, le remercie et traverse la route.

— Layken ! crie-t-il alors que je suis sur le point de rentrer chez moi.

Je me retourne vers lui. Il se tient dans son allée.

— Que la force soit avec toi !

Hilare, il monte en voiture, et moi, je reste plantée là à regarder mes chaussons Dark Vador. Tout va bien.

Le café m'aide à me réveiller. Je repère le thermostat et, à midi, la maison commence enfin à se réchauffer. Ma mère et Kel sont allés à la préfecture mettre toutes les factures à notre nom. Je me retrouve toute seule avec les cartons restants, sans compter ceux qui sont dans la Jeep. J'en vide deux ou trois, puis décide qu'il est grand temps de prendre une douche. Cela fait trois jours que je ne me suis pas occupée de moi.

Une fois sortie, je m'enveloppe dans une serviette et penche mes cheveux en avant pour les sécher. Je pointe ensuite le séchoir vers le miroir pour ôter un rond de buée et pouvoir me maquiller. Mon bronzage commence déjà à disparaître. Je n'aurai pas l'occasion de me faire dorer la pilule ici, alors autant m'habituer à un teint plus pâle.

Je coiffe mes cheveux en queue-de-cheval et m'applique un peu de gloss et de mascara. Inutile de mettre du blush : entre la météo et mes brèves rencontres avec Will, mes joues gardent une teinte rouge constante.

Ma mère et Kel sont repassés rapidement à la maison pendant que j'étais dans la salle de bains. Ils m'ont laissé un mot pour me dire qu'ils suivaient Brenda en ville pour aller rendre le fourgon. Il y a trois billets de vingt sur le bar et une liste de courses. J'attrape le tout et rejoins ma Jeep, avec succès, cette fois.

En reculant la voiture, je me rends soudain compte que j'ignore complètement où aller. Je ne connais rien dans cette ville. Je ne sais même pas si je dois tourner à droite ou à gauche après ma propre rue. Le petit frère de Will joue dans leur jardin. Je me gare près du trottoir et baisse ma vitre.

— Hé ! Viens voir une seconde ! je lui crie.

Il me contemple d'un air hésitant. Peut-être qu'il croit que je vais me retransformer en zombie. Il avance vers moi, mais s'arrête à un mètre de la portière.

— Comment est-ce qu'on va au supermarché le plus proche ?

Il lève les yeux au ciel.

— Tu me demandes ça à moi ? J'ai neuf ans.

OK. Donc la ressemblance avec son frère s'arrête au physique.

— Merci quand même, lui dis-je. Comment tu t'appelles, au fait ?

Il me lance un sourire taquin avant de brailler :

— Dark Vador !

Il rit et s'éloigne de la Jeep en courant.

Dark Vador ? Je comprends soudain sa réponse. Il se moque des chaussons que je portais ce matin. Ce n'est pas très grave. Par contre, ça veut dire que son frère lui a parlé de moi. Je ne peux m'empêcher d'imaginer leur conversation et ce que Will pense de moi. Enfin, s'il lui arrive de penser à moi.

Je ne sais pas pourquoi, mais il occupe anormalement mes pensées depuis hier. Je n'arrête pas de me demander quel âge il a, ce qu'il étudie, s'il est célibataire...

Heureusement, je n'ai pas laissé de petit ami au Texas. Ça fait presque un an que je ne suis sortie avec personne. Entre le lycée, mon boulot d'étudiante et l'équipe de Kel que j'aidais de temps en temps, il ne me restait pas beaucoup de temps pour les garçons. Cela va me changer de passer d'un emploi du temps de ministre à une absence totale de vie sociale.

J'ouvre la boîte à gants pour prendre mon GPS.

— Si j'étais toi, je ne ferais pas ça, me dit Will.

Je relève la tête. Il est en train de marcher en direction de la voiture. Je fais de mon mieux pour réprimer le sourire qui menace d'étirer mes lèvres.

— Pas quoi ?

Le GPS accroché à sa base, je le branche ensuite à l'allume-cigare.

Will s'appuie contre la fenêtre, les bras croisés.

— Il y a des travaux partout en ce moment. Tu vas te perdre avec ce machin.

Je suis sur le point de répondre quand Brenda et ma mère s'arrêtent à notre hauteur. Brenda baisse sa vitre et ma mère s'appuie sur elle pour me parler.

— N'oublie pas de prendre de la lessive. Je ne sais plus si je l'ai marqué sur la liste. Et du sirop pour la toux. Je crois que je couve quelque chose, dit-elle par la fenêtre.

Kel sort de la voiture en courant pour rejoindre le frère de Will et l'inviter à venir visiter la maison.

— Je peux ? demande-t-il à Will.

— Bien sûr, répond celui-ci en ouvrant ma portière côté passager. Je reviens tout de suite, Caulder. J'emmène Layken au supermarché.

Depuis quand ? Je jette un coup d'œil dans sa direction pendant qu'il boucle sa ceinture.

— Je ne suis pas très doué pour donner des instructions. Ça te dérange si je t'accompagne ?

— Je suppose que non.

Je ris.

Je me tourne vers Brenda et ma mère, mais elles sont déjà garées devant chez nous. Je passe la première et me laisse guider par Will.

— Alors comme ça, ton petit frère s'appelle Caulder ? dis-je en essayant de lui faire la conversation.

— Le seul et l'unique. Mes parents ont essayé pendant des années d'avoir un autre enfant après moi. Caulder est arrivé quand les prénoms comme Will n'étaient plus à la mode.

— J'aime bien ton nom.

Je regrette mes paroles dès qu'elles franchissent mes lèvres. On dirait que j'essaie de le draguer.

Il rit. J'aime beaucoup son rire. Et ça m'énerve.

Je sursaute en le sentant toucher mon cou. Ses doigts glissent sous mon pull pour dévoiler mon épaule.

— Tu vas bientôt avoir besoin d'un nouveau pansement.

Il remonte mon vêtement. Sa main laisse une traînée de feu sur ma peau.

— Rappelle-moi d'en acheter au magasin, dis-je en faisant comme si ses paroles et ses actes n'avaient aucun effet sur moi.

— Alors, Layken. (Il s'interrompt et jette un coup d'œil aux cartons toujours entassés à l'arrière.) Parle-moi un peu de toi.

— Euh, non. C'est vraiment trop cliché.

Il éclate de rire.

— D'accord. Je vais trouver tout seul.

Il se penche et appuie sur le bouton « eject » de ma radio. Ses mouvements sont fluides, comme s'il avait fait ça toute sa vie. Je l'envie. Je n'ai jamais été gracieuse.

— Tu sais, on peut dire beaucoup de choses sur une personne en fonction de la musique qu'elle écoute. (Il sort le CD et examine l'étiquette.) Les conneries de Layken ? lit-il à voix haute avec un air amusé. C'est dépréciateur ou possessif ?

— Je n'aime pas que Kel touche à mes affaires, tu vois ?

Je lui prends le CD des mains et le remets dans le lecteur.

Quand le son du banjo résonne dans les enceintes à plein volume, je suis aussitôt embarrassée. Je viens du Texas. Je ne voudrais pas qu'il croie que j'écoute de la country. S'il y a bien une chose qui ne me manque pas, c'est ça. Je baisse le son, mais il m'attrape la main pour protester.

— Mets plus fort, je connais, dit-il sans suspendre son geste.

Comme mes doigts sont toujours sur le bouton, je remonte le volume. Il ne peut pas connaître cette chanson, ce n'est pas possible. Je suis sûre qu'il bluffe. C'est sa façon maladroite à lui de flirter.

— Ah oui ? (Je rentre dans son jeu.) Comment ça s'appelle, alors ?

— C'est les Avett Brothers, répond-il. Je l'appelle « Gabriella », mais je crois que c'est une des chansons de la série « Pretty girl ». J'adore les guitares électriques à la fin.

Sa réponse m'a complètement désarçonnée. Il n'a pas menti.

— Tu aimes les Avett Brothers ?

— Je les adore. Ils ont fait un concert à Detroit l'année dernière. C'était le meilleur live de toute ma vie.

Une montée d'adrénaline se répand dans mon corps lorsque je remarque qu'il tient toujours ma main au-dessus du bouton du volume. J'aime cette sensation, mais je m'en veux de réagir ainsi. Ce n'est pas la première fois qu'un garçon me fait cet effet. D'habitude, je suis beaucoup moins vulnérable aux gestes anodins comme celui-là.

Il se rend compte que j'ai prêté attention à nos doigts enlacés. Il ôte les siens et les frotte sur son pantalon. On dirait que c'est un tic nerveux. Je me demande s'il est aussi gêné que moi.

En général, j'écoute de la musique peu connue du grand public. Il est rare que je rencontre des gens ayant entendu parler de la moitié de mes groupes favoris. Les Avett Brothers sont mes préférés d'entre tous.

Avec mon père, on passait des nuits entières à chanter leurs chansons pendant qu'il essayait de jouer les accords à la guitare. Une fois, il a tenté de leur donner une définition. Il m'a dit :

— Lake, on peut dire d'un groupe qu'il a du talent quand ses imperfections définissent la perfection.

J'ai fini par comprendre ce qu'il entendait par là lorsque j'ai commencé à les écouter pour de vrai. Faux accords de banjo, riff passionné qui mène à une erreur de tempo, des voix douces qui deviennent rocailleuses et se transforment en cri en un seul couplet. Tous ces détails ajoutent de la matière, du caractère, de la crédibilité à leur musique.

Quand mon père est mort, ma mère m'a donné en avance le cadeau qu'il avait prévu pour mes dix-huit ans : deux places pour le concert des Avett Brothers. J'ai fondu en larmes en pensant à la joie qu'il aurait eue à me les offrir lui-même. Je sais qu'il aurait voulu que je les utilise, mais j'en ai été incapable. Le concert avait lieu quelques semaines après son décès. Je n'en aurais pas profité. Pas de la même façon que s'il avait été avec moi.

— Je les aime aussi, je lui réponds d'une voix tremblante.

— Tu les as déjà vus en concert ? me demande Will.

J'ignore pourquoi mais, au fil de la discussion, je finis par lui raconter toute l'histoire avec mon père. Il m'écoute attentivement et m'interrompt seulement pour me dire quand tourner. Je lui parle de notre passion pour la musique. Je lui parle de sa mort soudaine, complètement inattendue, à la suite d'une crise cardiaque. Je lui parle de mon cadeau d'anniversaire et du concert auquel on n'est jamais allés. Je ne sais pas ce qui me prend. Je suis incapable de stopper le flot de paroles qui s'échappe de ma bouche. Je ne divulgue jamais ce genre d'informations aussi facilement, surtout à quelqu'un que je connais à peine. Surtout à un garçon que je connais à peine. Je suis encore en train de déblatérer quand je me rends compte qu'on s'est arrêtés devant un supermarché.

— Eh bien, dis-je en jetant un coup d'œil à l'heure. C'est le chemin le plus court ? On a mis vingt minutes !

Il me fait un clin d'œil et ouvre sa portière.

— Ce n'est pas le plus court.

Cette fois, il flirte, j'en suis sûre. J'en ai des papillons dans le ventre.

De la neige fondue commence à se mêler à de plus gros flocons quand on traverse le parking. Il me prend la main et me tire vers le magasin en criant :

— Cours !

Une fois au sec, on époussette la neige de nos vêtements en riant, à bout de souffle. Je retire ma veste pour la secouer. Tout à coup, Will m'effleure le visage afin de repousser une mèche de cheveux humide collée à ma joue. Sa main est froide, mais à l'instant où sa peau touche la mienne, j'en oublie les températures polaires et rougis instantanément. Son sourire s'estompe lorsque nos regards se rencontrent. J'essaie de m'habituer aux réactions qu'il fait naître chez moi ; ce n'est pas facile. Le moindre contact, le geste le plus banal, a un effet intense sur mes sens.

Je m'éclaircis la voix et détourne les yeux en attrapant un caddie libre à côté de nous. Je lui tends la liste de courses.

— Il neige souvent en septembre ? je demande en essayant de ne pas avoir l'air perturbé.

— Non. Ça va seulement durer quelques jours, une semaine peut-être. D'habitude, on n'a pas de neige avant octobre, dit-il. Tu as de la chance.

— De la chance ?

— Ouais, c'est plutôt rare d'avoir un front d'air froid comme ça. Vous êtes arrivés juste à temps.

— Mouais. Je croyais que vous détesteriez la neige, vous autres. Il n'y en a pas tout le temps ici ?

Il rit.

— Vous autres ?

— Quoi ?

— Rien, répond-il avec un sourire. C'est la première fois que j'entends quelqu'un dire « vous autres », c'est tout. C'est mignon. On se croirait avec Scarlett O'Hara.

— Oh, excuse-moi, rétorqué-je. À partir de maintenant, je vais parler comme vous, les Yankees, et perdre mon temps à dire : « les gens qui habitent ici ».

Il rit et me donne une tape sur l'épaule.

— N'en fais rien. J'aime beaucoup ton accent. Il est parfait.

Je n'arrive pas à croire que je sois devenue le genre de fille à me pâmer devant un garçon. Je déteste ça. Alors, je me mets à l'examiner de plus près, en quête d'un défaut. J'échoue lamentablement. Tout chez lui paraît irréprochable.

Après avoir trouvé tous les produits de la liste, nous nous rendons en caisse. Comme Will refuse de me laisser placer quoi que ce soit sur le tapis, je me mets en retrait et l'observe vider le caddie. Le dernier objet qu'il pose est une boîte de pansements. Je ne l'ai même pas vu la prendre.

En sortant du parking, Will me dit de prendre la direction opposée à celle par laquelle on est arrivés. Quelques centaines de mètres plus tard, il me demande de tourner à gauche… dans notre rue. Le trajet, qui nous a pris vingt minutes à l'aller, s'est fait en moins d'une minute au retour.

— Sympa, dis-je en me garant.

Je me rends alors compte de ce que ça signifie : il essayait bel et bien de me draguer.

Comme Will est déjà devant le coffre, j'appuie sur le bouton pour le lui ouvrir. Je sors ensuite le rejoindre, m'attendant à le voir chargé de sacs. Mais il reste planté devant la voiture à me regarder, les bras levés pour tenir le coffre ouvert.

Avec ma meilleure imitation d'aristocrate du Sud, je pose la main sur ma poitrine et lui dis :

— Eh bien, je n'aurais jamais pu trouver ce magasin sans votre aide. Je vous remercie de tout mon cœur pour votre gentillesse, mon bon monsieur.

Je pensais qu'il allait rire, mais il continue de me dévisager sans rien dire.

— Quoi ? je lui demande, gênée.

Il fait un pas vers moi et pose doucement la main sur ma joue. Ma propre réaction me choque. Je ne comprends pas pourquoi je ne réagis pas. Il examine mon visage pendant quelques secondes. Les battements de mon cœur s'emballent. Je crois qu'il va m'embrasser.

Sans le quitter des yeux, j'essaie de calmer ma respiration. Il s'approche davantage et fait glisser ses doigts vers ma nuque pour baisser ma tête vers lui. Alors, il dépose un baiser sur mon front, s'attarde un instant, avant de reculer et de me libérer.

— Tu es trop mignonne, me dit-il.

Il se tourne vers le coffre et attrape quatre sacs d'un seul coup sans le moindre problème. Puis, il se dirige vers la maison et les pose par terre.

Moi, je suis tétanisée. J'essaie de comprendre les quinze secondes qui viennent de s'écouler. Que s'est-il passé ? Pourquoi l'ai-je laissé faire ? Malgré mes objections, je me rends compte que c'est le baiser le plus passionné que j'aie jamais reçu d'un garçon… et cet idiot a choisi mon front !

Tandis que Will revient prendre d'autres sacs, Kel et Caulder sortent de la maison en courant, suivis de ma mère. Les garçons s'élancent de l'autre côté de la rue pour aller voir la chambre de Caulder. Will tend poliment la main à ma mère quand elle arrive à notre hauteur.

— Vous devez être la maman de Kel et Layken. Je m'appelle Will Cooper. On habite en face

— Julia Cohen, dit-elle. Tu es le grand frère de Caulder ?

— Oui, madame, répond-il. On a douze ans d'écart.

— Ce qui te fait… vingt et un ans ?

Elle se tourne légèrement dans ma direction et me fait un clin d'œil. Comme je me tiens derrière Will, je saisis l'occasion pour lui adresser l'un des regards pleins de remontrances dont elle a le secret. Mais elle se contente de me sourire et de reporter son attention sur le jeune homme.

— En tout cas, je suis contente que Kel et Lake aient réussi à se faire de nouveaux amis aussi vite, dit-elle.

— Moi aussi, acquiesce-t-il.

Avant de retourner à l'intérieur, elle me donne un coup de coude bien visible au passage. Elle ne dit rien, mais je comprends le message : elle approuve.

Will s'empare des deux derniers sacs.

— *Lake*, c'est ça ? J'aime bien.

Il me tend les courses et referme le coffre.

— Alors, Lake. (Il croise les bras en s'adossant à la voiture.) Caulder et moi, on va à Detroit vendredi. On ne rentrera pas avant dimanche soir. Un truc de famille. (Il balaie le sujet d'un geste de la main.) Mais je me demandais si tu avais quelque chose de prévu, demain, avant mon départ ?

C'est la première fois que quelqu'un d'autre que mes parents m'appelle Lake. Ça me plaît bien.

Je m'appuie contre la carrosserie pour me placer face à lui. J'essaie de paraître calme, mais à l'intérieur, je palpite d'excitation.

— Tu veux me faire admettre que je n'ai aucune vie sociale ici, c'est ça ? lui dis-je.

— Alors c'est parfait ! Je viens te chercher à 19 h 30.

Quand il se retourne pour rentrer chez lui, je prends conscience qu'il ne m'a jamais vraiment *invitée* et que je n'ai jamais vraiment *accepté*.

2

Il ne me faudra pas longtemps
Pour te dire qui je suis.
En fait, cette voix que tu entends,
En fait, c'est elle qui me définit.

THE AVETT BROTHERS, « Gimmeakiss »

Le lendemain après-midi, je réfléchis à ce que je vais porter, sans parvenir à trouver des vêtements chauds qui soient propres. Je n'ai pas beaucoup de pulls d'hiver à part ceux que j'ai déjà mis cette semaine. Je finis par choisir un tee-shirt violet à manches longues. Je le renifle. Il fera l'affaire. Je vaporise quand même un peu de parfum dessus au cas où. Après m'être brossé les dents et remaquillée, je me lave les dents encore une fois et défais ma queue-de-cheval. Je frise quelques mèches de mes cheveux puis sors des boucles d'oreilles en argent d'un tiroir. Au même moment, on frappe à la porte de la salle de bains.

Ma mère entre avec des serviettes éponges à la main. Elle ouvre le placard près de la douche pour les ranger.

— Tu sors ? me demande-t-elle.

Elle s'assoit sur le bord de la baignoire pendant que je finis de me préparer.

— Oui. (J'essaie de réprimer un sourire en mettant mes boucles d'oreilles.) Pour être honnête, je ne sais pas trop où on va. Je n'ai même pas vraiment accepté son invitation.

Elle se lève et se dirige vers la porte pour s'appuyer contre le chambranle. Elle observe mon reflet dans le miroir. Depuis la mort de mon père, elle a pris un sacré coup de vieux. Avant, le contraste entre ses yeux vert vif et sa peau porcelaine était saisissant. Aujourd'hui, ses pommettes saillantes font ressortir ses joues creusées, et les cercles noirs sous ses yeux font de l'ombre à la couleur émeraude de ses iris. Elle a l'air fatigué. Triste, même.

— Tu as dix-huit ans. Tu n'as plus besoin de mes conseils sur les garçons, dit-elle. Mais je vais faire une exception pour cette fois. On ne sait jamais. Ne mange rien qui contient de l'ail ou de l'oignon, ne laisse jamais ton verre sans surveillance, et surtout, protège-toi en toutes circonstances !

— Roh, Maman ! (Je lui jette un regard exaspéré.) Tu sais bien que je connais les règles. Tu n'as pas à te faire de souci pour la dernière. Et pitié, ne fais pas la leçon à Will non plus. OK ?

Je l'oblige à me le promettre.

— Bon... Parle-moi un peu de lui. Il travaille ? Il est à la fac ? Qu'est-ce qu'il étudie ? C'est un tueur en série ? me demande-t-elle avec un sérieux à toute épreuve.

Je traverse la courte distance qui sépare la salle de bains de ma chambre et pars à la recherche de mes chaussures. Ma mère me suit et s'installe sur mon lit.

— Pour être tout à fait franche, Maman, je ne sais pas grand-chose à son sujet. Je ne connaissais même pas son âge avant qu'il te le donne.

— C'est bien, dit-elle.

— Bien ? (Je tourne la tête vers elle.) Comment ne rien savoir sur lui peut-il être positif ? Je vais me retrouver seule avec lui pendant des heures. Et si c'était un psychopathe ?

J'attrape une paire de bottes et les ramène jusqu'au lit pour les enfiler.

— Vous aurez plus de choses à vous dire. Ça sert à ça, les premiers rendez-vous.

— Tu n'as pas tort, j'admets.

Ma mère a toujours été de bon conseil. Elle a parfaitement conscience de ce que je veux entendre, pourtant, elle me dit ce qu'il faut que je sache. Mon père a été son premier copain. Je me demande comment elle s'y connaît autant en relations amoureuses, en garçons et en rendez-vous. Elle n'a fréquenté qu'une personne, alors qu'à mon sens, ce genre de choses vient avec l'expérience. Je suppose qu'elle est l'exception qui confirme la règle.

— Maman ? dis-je en enfilant mes bottes. Tu n'avais que dix-huit ans quand tu as rencontré Papa. C'est jeune, quand on sait que tu as passé toute ta vie avec… Tu as déjà regretté ton choix ?

Elle ne répond pas tout de suite. Au lieu de quoi, elle s'allonge sur mon lit, les mains derrière la tête, et réfléchit à ma question.

— Jamais. Est-ce que je me suis déjà remise en question ? Évidemment. Mais je n'ai jamais rien regretté.

— Il y a une différence ?

— Bien entendu. Les regrets n'apportent rien. Tu te contentes d'examiner un passé auquel tu ne peux rien faire. Se remettre en question, en revanche, ça permet de changer les choses pour ne pas avoir de regrets dans le futur. J'ai remis en question de nombreux aspects de ma relation avec ton père. Les êtres humains agissent souvent en suivant leur cœur. Mais une histoire n'est pas uniquement basée sur l'amour.

— C'est pour ça que tu me dis tout le temps de penser avec ma tête et non avec mon cœur ?

Ma mère se redresse en position assise et me prend les mains.

— Lake, tu veux que je te donne un conseil qui n'a rien à voir avec la liste d'aliments que tu dois éviter ?

M'a-t-elle caché des choses ?

— Bien sûr, je réponds.

Elle a laissé tomber le ton autoritaire et le style parental, ce qui me laisse croire que ce sera moins une conversation de mère à fille que de femme à femme. Elle plie les jambes en tailleur et me fait face.

— Avant de s'engager avec un homme, une femme doit pouvoir répondre « oui » aux trois questions suivantes. Si tu réponds par la négative à l'une d'entre elles, fuis à toutes jambes.

— Ce n'est qu'un rendez-vous. (Je ris.) Je doute qu'on puisse parler d'engagement.

— Je le sais bien, Lake. Mais je suis sérieuse. Si l'une de ces questions fait naître des doutes en toi, ne perds pas ton temps avec cette liaison.

Chaque fois que j'ouvre la bouche, j'ai l'impression que je la conforte dans l'idée que je suis encore sa petite fille. Je la laisse donc parler.

— Te traite-t-il tout le temps avec respect ? C'est la première question. Deuxièmement, s'il est le même dans vingt ans, voudras-tu toujours l'épouser ? Et enfin, te donne-t-il envie de devenir quelqu'un de meilleur ? Quand tu pourras dire « oui » à tout cela, tu auras trouvé un homme bien.

Je prends une grande inspiration tout en intégrant ce conseil très sage.

— Waouh. Ce sont des questions profondes, lui dis-je. Tu as été capable de répondre « oui » à toutes ? Quand tu étais avec Papa ?

— Absolument, affirme-t-elle sans la moindre hésitation. À chaque seconde que j'ai passée avec lui.

Quand elle termine sa phrase, une lueur triste brille dans ses yeux. Elle aimait vraiment mon père. Je regrette de l'avoir mentionné. Je la serre contre moi. Ça fait très longtemps que je ne l'ai pas prise dans mes bras. Une pointe de culpabilité m'envahit. Elle m'embrasse les cheveux, puis se détache en souriant.

Je me lève et lisse mon tee-shirt pour le défroisser.

— Alors ? De quoi j'ai l'air ?

— D'une femme.

Elle soupire.

Comme il est 19 h 30 pile, je retourne dans le salon pour récupérer la veste que Will m'a forcée à emprunter hier et m'approche de la fenêtre. Je le vois passer la porte de chez lui. Je sors à mon tour et me poste dans l'allée devant la maison. Il relève la tête et m'aperçoit au moment où il déverrouille sa voiture.

— Prête ? me crie-t-il.

— Oui !

— Alors, viens !

Je ne bouge pas. Je reste plantée là, les bras croisés.

— Qu'est-ce que tu fais ?

Il lève une main en signe de défaite et éclate de rire.

— Tu as dit que tu viendrais me chercher à 19 h 30 ! Je t'attends !

Tout sourire, il monte dans sa voiture et recule directement dans mon allée, de façon à ce que la portière passager soit de mon côté. Bondissant hors du véhicule, il fait le tour pour m'ouvrir. Avant de m'asseoir, je l'examine de la tête aux pieds. Il porte un jean large avec un tee-shirt noir à manches longues qui met ses bras en valeur. Ce détail me rappelle que je dois lui rendre sa veste.

— Au fait, lui dis-je en lui tendant le vêtement. Voici un petit cadeau.

Il sourit en l'acceptant et l'enfile aussitôt.

— Waouh, merci, fait-il. Elle a même mon odeur !

Il attend que je me sois attachée pour claquer la portière. Tandis qu'il revient à sa place, je me rends compte que l'habitacle sent… le fromage. Pas le vieux fromage qui pue, non, le fromage frais, comme du cheddar. Mon ventre gargouille. Je me demande où on va dîner.

Après s'être installé, Will attrape un sac sur la banquette arrière.

— On n'a pas le temps de manger. Je nous ai fait des sandwichs au fromage grillé.

Il m'en tend un, accompagné d'une bouteille de soda.

— Soit. C'est la première fois qu'on me la fait, celle-là, dis-je en examinant ce que j'ai à la main. Et on va où, exactement, pour être aussi pressés ? (Je dévisse le bouchon de ma boisson.) Pas au restaurant, visiblement.

Il déballe son sandwich et en prend une bouchée.

— C'est une surprise, fait-il en mâchant. (Il se sert de sa main libre pour tourner le volant en même temps qu'il mange.) Je sais beaucoup plus de choses sur toi que tu n'en sais sur moi. Ce soir, je veux te montrer de quoi je suis fait...

— Eh bien, me voilà intriguée.

Et je le suis sincèrement.

On termine nos casse-croûte ; je place les déchets dans le sac en plastique que je remets sur la banquette arrière. Je réfléchis ensuite à un sujet de conversation pour briser la glace et décide d'aborder sa famille.

— Comment sont tes parents ?

Il prend une grande inspiration, puis exhale lentement. On dirait que je lui ai posé la mauvaise question.

— Je ne suis pas très doué pour parler de la pluie et du beau temps, Lake. Tu découvriras tout ça par toi-même au fur et à mesure. Et si on pimentait plutôt ce trajet ?

Il me fait un clin d'œil et se carre dans son siège. Pimenter un trajet sans parler ? Je me répète ses paroles en espérant avoir mal compris. Il rit face à mon hésitation, semblant s'être aperçu du malentendu.

— Mais non, Lake ! s'exclame-t-il. Je voulais dire qu'on pourrait parler de quelque chose dont on n'aurait jamais eu l'idée en temps normal !

Je soupire de soulagement. Pendant un moment, j'ai cru avoir découvert son pire défaut.

— D'accord.

— Je connais un jeu sympa, reprend-il. Il s'appelle « tu préfères ». Tu y as déjà joué ?

Je secoue la tête.

— Non, mais je sais que je *préfère* que tu commences.

— OK. (Il s'éclaircit la voix et réfléchit quelques secondes.) Tu préfères passer le reste de ta vie sans bras ou avec des bras que tu ne peux pas contrôler ?

Pardon ? Je peux affirmer sans aucun doute que ce premier rendez-vous n'a rien à voir avec ceux que j'ai déjà vécus. C'est rafraîchissant, dans un sens.

— Euh… (J'hésite.) Je suppose que je préfère passer le reste de ma vie avec des bras que je ne peux pas contrôler.

— Hein ? Sérieux ? Mais tu ne pourrais pas les maîtriser ! dit-il en agitant les bras dans la voiture. Ils bougeraient peut-être tout le temps et tu n'arrêterais pas de te frapper le visage ! Pire : tu pourrais attraper un couteau et te poignarder toute seule !

Je ris.

— Je n'avais pas compris qu'il y avait des bonnes et des mauvaises réponses.

— Tu n'es pas très douée, rétorque-t-il. À toi.

— D'accord. Laisse-moi réfléchir.

— Il faut toujours en avoir une sous la main, dit-il.

— Hé, Will ! Je connais ce jeu depuis moins de trente secondes. Laisse-moi un peu de temps.

Il tend le bras vers moi et m'enserre la main.

— Je te taquine.

Nos doigts s'entrelacent. J'aime la facilité avec laquelle la transition se fait, comme s'il en était ainsi depuis des années. Jusqu'à maintenant, tout se déroule à merveille. J'aime le sens de l'humour de Will. J'aime qu'il me fasse rire alors que j'en ai été incapable pendant des mois. J'aime qu'on se tienne la main. J'aime vraiment ça.

— Bon, j'ai trouvé, j'annonce. Tu préfères te pisser dessus une fois par jour à une heure indéterminée ou pisser sur quelqu'un d'autre ?

— Ça dépend de qui on parle. Est-ce que je peux pisser sur une personne que je déteste ? Ou est-ce qu'on parle d'un inconnu ?

— Un inconnu.

— Alors je préfère me pisser dessus, répond-il sans hésitation. À mon tour. Tu préfères mesurer un mètre ou deux ?

— Deux.

— Pourquoi ?

— Tu n'as pas le droit de demander pourquoi, je réplique. Voyons... Tu préfères avaler quatre litres de graisse de porc tous les matins ou manger deux kilos de pop-corn tous les soirs ?

— Deux kilos de pop-corn.

J'aime ce jeu. J'aime qu'il ne cherche pas à m'impressionner en m'emmenant au restaurant. J'aime n'avoir aucune idée de notre destination. J'aime même le fait qu'il ne m'ait pas complimentée sur ma tenue alors que c'est l'usage lors du premier rendez-vous. Pour le moment, j'ai tout aimé de cette soirée. Si ça ne tenait qu'à moi, on passerait deux heures à rouler en jouant à « tu préfères », et ce serait le meilleur premier rendez-vous de ma vie.

Mais ça ne se passe pas ainsi. On finit par arriver à destination. En apercevant l'enseigne, je me crispe aussitôt.

Club N9NE

— Euh, Will ? Je n'aime pas danser.

J'espère qu'il comprendra.

— Euh, moi non plus.

On sort tous les deux et on se rejoint devant la voiture. Je ne sais pas qui prend l'initiative, mais nos doigts s'enlacent de nouveau dans le noir et il me guide jusqu'à l'entrée. Lorsque nous nous rapprochons, je remarque une affiche collée sur la porte.

Fermé pour Slam
Jeudi
De 20 heures à tard
Entrée gratuite
3 $ pour slammer

Will ouvre la porte sans lire le papier. J'hésite à lui dire que le club est fermé, mais il semble savoir ce qu'il fait. Le silence est brisé par un bruit de foule tandis que je le suis à travers un couloir, puis dans une salle. Une scène vide se trouve à notre droite, et des tables et des chaises ont été installées sur la piste de danse. La pièce est pleine à craquer. Je remarque un groupe d'adolescents, d'une moyenne d'âge d'environ quatorze ans, assis à une table devant. Will tourne à gauche et se dirige vers une place libre dans le fond.

— C'est plus calme par là, m'explique-t-il.

— À quel âge est-ce qu'on peut entrer en boîte ici ? je demande, les yeux toujours rivés sur les jeunes.

— Ce soir, ce n'est pas une boîte, répond-il pendant qu'on s'assoit.

C'est une table avec un banc en demi-cercle qui fait face à la scène. Je glisse jusqu'au milieu pour avoir une meilleure vue. Il se rapproche de moi.

— C'est une soirée slam, poursuit-il. Tous les jeudis, le club ferme et on vient s'affronter ici en slammant.

— C'est quoi, le slam ? je demande.

— De la poésie. (Il me sourit.) Voilà ce qui me définit.

Il plaisante ? Un garçon canon capable de me faire rire et qui aime la poésie ? Pincez-moi, je rêve ? Non, en fait, je préfère ne jamais me réveiller.

— De la poésie, hein ? je répète. Les gens en écrivent ou est-ce qu'ils récitent des auteurs connus ?

Il se laisse aller contre son siège et tourne la tête vers la scène. Je lis la passion dans ses yeux quand il parle :

— Les gens qui montent là-haut se mettent à nu avec leurs mots et les mouvements de leur corps, dit-il. C'est incroyable. Tu n'entendras pas Dickinson ou Frost ici.

— C'est une sorte de compétition ?

— C'est plus compliqué que ça, répond-il. Ça dépend des clubs. D'habitude, pendant un slam, les juges sont choisis dans le public et ils notent toutes les prestations. Celui qui a obtenu la majorité des points gagne. Ça fonctionne comme ça ici, en tout cas.

— Tu slammes, toi aussi ?

— Ça arrive. Parfois, je juge ; parfois, je me contente de regarder.

— Et ce soir, tu vas y aller ?

— Non. Je suis là en simple spectateur. Je n'ai rien préparé.

Je suis déçue. Ç'aurait été fantastique qu'il monte sur scène. Je n'ai toujours pas la moindre idée de ce qu'est le slam, mais je suis vraiment curieuse de le voir à l'œuvre.

— Mince, je lui fais.

Le silence tombe entre nous tandis qu'on observe la foule. Will me donne un coup de coude. Je me tourne vers lui.

— Tu veux boire quelque chose ? demande-t-il.

— Avec plaisir. Je vais prendre un chocolat.

Il hausse un sourcil, un sourire moqueur aux lèvres.

— Un chocolat ? Tu es sûre ?

Je hoche la tête.

— Glacé.

— OK, répond-il en se glissant hors du box. Un chocolat *on the rocks*, un !

Pendant son absence, le présentateur entre en scène et essaie de chauffer la salle. Il n'y a personne au fond autour de nous, alors je me sens un peu idiote de crier « oui ! » avec le reste de la foule. Me tassant davantage sur mon siège, je décide de me borner au rôle de spectatrice pour la soirée.

Lorsque le présentateur annonce qu'il est l'heure de sélectionner les juges, un grondement parcourt l'assemblée. Tout le monde a envie d'être choisi. Cinq personnes sont désignées au hasard et se placent à la table du jury. Quand Will revient vers moi avec les boissons, le présentateur annonce le « sac » et appelle quelqu'un dans l'assemblée.

— C'est quoi, le sac ? je lui demande.

— Le sacrifice. C'est une façon de préparer les juges. (Il se rassoit. Cette fois, il se colle un peu plus à moi.) Quelqu'un propose un slam hors compétition pour que les juges puissent décider d'un barème.

— Ils peuvent appeler n'importe qui ? Et s'ils m'avaient désignée, moi ? je m'exclame, soudain nerveuse.

Il me sourit.

— Alors, tu aurais mieux fait d'avoir préparé quelque chose.

Il prend une gorgée de sa boisson et s'adosse au banc. Sa main trouve la mienne dans le noir. Cette fois, nos doigts ne s'entrelacent pas. Il préfère ramener ma main sur sa cuisse et se mettre à me caresser le poignet, puis les doigts, suivant chaque courbe, chaque ligne. J'ai l'impression qu'un courant électrique se répand sous ma peau.

— Lake, dit-il à voix basse sans s'arrêter. Je ne sais pas exactement pourquoi… mais je t'aime beaucoup.

Ses doigts glissent entre les miens et il me prend la main avant de reporter son attention sur la scène. Je prends une grande inspiration, puis avale mon chocolat cul sec. Le contact des glaçons contre mes lèvres me fait du bien. Il m'apaise.

La jeune femme qui a été appelée a l'air d'avoir vingt-cinq ans. Elle explique qu'elle va déclamer un poème de sa composition qui s'appelle « Pull bleu ». Les lumières s'éteignent. Un unique spot l'éclaire. Elle soulève le micro et avance, les yeux rivés au sol. Le silence tombe sur la salle. Le seul bruit que l'on entend est celui de sa respiration, amplifié par les haut-parleurs.

Elle pose la main sur le micro sans relever la tête, puis tape dessus d'un doigt à un rythme régulier, comme pour imiter un cœur qui bat. Lorsqu'elle commence enfin, je me rends compte que je retiens ma respiration.

Boum boum
Boum boum
Boum boum
Tu **entends** ça ?

(Elle s'arrête un peu sur le mot « entends ».)

C'est le son de mon cœur qui bat.

(Elle recommence à taper sur le micro.)

Boum boum
Boum boum
Boum boum
Tu **entends** ça ?

C'est le son de **ton** cœur qui bat.

(Ses paroles s'emballent, se font plus fortes.)

C'était le **premier** jour d'octobre. Je portais
mon pull **bleu**, tu sais, celui que j'ai acheté
chez **Dilliard's** ? Celui en laine **doublée** avec des **trous**
au bout des **manches** où je passais les **pouces** quand
il faisait froid et que je n'avais pas envie de mettre
des **moufles** ? Ce **même** pull qui te donnait l'impression
de voir le reflet des **étoiles** sur la **mer** dans mes **yeux**.
Cette nuit-là, tu m'as promis de m'aimer pour
l'éternité…
Et **c'est**
Ce que **tu**
As **fait**.
C'était le **premier** jour de **décembre**, cette fois.
Je portais mon pull **bleu**, tu sais celui que j'ai acheté
chez **Dilliard's** ? Celui en laine **doublée** avec des **trous**

au bout des **manches** où je passais les **pouces** quand
il faisait froid et que je n'avais pas envie de mettre
des **moufles** ? Ce **même** pull qui te donnait l'impression
de voir le reflet des **étoiles** sur la **mer** dans mes **yeux**.
J'avais trois semaines de retard. Je te l'ai **dit**.
C'était le plus beau jour de ta **vie**.
Cette nuit-là, tu m'as promis de m'aimer
pour **l'éternité**…
Et **c'est**
Ce que **tu**
As **fait** !
C'était le premier jour de mai. Je portais mon pull bleu,
mais cette fois la laine était **usée** et la **solidité** de chaque
fil mise à rude **épreuve**, il était tendu au **maximum**
sur mon **ventre arrondi**. Tu **vois** de quel pull je parle.
Celui que j'ai acheté chez **Dilliard's ?** Celui qui avait
des **trous** au bout des **manches** où je passais les **pouces**
quand il faisait froid et que je n'avais pas envie de mettre
des **moufles** ? Ce **même** pull qui te donnait l'impression
de voir le reflet des **étoiles** sur la **mer** dans mes **yeux**.
Ce **même** pull que tu as **ARRACHÉ** de mon corps
lorsque tu m'as jetée au **loin**,
En me traitant de **putain**
En me disant
Que tu ne m'**aimais**
Plus.
Boum boum
Boum boum
Boum boum
Tu *entends* ça ? C'est le son de mon cœur qui bat.
Boum boum
Boum boum
Boum boum
Tu *entends* ça ? C'est le son de *ton* cœur qui bat.

Tu *entends* ça ? Bien sûr que non.
C'est le silence de mon ventre.
Parce que tu m'as
ARRACHÉ
MON
PULL !

La lumière s'allume. La foule l'acclame. Je prends une grande inspiration et essuie mes larmes. Je suis fascinée par sa capacité à hypnotiser tout un public avec des mots aussi forts et imagés. De simples mots. Je suis déjà conquise. Je veux en entendre plus. Quand Will passe un bras autour de mes épaules et m'attire avec lui en arrière, je reviens brusquement à la réalité.

— Alors ? me demande-t-il.

Acceptant son étreinte, j'appuie la tête sur son épaule. Ensemble, nous observons la foule. Il pose son menton sur mes cheveux.

— C'était incroyable, je murmure.

Sa main frôle mon visage. Ses lèvres effleurent mon front. Les yeux clos, je me demande jusqu'à quel point mes émotions vont être mises à l'épreuve. Il y a trois jours, j'étais dévastée, amère, désespérée. Aujourd'hui, c'est la première fois depuis des mois que je me suis réveillée de bonne humeur. Je me sens vulnérable. J'essaie de cacher mes émotions, mais j'ai l'impression que tout le monde sait ce que je pense, ce que je ressens. Je n'aime pas ça du tout. Je n'aime pas être un livre ouvert. C'est comme si je me trouvais sur cette scène et lui offrais mon cœur. Ça me terrifie.

On reste lovés l'un contre l'autre l'espace de plusieurs performances. La poésie présentée est aussi variée et électrisante que le public. Je n'ai jamais autant ri et pleuré en même temps. Ces artistes vous embarquent dans un tout autre monde, vous montrent un point de vue auquel vous n'aviez jamais pensé. Ils vous donnent l'impression d'être tour à tour une mère qui a perdu son enfant, un garçon qui a tué son père, ou même quelqu'un qui fume pour la première fois et avale cinq assiettes de bacon. Je me sens proche de ces poètes et de leurs histoires. Je me sens encore plus proche de Will. Je n'arrive pas à croire qu'il soit assez courageux pour monter sur scène et se dévoiler, comme ces gens. Il faut que je voie ça.

Le présentateur fait un dernier appel dans la salle.

Je me tourne vers Will.

— Will, tu ne peux pas m'emmener ici sans me montrer ce dont tu es capable. S'il te plaît, récite quelque chose ! S'il te plaît !

Il rejette la tête en arrière.

— Tu es incorrigible, Lake. Je te l'ai dit, je n'ai rien de nouveau à présenter.

— Ressors un vieux truc dans ce cas, je lui suggère. À moins que ces gens ne te fassent peur ?

Il se penche vers moi en souriant.

— Pas ces gens. Une personne en particulier.

Soudain, j'ai une envie irrésistible de l'embrasser. Je la repousse et continue d'implorer, les mains collées sous mon menton.

— Ne m'oblige pas à te supplier, lui dis-je.

— Ce n'est pas ce que tu es en train de faire ? (Il marque une pause et ôte son bras de mes épaules.) D'accord, d'accord, fait-il. (Il sourit en fourrant la main dans sa poche.) Mais je te préviens, tu l'auras voulu.

Il sort son portefeuille au moment où l'on annonce le début du deuxième round puis se lève, trois dollars à la main.

— Je participe !

Le présentateur se protège les yeux d'une main pour observer le public, à la recherche de la personne qui vient de parler.

— Mesdames et messieurs, c'est l'un des nôtres, M. Will Cooper. C'est gentil de te joindre enfin à nous, le taquine-t-il au micro.

Will se fraie un chemin jusqu'à la scène, puis se place dans la lumière du projecteur.

— Comment s'intitule ta création de ce soir, Will ? demande le présentateur.

— « La mort », répond Will en me regardant droit dans les yeux par-dessus la foule.

Son sourire disparaît. La récitation commence.

La mort. La seule chose inévitable de la vie.
Les gens n'aiment pas *parler* de la mort parce que ça
les rend *tristes.*
Ils n'aiment pas **imaginer** comment la vie
se poursuivrait **sans** eux,
Tous les gens qu'ils aiment porteraient brièvement
le deuil
Mais ils continueraient de *respirer.*
Ils ne **veulent** pas imaginer comment la vie
se poursuivrait sans **eux**,
Leurs enfants continueraient de **grandir**
Se marieraient
Vieilliraient…
Ils ne veulent pas **imaginer** comment la vie
se **poursuivrait** sans eux,
Leurs biens matériels seraient *liquidés*
Leurs dossiers médicaux marqués « *classés* »

Leur nom deviendrait un *souvenir* pour tous ceux
qu'ils *connaissent*.
Ils ne **veulent** pas **imaginer** comment la vie
se poursuivrait **sans** eux, alors au lieu de **l'accepter**,
ils évitent **carrément** le sujet,
Espérant, ***priant*** qu'elle…
Ne vienne pas pour eux.
Qu'elle les *oublie*,
Qu'elle passe au **suivant**.
Non, ils ne **voulaient** pas imaginer comment la vie
se poursuivrait…
Sans eux.
Mais la mort
Ne les a **pas**
Oubliés.
Au contraire, la mort les a percutés ***de plein fouet***
Déguisée en 36 tonnes
Derrière une nappe de *brouillard*.
Non.
La mort ne **les** a **pas oubliés**.
Si ***seulement*** ils s'étaient ***préparés***, s'ils avaient ***accepté***
l'***inévitable***, veillé à leur **succession**, compris
qu'il n'y avait **pas** que **leurs** vies en jeu.
J'étais peut-être considéré comme un adulte à l'âge
de dix-neuf ans, mais dans ma tête, je n'avais
Que
Dix-neuf ans.
Dépassé
Pas prêt
à me retrouver avec la **vie** d'un enfant de sept ans
Entre les *mains*.
La mort. La seule chose inévitable de la **vie**.

Will s'éloigne des projecteurs et de la scène sans attendre sa note. Je me surprends à espérer qu'il se perde dans la salle pour me laisser le temps de digérer ce que je viens d'entendre. Je ne sais pas comment réagir. J'ignorais tout de sa vie. De sa vie qui se résume à Caulder. Sa représentation m'a éblouie, mais ses mots m'ont bouleversée. J'essuie mes larmes d'un revers de main. J'ignore si je pleure pour les parents de Will, pour les responsabilités qu'a engendrées ce drame, ou parce qu'il a simplement dit la vérité. Il a parlé d'un aspect de la mort et de la perte d'un être cher auquel on ne réfléchit pas avant qu'il soit trop tard. Je ne le connais malheureusement que trop bien. Le Will que j'ai vu monter sur scène n'est pas le même que celui que je regarde revenir vers moi. Je suis partagée, perdue et, par-dessus tout, déconcertée. Il a été magnifique.

Il se rend aussitôt compte que je sèche mes larmes.

— Je t'avais prévenue, me dit-il en se rasseyant.

Il attrape son verre et boit une gorgée avant de faire tourner les glaçons avec sa paille. Je ne sais pas quoi dire. Il a tout déballé devant moi.

C'est alors que mes émotions prennent le contrôle. Je lui attrape la main et le force à poser sa boisson sur la table. Il se tourne vers moi avec un faible sourire, comme s'il attendait que je dise quelque chose. Puisque je reste silencieuse, il essuie une larme sur mon visage et fait glisser ses doigts sur ma joue. Je ne comprends pas le lien qui nous unit. Tout va trop vite. Je place ma main sur la sienne et la porte à mes lèvres pour en embrasser la paume, sans le quitter des yeux. Tout à coup, il n'y a plus que nous dans la salle ; les bruits de fond disparaissent au loin.

Son autre main vient rejoindre ma joue tandis qu'il se penche lentement vers moi. Je ferme les paupières en sentant son souffle sur ma peau, ses lèvres effleurent à peine les miennes. Il embrasse délicatement celle du bas, puis celle du haut. Sa bouche a gardé la fraîcheur de sa boisson. Quand j'essaie de lui rendre son baiser, il me repousse. J'ouvre les yeux. Il me sourit. Il tient toujours mon visage entre ses mains.

— Patience, murmure-t-il.

Les paupières closes, il se penche vers moi et m'embrasse doucement sur la joue. Je ferme les yeux à mon tour en refrénant l'envie d'enrouler mes bras autour de son cou et de l'embrasser à pleine bouche. J'ignore comment il fait pour tout contrôler. Il presse son front contre le mien et fait glisser ses doigts le long de mes bras. Quand nous ouvrons les yeux, nos regards se cherchent aussitôt. À cet instant, je comprends pourquoi ma mère a accepté sa destinée à l'âge de dix-huit ans.

— Waouh, je souffle.

— Oui, acquiesce-t-il. Waouh.

On reste les yeux dans les yeux pendant quelques secondes, jusqu'à ce que des applaudissements parcourent l'assemblée. Ils sont en train d'annoncer les personnes qualifiées au deuxième round. Will me prend la main et murmure :

— On y va.

Lorsque je me glisse hors du banc, j'ai l'impression que mes jambes vont me lâcher. C'est la première fois que je ressens une chose pareille.

Will me guide à travers le public de plus en plus dense jusque sur le parking. Je ne m'étais pas rendu compte de la chaleur à l'intérieur. Dehors, l'air froid du Michigan me glace la peau. C'est grisant. À moins que je ne sois moi-même euphorique. Je ne sais pas trop. Ma seule certitude, c'est que je voudrais que les deux dernières heures de ma vie se répètent à l'infini.

— Tu ne veux pas rester ? je lui demande.

— Lake, tu as déménagé et tu déballes des cartons depuis des jours. Tu as besoin de dormir.

La simple mention du mot « dormir » me fait bâiller.

— Oui, je retrouverais bien mon lit, je dis.

Il m'ouvre la portière, mais avant que j'aie le temps de m'asseoir, il me prend dans ses bras et me serre fort contre lui. Plusieurs minutes s'écoulent pendant lesquelles nous profitons de l'instant présent. Je pourrais m'y habituer. C'est un sentiment qui m'est totalement inconnu. J'ai toujours été sur mes gardes. J'ignorais tout de cette facette de ma personnalité que Will fait ressortir.

Au bout d'un moment, nous nous séparons et grimpons dans la voiture. Alors que nous nous éloignons, j'appuie la tête contre la vitre et observe le club rapetisser dans le rétroviseur.

— Will ? murmuré-je sans quitter des yeux le bâtiment qui disparaît derrière nous. Merci de m'avoir emmenée là-bas.

Il me prend la main et je finis par m'endormir, le sourire aux lèvres.

Quand je me réveille, Will est en train d'ouvrir ma portière. On est garés dans l'allée devant chez moi. Il me tend le bras pour m'aider à me lever. Je ne me souviens pas de la dernière fois où je me suis endormie dans un véhicule. Will avait raison : je suis fatiguée. Je me frotte les yeux en bâillant tandis qu'il me raccompagne jusqu'à la porte. Il passe ses bras autour de ma taille et moi les miens autour de ses épaules. Nos corps s'épousent parfaitement. Un frisson me parcourt de la tête aux pieds lorsque je sens son souffle chaud dans mon cou. Je n'arrive pas à croire que l'on s'est rencontrés seulement trois jours plus tôt. J'ai l'impression que ça fait des années.

— Quand on y réfléchit, lui dis-je, tu pars pendant trois jours. C'est le temps qui s'est écoulé depuis que je te connais.

Il rit et m'étreint davantage.

— Ça va être les trois jours les plus longs de ma vie, répond-il.

Je connais bien ma mère. Je sais qu'elle nous écoute. Aussi suis-je rassurée qu'il se contente de m'embrasser sur la joue pour me dire au revoir. Puis il s'éloigne à reculons, jusqu'à ce que ses doigts glissent des miens. Mes bras retombent contre mes flancs tandis que je le regarde monter en voiture. Après avoir démarré, il baisse la vitre.

— Lake, je vais mettre très longtemps à rentrer chez moi, fait-il. Un dernier pour la route ?

J'éclate de rire. Je retourne vers la voiture et me penche par la fenêtre en m'attendant à un autre baiser chaste. Toutefois, quand il passe la main sur ma nuque pour m'attirer à lui, nos lèvres se trouvent automatiquement. Cette fois, on se laisse aller. J'enfouis mes doigts dans ses cheveux tout en l'embrassant, faisant appel à tout mon self-control pour ne pas ouvrir la portière et grimper sur ses genoux. J'ai l'impression qu'il y a une barricade entre nous.

Peu à peu, la pression retombe. Nous hésitons à nous séparer.

— Mince, murmure-t-il contre mes lèvres. C'est de mieux en mieux.

— On se voit dans trois jours, dis-je. Fais attention sur la route, ce soir.

Je l'embrasse une dernière fois avant de m'éloigner à contrecœur.

Il recule directement dans son allée. Je suis tentée de le rejoindre et de l'embrasser pour vérifier sa théorie. Finalement, je choisis d'éviter la tentation et de rentrer chez moi.

— Lake !

Je me retourne. Il claque sa portière et court dans ma direction. Quand il arrive à ma hauteur, il sourit.

— J'ai oublié de te dire quelque chose, murmure-t-il en me serrant à nouveau dans ses bras. Tu es magnifique, ce soir.

Il dépose un baiser sur mon front, me libère et repart chez lui en trottinant.

Je crois que j'avais tort, tout à l'heure, quand je disais apprécier le fait qu'il ne m'ait pas complimentée. Non, je ne crois pas : j'en suis sûre. Une fois devant sa porte d'entrée, il se retourne pour me sourire avant de disparaître.

Comme je m'y attendais, quand j'entre à mon tour, je trouve ma mère assise sur le canapé avec un livre, tentant d'avoir une mine concentrée.

— Alors, comment ça s'est passé ? C'est un tueur en série ? me demande-t-elle.

Je n'arrive pas à réprimer mon sourire. Je m'approche du canapé face au sien et m'affale dessus comme une poupée de chiffon en soupirant.

— Tu avais raison, Maman. J'adore le Michigan.

3

Mais en te regardant je sais
Que cette histoire ne marchera jamais
Les dieux sont contre nous
Les jeunes amours, tu vois, finissent comme ça.

THE AVETT BROTHERS, « I Would Be Sad »

À mon réveil le lundi matin, je suis beaucoup plus nerveuse que je ne l'imaginais. Mon esprit a tellement été occupé par Will ce week-end que je n'ai pas eu le temps de penser au sort funeste qui m'attend. Autrement dit, mon premier jour de classe dans un nouveau lycée.

Ma mère et moi avons enfin trouvé un moment pour aller acheter des vêtements de saison. J'enfile la tenue que j'ai choisie hier soir avec des bottes de neige neuves. Je laisse mes cheveux détachés pour la journée, mais j'enfile un élastique à mon poignet au cas où je changerais d'avis, ce qui arrivera forcément.

Après avoir pris ma douche, je me rends dans la cuisine pour récupérer mon sac à dos et mon emploi du temps sur le bar. Dans la mesure où ma mère a commencé à travailler à l'hôpital hier soir, j'ai accepté d'emmener Kel à l'école. Au Texas, Kel et moi fréquentions le même établissement. Tous les enfants de la ville étaient scolarisés au même endroit. Ici, il y a tellement d'écoles différentes que j'ai été contrainte d'imprimer une carte du coin pour m'assurer de le déposer au bon endroit.

Arrivés devant la primaire, Kel repère immédiatement Caulder et saute de voiture sans même me dire au revoir. À le voir, on dirait que la vie est facile.

Heureusement, son école n'est qu'à quelques kilomètres de la mienne. J'ai du temps devant moi pour trouver ma première salle de classe. J'entre sur le parking de ce qui est, à mes yeux, un lycée gigantesque, à la recherche d'une place. Quand j'arrive enfin à me garer, c'est complètement à l'opposé du bâtiment. Des jeunes discutent à côté de leur véhicule. J'hésite à sortir mais, quand je me décide enfin, je me rends compte que personne ne remarque ma présence. Rien à voir avec les films dans lesquels la nouvelle traverse la pelouse en serrant ses bouquins contre elle pendant que tout le monde se retourne sur son passage. Ça n'a rien à voir. Je me sens invisible et j'aime ça.

On ne me refile pas de devoirs en cours de maths. Parfait. J'ai l'intention de passer toute la soirée avec Will. Quand je suis partie de chez moi ce matin, il y avait un mot sur ma Jeep qui disait simplement : « J'ai hâte de te revoir. Je finis à 16 heures. »

Il ne reste plus que sept heures et trois minutes à attendre.

L'histoire ne me pose pas non plus le moindre problème. Le professeur distribue des polycopiés à propos des guerres puniques, un sujet que l'on vient de traiter dans mon ancienne classe. Je peine à me concentrer. Je compte les minutes. Le prof est monotone, quelconque. Comme je n'arrive pas à m'intéresser à quelque chose, mon esprit vagabonde. Il revient sans arrêt à Will. Je prends des notes méthodiquement, faisant de mon mieux pour écouter, lorsque je sens quelqu'un me donner un coup de stylo dans le dos.

— Hé, montre-moi ton emploi du temps ! me dit une fille.

Je cherche discrètement mon planning et le plie en tout petit dans ma main gauche. Je lève ensuite le bras en arrière pour le déposer vite fait bien fait sur son bureau.

— Pas la peine ! reprend-elle un peu plus fort. M. Hanson est à moitié aveugle et n'entend presque rien. Ne t'inquiète pas pour lui.

Réprimant un éclat de rire, je me tourne vers elle pendant que M. Hanson a le dos tourné.

— Je m'appelle Layken.

— Eddie, rétorque-t-elle.

Devant mon regard intrigué, elle lève les yeux au ciel.

— Pff, je sais, ce n'est pas un prénom courant pour une fille. Et si tu m'appelles Eddie Murphy, je te frappe, menace-t-elle.

— Je saurai m'en souvenir.

— Génial, on est ensemble dans le cours suivant, annonce-t-elle en examinant mon emploi du temps. C'est difficile à trouver. Reste avec moi à la fin de l'heure. Je t'accompagnerai.

Eddie baisse la tête pour écrire quelque chose. Ses cheveux blonds et fins tombent en avant. Ils lui arrivent au niveau du menton, coupés de façon asymétrique. Ses ongles sont tous peints d'une couleur différente et elle a à chaque bras une quinzaine de bracelets qui s'entrechoquent quand elle bouge. Un tatouage en forme de cœur orne l'intérieur de son poignet gauche.

Lorsque la cloche retentit, je me lève et Eddie me rend mon emploi du temps. Elle attrape mon téléphone portable dans la poche de ma veste et se met à pianoter dessus. Je jette un coup d'œil à la feuille que j'ai récupérée. Elle est remplie d'adresses Internet et de numéros de téléphone écrits à l'encre verte. En voyant mon expression, Eddie désigne le premier lien :

— C'est ma page Facebook. Si tu ne me trouves pas, j'ai aussi Twitter. Ne me demande pas mon pseudo MySpace, c'est complètement dépassé, dit-elle avec un sérieux étonnant.

Elle fait glisser son doigt sur les numéros de téléphone.

— Mon numéro de portable, le numéro de chez moi et celui de *Pizza Getty*, poursuit-elle.

— Tu travailles là-bas ?

— Non, mais ils font des pizzas du tonnerre. (Quand elle me dépasse, je me dépêche de lui emboîter le pas, mais elle se retourne et me rend mon portable.) Je viens de m'appeler, comme ça, j'ai ton numéro aussi. Oh, et tu dois aller à la vie scolaire avant le prochain cours.

— Pourquoi ? Je croyais que je devais te suivre ? je demande, légèrement perdue face au comportement de ma nouvelle amie.

— Ils t'ont mise dans le groupe B pour la cantine. Je suis dans le A. Va leur demander de changer et rejoins-moi dans le prochain cours.

Et elle disparaît. Comme ça.

Le bureau de l'administration se trouve deux portes plus loin. La secrétaire, Mme Alex, a une façon tellement caractéristique de lever les yeux au ciel que ça en devient presque de l'art. Elle imprime mon nouvel emploi du temps une seconde avant que la sonnerie retentisse.

— Savez-vous où a lieu le cours d'anglais en option ? je m'enquiers avant de partir.

Elle se lance alors dans une longue explication confuse qui présuppose que je sache où se trouvent le hall A et le hall D. J'attends patiemment qu'elle termine et sors de la pièce, plus désorientée que jamais.

Après avoir erré dans trois couloirs différents et être entrée deux fois dans la mauvaise classe et dans un placard à balais, je tombe enfin sur le hall D, rassurée. Je pose mon sac par terre, mon emploi du temps entre les dents, puis retire l'élastique à mon poignet. Il n'est même pas encore dix heures et j'attache déjà mes cheveux. La journée va être longue.

— Lake ?

Lorsque j'entends sa voix, mon cœur manque s'échapper de ma poitrine. Je me retourne. Will se tient devant moi avec un air troublé. J'enlève l'emploi du temps de ma bouche, lui souris et le prends instinctivement dans mes bras.

— Will ! Qu'est-ce que tu fais ici ?

Il répond brièvement à mon étreinte avant de m'attraper par les poignets pour me forcer à m'écarter de lui.

— Lake, dit-il en secouant la tête. Où… Qu'est-ce que tu fais ici ?

Je soupire et plaque mon emploi du temps contre son torse.

— J'essaie de trouver cette option débile. Je suis perdue, je gémis. Aide-moi !

Il fait encore un pas en arrière en direction du mur.

— Non, Lake, répond-il en me rendant ma feuille sans y jeter un œil.

Je l'observe un instant. Il a presque l'air horrifié de me voir. Il se retourne, les mains croisées derrière la tête. Je ne comprends pas sa réaction. Je ne bouge pas, j'attends une explication... jusqu'à ce que je la trouve par moi-même : il est venu voir sa copine. La copine dont il a oublié de me parler. Récupérant mon sac, je me mets aussitôt à m'éloigner. Il m'attrape par le bras pour m'en empêcher.

— Où vas-tu ? me demande-t-il.

Je lève les yeux au ciel en soupirant.

— J'ai compris, Will. Ne t'inquiète pas. Je m'en vais avant que ta copine ne nous voie.

Comme je me bats pour ne pas pleurer, je me dégage rapidement et lui tourne le dos.

— Ma... ? Non, Lake. Je ne crois pas que tu aies compris, au contraire.

Un bruit de pas étouffés se fait de plus en plus fort dans le couloir qui mène au hall D. Je me retourne. Un élève court dans notre direction.

— Ouf, je pensais que j'étais en retard, dit-il en nous voyant.

Il s'arrête devant la salle.

— Tu es en retard, Javier, répond Will en ouvrant la porte pour le faire entrer. J'arrive tout de suite. Dis à la classe qu'ils ont cinq minutes pour réviser le contrôle.

Will referme le battant. On se retrouve à nouveau seuls dans le hall. J'ai le souffle complètement coupé. Le cœur serré, je laisse mon cerveau absorber cette nouvelle information. Je rêve. Ce n'est pas possible. Comment une telle chose peut-elle se produire ?

— Will, je murmure, incapable de respirer normalement. Pitié, ne me dis pas que…

Le visage rouge, il se mord les lèvres avec un air triste puis rejette la tête en arrière pour regarder le plafond. Il se passe ensuite les mains sur le visage et se met à déambuler entre les casiers et la porte. À chaque pas qu'il fait, j'aperçois son badge de professeur qui rebondit à son cou.

Les mains plaquées contre les casiers, il se tape plusieurs fois la tête contre le métal tandis que je reste figée, incapable de parler. Il baisse lentement les bras et se tourne vers moi.

— Comment ai-je pu ne pas m'en rendre compte ? Tu es toujours au lycée ?

4

Le désir m'étouffe
Son emprise sur moi est diabolique
Et chaque jour est pire
Que le précédent.

THE AVETT BROTHERS, « Ill With Want »

Will est adossé aux casiers. Il a les jambes croisées au niveau des chevilles et les bras sur son torse. Il garde les yeux rivés au sol. Les événements qui viennent de se produire m'ont tellement bouleversée que j'ai du mal à tenir debout. Je m'appuie contre le mur face à lui.

— Et toi ? je réponds. Comment ça se fait que tu ne m'aies pas dit que tu étais prof ? Comment est-ce possible, d'ailleurs ? Tu n'as que vingt et un ans.

— Layken, écoute-moi bien, dit-il sans répondre à mes questions.

Je note qu'il ne m'a pas appelée Lake.

— Il y a visiblement eu méprise entre nous. (Il évite mon regard.) Il faut qu'on parle, mais pas maintenant. Le moment est mal choisi.

— Je suis d'accord.

Je voudrais ajouter quelque chose, mais j'en suis incapable. J'ai peur de fondre en larmes.

La porte de la salle s'ouvre. Eddie en sort. Égoïstement, je prie pour qu'elle soit perdue, elle aussi. Il ne peut pas s'agir de mon cours d'option.

— Layken ! J'allais venir te chercher, dit-elle. Je t'ai gardé une chaise. (Son regard se pose sur Will, puis sur moi. Elle se rend compte qu'elle a interrompu notre conversation.) Oh, pardon, monsieur Cooper. Je ne savais pas que vous étiez là.

— Pas de problème, Eddie. Je discutais seulement de son emploi du temps avec Layken, explique-t-il en ouvrant la porte en grand pour nous laisser entrer.

Je suis Eddie à contrecœur jusqu'au seul siège libre de la classe, juste devant le bureau du professeur. Je ne sais pas comment je suis censée rester une heure ici. Quand j'essaie de me concentrer, la pièce tourne autour de moi. Je ferme les yeux. Il me faut un verre d'eau.

— C'est qui, cette bombe ? demande le garçon que je connais maintenant sous le nom de Javier.

— La ferme, Javi ! rétorque Will en se dirigeant vers son bureau, sur lequel il ramasse une pile de feuilles.

Plusieurs élèves laissent échapper un hoquet de surprise face à sa réaction. Je suppose que Will n'est pas non plus dans son état normal.

— Du calme, monsieur Cooper ! Je lui ai fait un compliment, c'est tout. Regardez-la, elle est sexy ! s'exclame Javi en m'observant.

— Javi, dehors ! crie Will en lui désignant la porte du doigt.

— Monsieur Cooper, ça va ! Vous êtes de mauvaise humeur ou quoi ? Je vous l'ai dit, c'était juste…

— Et moi, je t'ai dit de sortir ! Je ne te laisserai pas manquer de respect à une femme dans ma salle de classe !

Javi ramasse ses livres.

— OK. Je vais aller leur manquer de respect dans le couloir, réplique-t-il.

Lorsque la porte se referme derrière lui, le seul bruit que l'on entend est le tic-tac de l'horloge au-dessus du tableau. Je ne me retourne pas. Je sens tous les yeux rivés sur moi. On attend une réaction de ma part. Je vais avoir un peu plus de mal à passer inaperçue, maintenant.

— Nous avons une nouvelle élève parmi nous. Je vous présente Layken Cohen, dit Will pour dissiper la tension. Les révisions sont terminées. Rangez vos cahiers.

— Vous ne lui demandez pas de se présenter ? demande Eddie.

— Ce sera pour une autre fois. (Will soulève la pile de photocopies.) Contrôle.

Je suis soulagée que Will ne me force pas à me lever et à parler devant la classe. J'en aurais été incapable. J'ai l'impression d'avoir une grosse boule de coton dans la gorge. Je n'arrive pas à déglutir.

— Lake. (Will hésite puis, se rendant compte de son erreur, s'éclaircit la voix.) Layken, si tu as du travail, n'hésite pas. Je teste cette classe sur le dernier chapitre.

— Je préfère essayer de répondre aux questions. Il faut que je pense à autre chose.

Will me tend un polycopié et je fais de mon mieux pour me concentrer sur les questions durant le temps qui m'est imparti, espérant ainsi obtenir un peu de répit par rapport à la triste réalité. Malheureusement, je termine beaucoup trop vite. Alors, j'efface mes réponses et les réécris pour éviter d'affronter la vérité : le garçon dont je suis en train de tomber amoureuse est aussi mon prof.

Lorsque la sonnerie retentit, j'observe le reste de la classe qui dépose, en file indienne, le devoir à l'envers sur le bureau de Will. Eddie fait de même avant de revenir vers moi.

— Tu as réussi à changer de groupe pour la cantine, finalement ?

— Oui, c'est bon, lui dis-je.

— Génial. Je te garde une place, conclut-elle.

Elle s'arrête devant Will. Il lève la tête pour la regarder. Elle produit alors une boîte rouge de son sac et en sort une petite poignée de bonbons à la menthe qu'elle pose sur le bureau.

— De la menthe, dit-elle.

Will jette un coup d'œil curieux aux pastilles.

— Je me trompe peut-être, murmure-t-elle juste assez fort pour que je l'entende, mais il paraît que ça marche très bien pour les gueules de bois.

Elle pousse les bonbons vers lui, et sur ces mots, elle disparaît.

Maintenant, il ne reste plus que Will et moi dans la salle. Il faut à tout prix que je lui parle. J'ai tant de questions à lui poser... mais je ne sais pas si le moment est bien choisi. Je ramasse mon contrôle, m'approche de son bureau et le pose sur le dessus de la pile.

— Ça se voit tant que ça que je suis de mauvaise humeur ? demande-t-il.

Il continue de fixer les bonbons à la menthe. J'en prends deux, puis sors de la pièce sans lui répondre.

Tandis que je navigue à travers les couloirs à la recherche de la salle suivante, j'aperçois des toilettes et cours m'y réfugier. Je décide d'y passer la fin de l'heure et celle du déjeuner. Je me sens coupable car je sais qu'Eddie m'attend, mais je suis incapable de voir du monde. Je préfère tuer le temps en lisant et relisant les inscriptions sur les murs, en espérant ne pas fondre en larmes avant la fin de la journée.

Je me souviens à peine des deux derniers cours. Heureusement pour moi, aucun des profs n'a insisté pour que je me présente. Je ne parle à personne. Personne ne me parle. Je ne sais même pas si on m'a donné des devoirs. Cette situation me met l'esprit sens dessus dessous.

En regagnant ma voiture, je cherche mes clés dans mon sac. Quand je les trouve, j'essaie de les enfoncer dans la serrure, mais je tremble tellement que je les fais tomber. Une fois assise à l'intérieur, je ne me laisse pas le temps de réfléchir : je passe la marche arrière et fonce à la maison. La seule chose à laquelle je veux penser, c'est mon lit.

Une fois garée devant chez moi, je coupe le moteur et reste un instant immobile. Je n'ai pas envie de voir Kel ou ma mère tout de suite. Aussi, je recule le siège et pose le bras sur mes yeux. Les larmes se mettent à couler toutes seules. Dans ma tête, je rejoue toute la scène. Comment ai-je pu passer une soirée entière avec lui sans me rendre compte qu'il était prof ?

Pourquoi cette profession si singulière n'a-t-elle pas été mise sur le tapis ? Pire : comment ai-je pu parler autant sans mentionner le lycée ? Je me suis pourtant énormément confiée à lui. J'ai l'impression qu'on me punit d'avoir baissé ma garde.

Je me frotte les yeux avec ma manche pour tenter d'essuyer mes larmes. Jusqu'à six mois en arrière, je n'avais jamais eu de vraies raisons d'être triste. Ma vie texane était simple. J'avais mes habitudes, un groupe d'amis, une école et une maison que j'aimais. J'ai beaucoup pleuré après la mort de mon père. J'ai arrêté lorsque j'ai compris que ma mère et Kel n'avanceraient pas si je ne faisais pas le premier pas. J'ai commencé à m'impliquer davantage dans la vie de Kel. Notre père était un peu son meilleur ami, alors j'ai l'impression qu'il a perdu davantage que nous tous. J'ai participé aux activités du club de baseball, des cours de karaté et même des louveteaux, chez les scouts ; tout ce que mon père avait l'habitude de faire avec lui. Comme on n'avait pas le temps de penser à autre chose, notre deuil s'est fait en douceur, sans qu'on s'en aperçoive.

Jusqu'à aujourd'hui.

Un coup sur la vitre côté passager me ramène à la réalité. J'aimerais faire comme si je ne l'avais pas entendu. Je ne veux voir personne et encore moins parler. Un regard en coin m'informe que quelqu'un se tient là : seul son torse est visible, ainsi que… son badge de professeur.

Je baisse le pare-soleil et me regarde dans le miroir pour essuyer le mascara qui a coulé sur mes joues. Puis je déverrouille les portes sans tourner la tête, les yeux rivés sur le nain de jardin cassé qui me sourit bêtement.

Will se glisse sur le siège passager et referme la portière derrière lui. Il règle le dossier sans rien dire. Je crois qu'on ne sait pas par où commencer, ni l'un, ni l'autre. Je jette un coup d'œil dans sa direction. Il a posé un pied sur le tableau de bord et a croisé les bras avec un air crispé. Il regarde le mot qu'il m'a laissé ce matin et qui est toujours là. Comme prévu, il a terminé à 16 heures.

— À quoi tu penses ? me demande-t-il.

Je plie ma jambe droite et la serre contre ma poitrine.

— Je suis complètement perdue, Will. Je ne sais pas quoi penser.

Il soupire et se tourne vers sa vitre.

— Je suis désolé. Tout est ma faute, dit-il.

— Ce n'est la faute de personne, je rétorque. Pour que ce soit le cas, il aurait fallu que tu me le caches volontairement. Mais tu n'étais pas au courant, Will.

Il se redresse pour me faire face. L'air joyeux qui m'a séduite a disparu.

— C'est bien le problème, Lake. J'aurais dû m'en douter. Dans ma profession, je me dois d'être irréprochable, même en dehors de ma salle de classe. Ça s'applique à tous les aspects de ma vie. Je ne m'en suis pas aperçu parce que je n'ai pas fait mon travail. Quand tu m'as dit que tu avais dix-huit ans, j'en ai tout de suite déduit que tu étais à la fac.

Sa colère semble uniquement dirigée à son encontre.

— J'ai eu dix-huit ans il y a deux semaines.

Je ne sais pas pourquoi je ressens le besoin de préciser ce détail. Dès que les mots franchissent mes lèvres, j'ai l'impression de l'accuser, de lui mettre toute la responsabilité sur les épaules, alors qu'il ne m'a pas attendue pour ça. Ce n'est pas la peine que j'en rajoute. Aucun de nous n'aurait pu prévoir cette situation.

— Je suis enseignant stagiaire, dit-il comme pour s'expliquer. Plus ou moins.

— Plus ou moins ?

— À la mort de mes parents, je me suis plongé dans les études et j'ai cumulé suffisamment de points pour obtenir mon diplôme un semestre plus tôt. Comme ce lycée était en manque de personnel, on m'a proposé un contrat d'un an. Mon stage se termine dans trois mois. Après, jusqu'en juin, je serai considéré comme un prof normal.

Je l'écoute en essayant d'assimiler tout ce qu'il me dit. Mais tout ce que j'entends, c'est : « On ne peut pas être ensemble… bla-bla-bla… On ne peut pas être ensemble. »

Il me regarde dans les yeux.

— Lake, j'ai besoin de ce travail. C'est l'aboutissement de ces trois dernières années. On n'a plus un rond. Mes parents m'ont laissé des dettes, et j'ai encore mes frais de scolarité à payer. Je ne peux pas démissionner maintenant.

Détournant la tête, il se laisse aller contre son siège et se passe les mains dans les cheveux.

— Je comprends très bien, Will. Je ne te demanderai jamais de gâcher ta carrière. Ce serait stupide de tout abandonner pour une fille que tu connais depuis une semaine.

Il reste concentré sur la vitre côté passager.

— Je n'ai pas dit que tu me le demanderais. Je voulais simplement que tu aies conscience des difficultés que j'ai dû surmonter.

— Et je les comprends, je répète. Ce qu'il y a entre nous ne vaut pas la peine de tout risquer.

Il jette un coup d'œil au morceau de papier sur le tableau de bord, avant de répondre d'une voix douce :

— On sait tous les deux que c'est bien plus fort que ça.

Ses paroles me font frissonner, parce qu'au fond de moi, je sais qu'il a raison. Ce qui nous lie dépasse le simple béguin. À cet instant, j'ai du mal à imaginer combien l'on souffre quand on a le cœur brisé. Si ça fait ne serait-ce qu'un pour cent plus mal que ce que je ressens maintenant, autant tirer un trait sur l'amour. Ça n'en vaut pas la peine.

J'essaie de réprimer les larmes qui me montent aux yeux, mais ça ne sert à rien. Will enlève son pied du tableau de bord et m'attire vers lui. J'enfouis mon visage contre son tee-shirt pendant qu'il m'entoure de ses bras et me masse doucement le dos.

— Je suis vraiment désolé, s'excuse-t-il. J'aimerais pouvoir tout envoyer balader, mais il faut que je fasse les choses correctement… pour Caulder. (Son étreinte puissante ressemble moins à une tentative de consolation qu'à un au revoir.) Je ne sais pas comment notre relation va évoluer, ni comment on doit s'y prendre pour passer à autre chose, poursuit-il.

— Passer à autre chose ? (Je panique soudain à l'idée de le perdre.) Et si tu en parlais au lycée ? Dis-leur qu'on ne savait pas. Demande-leur ce qu'on peut faire…

Tout en prononçant ces mots, je me rends compte que je me raccroche aux branches. Notre histoire ne peut pas fonctionner ainsi.

— C'est impossible, Lake. (Sa voix n'est qu'un murmure.) Ça ne marchera pas. Ça ne peut pas marcher.

Une porte claque. Kel et Caulder se précipitent dans l'allée. On se sépare aussitôt et on remonte nos sièges. La tête en arrière, je ferme les yeux pour tenter de trouver une faille dans le système qui nous permettrait d'être ensemble. Il en existe forcément une.

Lorsque les garçons ont traversé la route et sont en sécurité dans la maison de Will, ce dernier se tourne vers moi.

— Layken ? reprend-il. J'aimerais te parler d'une dernière chose.

Oh, mon Dieu, quoi encore ? Qu'est-ce qui peut être plus important que tout ça ?

— J'aimerais que tu te rendes à l'administration demain pour changer de groupe. Je crois qu'on devrait éviter de se voir trop souvent.

Je sens le sang me monter au visage. J'ai les mains moites. L'atmosphère de la voiture se fait étouffante. Il est sérieux. Tout ce que nous avons vécu jusqu'à présent est terminé. Il va me rayer de sa vie.

— Pourquoi ?

Je ne fais aucun effort pour dissimuler ma peine.

Il s'éclaircit la voix.

— Notre liaison est déplacée. Il faut qu'on mette de la distance entre nous.

Ma douleur laisse rapidement place à la colère.

— Déplacée ? De la distance ? Tu vis de l'autre côté de la rue, Will !

Il sort de la voiture. Je l'imite et claque ma porte.

— On est assez matures, tous les deux, pour savoir ce qui est déplacé ou non. Tu es la seule personne que je connais ici. Je t'en prie, ne m'oblige pas à agir comme si tu étais un étranger, je le supplie.

— Tu es injuste, Lake. (Le ton de sa voix se calque sur le mien. J'ai apparemment touché une corde sensible.) C'est au-dessus de mes forces. Je ne peux pas être ami avec toi. Je n'ai pas d'autre choix.

Je ne peux m'empêcher d'avoir l'impression de vivre une rupture terrible, alors qu'en théorie, on n'est même pas ensemble. Je m'en veux. Le problème, c'est que j'ignore si ce sentiment est dû à ce qui s'est passé aujourd'hui ou l'année qui vient de s'écouler.

Tout ce que je sais, c'est que ces derniers temps, je n'ai été heureuse qu'en compagnie de Will. L'entendre dire qu'on ne peut même pas être amis me fait très mal. J'ai peur de redevenir celle que j'ai été pendant six mois, une personne dont je ne suis pas fière.

Je rouvre la portière pour récupérer mon sac et mes clés.

— Si je comprends bien, c'est tout ou rien, c'est ça ? Et comme visiblement ça ne peut pas être « tout »… (Je claque de nouveau la portière et me dirige vers chez moi.) Tu seras débarrassé de moi avant la troisième heure, demain ! je rétorque en donnant un coup de pied rageur au nain de jardin.

Quand j'entre dans la maison, je jette les clés sur le bar avec une telle force qu'elles glissent sur toute la surface du meuble et tombent par terre. Je suis en train de retirer mes bottes et de les balancer dans l'entrée lorsque ma mère arrive.

— Qu'est-ce qui s'est passé ? me demande-t-elle. Pourquoi est-ce que tu criais ?

— Rien, je réponds. Voilà ce qui s'est passé : absolument rien !

Je récupère mes chaussures et les emmène dans ma chambre, dont je claque aussi la porte. Après m'être enfermée, je me dirige directement vers le panier à linge. Je le vide et fouille le tas de vêtements jusqu'à trouver ce que je cherche. Je glisse la main dans mon jean et en sors ma barrette violette. Puis je retourne près du lit, soulève les couvertures et me couche. Le poing serré sur la barrette, je porte les mains à mon visage et pleure jusqu'à l'épuisement.

À mon réveil, il est déjà minuit. Je reste allongée un moment, espérant me rendre compte que tout ça n'était qu'un cauchemar, en vain. Lorsque je repousse les couvertures, la barrette me tombe des mains. Ce petit morceau de plastique est tellement vieux qu'il a sûrement été enduit de peinture au plomb. Je repense à ce que j'ai ressenti le jour où mon père me l'a offerte, à la façon dont ma peur et ma tristesse se sont envolées dès qu'il me l'a accrochée dans les cheveux.

Je me penche pour la ramasser et la presse pour l'ouvrir. Je choisis ensuite une mèche de mes cheveux pour l'y fixer. Patiemment, j'attends que la magie opère. Malheureusement, la douleur reste là. Alors, je retire la barrette, la jette à travers la pièce et essaie de me rendormir.

5

Je ne cesse de me répéter
Que ça ira.
On ne peut pas contenter tout le monde
À chaque fois.

THE AVETT BROTHERS, « Paranoia in B-Flat Major »

Lorsque je m'extirpe de mon lit le lendemain, mes tempes battent douloureusement. J'aurais bien besoin d'une boîte de bonbons à la menthe, moi aussi. Après une nuit passée à pleurer et à somnoler, mon corps est épuisé.

Je me prépare rapidement du café et m'assieds au bar pour le boire en silence, redoutant la journée qui s'annonce. Kel finit par me rejoindre en pyjama, avec ses chaussons Dark Vador.

— Bonjour, dit-il d'une voix endormie en attrapant une tasse sur l'égouttoir à vaisselle.

Il s'approche de la cafetière et se sert dans la tasse « Le Meilleur Papa du Monde ».

— Qu'est-ce que tu fabriques ? je lui demande.

— Tu n'es pas la seule à avoir passé une mauvaise nuit. (Kel grimpe sur le tabouret de l'autre côté du bar.) C'est dur cette année, tu sais ? J'ai eu deux heures de devoirs, dit-il en portant la tasse à ses lèvres.

Je la lui enlève des mains et vide le contenu dans la mienne, avant de la jeter à la poubelle. Puis j'ouvre le frigo et en sors une brique de jus de fruits que je pose devant lui.

Kel lève les yeux au ciel. Avec la paille, il perce le film en aluminium et boit.

— Tu as vu qu'on nous a livré le reste de nos affaires, hier ? Le van de Maman est enfin arrivé. On a dû tout déballer tout seuls, se plaint-il pour me faire culpabiliser.

— Va t'habiller, lui dis-je. On décolle dans une demi-heure.

Il se met à neiger après que j'ai déposé Kel à l'école. J'espère que Will avait raison quand il disait que la vague de froid allait passer. Je hais la neige. Je hais le Michigan.

En arrivant au lycée, je me rends directement à la vie scolaire. Mme Alex est en train d'allumer son ordinateur lorsqu'elle se rend compte de ma présence. Elle secoue la tête.

— Laisse-moi deviner : tu veux le groupe C pour la cantine ?

J'aurais dû lui apporter le café de Kel.

— Non, j'aurais besoin de la liste des cours optionnels de troisième heure. J'aimerais changer de classe.

Elle rentre le menton et m'observe par-dessus ses lunettes.

— Tu n'es pas en option poésie avec M. Cooper ? C'est l'un des cours les plus appréciés.

— Si, je confirme. J'aimerais arrêter.

— Dans ce cas, tu as jusqu'à la fin de la semaine pour te décider, avant que j'enregistre ton emploi du temps définitif, rétorque-t-elle en attrapant une feuille qu'elle me tend. Quelle classe préfères-tu ?

Je jette un coup d'œil à la courte liste.

Botanique.

Littérature russe.

Les possibilités sont limitées.

— Je vais miser deux cents dollars sur la littérature russe.

Elle lève les yeux au ciel avant d'entrer les informations dans son fichier. On a déjà dû la lui faire. Elle me tend encore un nouvel emploi du temps avec un formulaire jaune.

— Fais signer ceci à M. Cooper, ramène-le-moi avant la troisième heure, et ce sera bon.

— Génial, je marmonne en sortant.

Quand je parviens à me frayer un chemin jusqu'à la salle de Will, je suis rassurée de trouver la porte close et les lumières éteintes. Le voir n'était pas dans mes priorités du jour. Je décide de prendre les choses en main. J'attrape un stylo dans mon sac, presse le formulaire jaune contre le mur et entreprends d'imiter sa signature.

— Si j'étais toi, je ne ferais pas ça.

Je me retourne d'un coup. Will se tient derrière moi, avec un sac en bandoulière et des clés à la main. En le voyant, je sens mon ventre se serrer. Il porte un pantalon classique et une chemise noire rentrée à la taille. La couleur de sa cravate s'accorde à la perfection avec ses yeux verts, à tel point que j'ai du mal à m'en détourner. Il a l'air très... pro.

Je recule pour le laisser passer. Il déverrouille la porte. Une fois à l'intérieur, il allume la lumière et pose son sac sur le bureau. Comme je n'ai pas bougé du couloir, il me fait signe d'avancer.

Je pose le formulaire devant lui.

— Tu n'étais pas encore arrivé. Je me suis dit que j'allais te simplifier la tâche, dis-je, sur la défensive.

Will ramasse le papier en grimaçant.

— Littérature russe ? C'est ça, que tu as choisi ?

— C'était soit ça, soit botanique, je réponds d'une voix calme.

Will tire sa chaise et s'y assoit. Il lisse la feuille de papier, puis presse la pointe du stylo sur la ligne adéquate. Toutefois, il hésite et repose le tout sans signer.

— J'ai beaucoup réfléchi la nuit dernière... à ce que tu m'as dit hier. C'est injuste de ma part de te demander de changer de groupe pour me faciliter la vie. On habite à quelques dizaines de mètres l'un de l'autre, nos frères sont en train de devenir les meilleurs amis du monde. Je pense que ce cours peut nous être bénéfique à tous deux. Il nous aidera à savoir comment nous comporter l'un envers l'autre. Il va bien falloir qu'on s'y habitue. Et puis, poursuit-il en sortant une feuille de son sac qu'il fait glisser vers moi, tu n'auras visiblement aucun mal à suivre.

J'examine le contrôle que j'ai passé hier. J'ai obtenu un sans-faute.

— Ça ne me dérange pas de changer, je rétorque tout en pensant le contraire. Je comprends tes raisons.

— Merci, mais les choses ne peuvent aller qu'en s'arrangeant maintenant, pas vrai ?

Je lève les yeux vers lui et hoche la tête.

— Bien sûr.

Je mens. Il a tort. Le côtoyer tous les jours ne va pas arranger les choses. Même si je retournais vivre au Texas, je me sentirais encore trop près de lui. Malheureusement, ma conscience ne trouve pas une bonne excuse pour me persuader de changer de groupe.

Will chiffonne le formulaire de transfert et le lance vers la corbeille. Il la manque d'un bon mètre. Je ramasse la boule de papier sur le chemin de la porte et la jette à la poubelle.

— On se voit en troisième heure, monsieur Cooper.

Du coin de l'œil, je le vois froncer les sourcils, puis je sors.

Quelque part, je me sens soulagée. J'ai détesté la façon dont les choses se sont terminées hier soir. Même si je ferais n'importe quoi pour rectifier cette situation embarrassante, je dois admettre qu'il trouve toujours un moyen de me mettre à l'aise.

— Qu'est-ce qui t'est arrivé, hier ? me demande Eddie au début de la deuxième heure. Tu t'es encore perdue ?

— Ouais, pardon. J'ai eu des problèmes avec l'administration.

— Tu aurais pu m'envoyer un message, me taquine-t-elle. Je me suis inquiétée.

— Oh, je suis désolée, ma belle.

— Ma belle ? Tu essaies de me voler ma copine ?

Un garçon que je n'ai pas encore rencontré passe un bras autour de la taille d'Eddie et l'embrasse sur la joue.

— Layken, je te présente Gavin, dit-elle. Gavin, voici Layken, ta rivale.

Gavin a les cheveux aussi blonds qu'Eddie. Leur longueur est la seule chose qui diffère. Ils auraient très bien pu être frère et sœur, sauf qu'il a les yeux noisette, et elle, bleus. Il porte un sweat à capuche noir avec un jean et, quand il lève le bras pour me saluer, je remarque un cœur tatoué au creux de son poignet... le même qu'Eddie.

— J'ai beaucoup entendu parler de toi, m'affirme-t-il en me tendant la main.

Je le dévisage avec curiosité, cherchant ce qu'on a bien pu lui dire.

— Bon, en fait, c'est pas vrai, admet-il en souriant. Je n'ai pas du tout entendu parler de toi. Mais c'est ce qu'on dit, en général, quand on fait les présentations.

Il se tourne vers Eddie et l'embrasse de nouveau sur la joue.

— On se voit à l'heure suivante, chérie. Il faut que j'aille en cours.

Je les envie.

M. Hanson entre dans la classe en annonçant un contrôle sur le dernier chapitre. Je n'émets aucune objection lorsqu'il me tend le polycopié et on passe le reste de l'heure en silence.

*

* *

Tandis que je suis Eddie à travers la foule de lycéens, mon ventre se noue de plus en plus. Je regrette déjà de ne pas avoir choisi la littérature russe. Comment l'un de nous a-t-il pu penser que ça faciliterait les choses ? Ça me dépasse.

On arrive devant la salle de Will. Il tient la porte ouverte et salue ses élèves au fur et à mesure qu'ils entrent.

— Vous avez l'air un peu plus en forme aujourd'hui, monsieur Cooper. Vous voulez un bonbon à la menthe ? lui demande Eddie en se dirigeant vers son siège.

Javi lance un regard noir à Will en s'installant à sa place.

— Très bien, s'exclama Will en refermant la porte. Vous avez fait du bon travail sur le devoir d'hier. Je sais que la structure du poème n'est pas un chapitre très amusant, alors je suis sûr que vous êtes ravis d'en avoir fini. Je pense que vous trouverez la partie sur la représentation bien plus drôle. C'est ce sur quoi nous allons nous concentrer pour le reste du semestre.

» La poésie de représentation ressemble à la poésie traditionnelle, à laquelle on ajoute un élément : la… représentation.

— Une représentation ? s'exclame Javier, avec mépris. Comme dans ce film avec les poètes morts ? Où les élèves doivent lire des conneries devant toute la classe ?

— Pas vraiment, répond Will. Ça, c'était seulement de la poésie.

— Il parle de slam, intervient Gavin. Comme ce qu'ils font au Club N9NE le jeudi.

— C'est quoi, le slam ? interroge une fille dans le fond.

Gavin se tourne vers elle.

— C'est trop cool ! Eddie et moi, on y va des fois. Il faut que tu le voies pour comprendre.

— C'en est une forme, oui, reprend Will. Quelqu'un d'autre a déjà assisté à du slam ?

Plusieurs élèves lèvent la main. Pas moi.

— Montrez-leur, monsieur Cooper. Faites-leur entendre l'un des vôtres ! dit Gavin.

Je perçois l'hésitation dans le regard de Will. D'expérience, je sais qu'il n'aime pas être mis au pied du mur.

— Vous savez quoi, on va passer un marché, vous et moi. Si je vous présente l'un de mes poèmes, chacun d'entre vous devra venir assister au slam au moins une fois au club N9NE ce semestre.

Personne ne refuse. J'aimerais le faire, mais pour ça, il faudrait que je lève la main et que je parle. Hors de question.

— Pas d'objection ? Parfait. Je vais vous réciter une courte pièce que j'ai écrite. Souvenez-vous, le slam est un ensemble qui englobe le poème en lui-même et la performance.

Will se place à l'avant de la salle, face à ses élèves. Il étire les bras et la nuque pour essayer de se détendre. Quand il s'éclaircit la voix, ce n'est visiblement pas pour se racler la gorge, mais pour se préparer à crier.

Mes **aspirations**, mes **introspections**,
mes **remises en question**
S'échappent de moi comme des **torrents** de **sang**
d'une **plaie**
Comme un fœtus du **ventre** d'un **cadavre**
dans un **mausolée**
Flétri, jeté tels des draps rouges sur le lit
D'une pièce **immaculée**.
Je ne peux pas **respirer**.
Je ne peux pas **échapper**
À cette **position** forcée
Elle **contrôle** la seule **part** de mon âme misérable
Abandonnée à **elle-même** dans ce trou béant
Que j'ai **creusé** de l'intérieur,
comme un **prisonnier** dans

Une cellule **ouverte** au fin **fond** de l'enfer
Libre, il ne l'est **pas** dans cet endroit irrespirable
Il pourrait ouvrir la porte car il n'a pas **besoin**
De clé
Mais quand bien même
Pourquoi le *ferait-il* ?
La **circonlocution** est sa révolution.

Le silence qui règne dans la pièce est assourdissant. Personne ne parle, personne ne bouge, personne n'applaudit. On est tous scotchés. Moi la première. Comment est-ce qu'il veut que je passe à autre chose s'il fait tout le temps des trucs pareils ?

— Voilà, dit-il comme si tout était normal en regagnant son siège.

On passe le reste de l'heure à parler de slam. J'essaie de suivre quand il se lance dans des explications plus pointues, mais je n'arrête pas de penser au fait qu'il ne croise jamais mon regard. Pas une seule fois.

Au déjeuner, je m'installe à côté d'Eddie. Un garçon qui est assis quelques rangs derrière moi dans la classe de Will s'approche de nous. Il porte deux plateaux en équilibre sur son bras gauche, plus son sac à dos et un sachet de chips dans la main droite. Il s'installe face à moi puis transvase toute la nourriture sur un seul plateau. Quand il a fini, il sort de son sac une bouteille de deux litres de Coca, qu'il pose devant lui. Après avoir dévissé le bouchon, il boit directement au goulot, me regarde et repose la bouteille en s'essuyant la bouche.

— Tu comptes boire ce lait au chocolat, la nouvelle ?

Je hoche la tête.

— Je ne l'aurais pas pris, sinon.

— Et le gâteau roulé ? Tu vas le manger ?

— Je ne l'ai pas pris pour rien non plus.

Haussant les épaules, il profite d'un moment d'inattention de Gavin pour lui faucher son gâteau. Le pauvre garçon réagit une seconde trop tard.

— Putain, Nick ! Tu ne prendras jamais cinq kilos avant vendredi. Laisse tomber ! s'exclame Gavin.

— Quatre, le corrige Nick entre deux bouchées de pain.

Eddie lui lance son gâteau roulé. Il l'attrape au vol en lui faisant un clin d'œil.

— Ta copine croit en moi, elle, dit Nick à Gavin.

— Il fait des haltères, m'explique Eddie. Il doit prendre quatre kilos d'ici à vendredi pour pouvoir concourir dans sa catégorie. Ce n'est pas gagné.

À mon tour, je jette alors mon dessert sur le plateau de Nick. Il me gratifie d'un nouveau clin d'œil avant de le plonger dans une montagne de beurre.

Je suis reconnaissante envers Eddie de m'avoir acceptée dans son groupe d'amis si facilement. Enfin, ce n'est pas comme si j'avais eu le choix. Elle m'a plus ou moins forcé la main. Au Texas, il y avait vingt et un élèves dans ma classe de terminale. Je m'entendais bien avec mes camarades mais, les nouvelles rencontres étant limitées, je ne me suis jamais fait de véritables amis. Je traînais surtout avec Kerris, mais on ne s'est pas contactées depuis mon déménagement. Eddie, elle, m'intrigue. J'espère qu'on se rapprochera.

— Depuis combien de temps vous sortez ensemble, Gavin et toi ? je demande.

— Depuis l'année dernière. Je l'ai renversé avec ma voiture. (Elle le regarde et sourit.) L'amour au premier coup de pare-chocs. Et toi ? Tu as un copain ?

J'aurais aimé pouvoir parler de Will, lui dire que la première fois qu'on s'est vus, j'ai ressenti quelque chose que je n'avais jamais ressenti avec aucun garçon. J'aurais aimé lui raconter notre premier rendez-vous, cette soirée où l'on a eu l'impression de se connaître depuis des années. J'aurais aimé m'étendre sur ses poèmes, ses baisers, absolument tout. Mais surtout, j'aurais aimé lui confier ce que j'ai éprouvé lorsque je l'ai croisé dans le couloir et qu'on a compris que notre destin n'était plus entre nos mains. Je sais que c'est impossible. Je ne peux en parler à personne. Alors, je me tais. Je lui réponds simplement :

— Non.

— Ce n'est pas vrai ! Tu n'as pas de copain ? On va réparer ça ! dit-elle.

— Pas la peine. Ce n'est pas cassé.

Eddie éclate de rire et se tourne vers Gavin pour discuter des prétendants potentiels pour sa nouvelle amie célibataire.

*
* *

Quand le week-end arrive enfin, c'est la première fois de ma vie que je quitte un parking avec autant de soulagement. Même si Will habite de l'autre côté de la rue, je me sens moins vulnérable chez moi qu'à un mètre de lui dans une salle de classe. Il a tenu toute une semaine sans me regarder dans les yeux. Et on ne peut pas dire que j'aurais pu rater le moindre coup d'œil dans ma direction : je l'ai dévisagé sans vergogne.

Sur le trajet du retour, je m'arrête pour parfaire mon plan « week-end enfermée à la maison ». Je vous le donne en mille : films et cochonneries à grignoter.

Quand je franchis la porte d'entrée, ma mère est assise au bar dans la cuisine. À son air renfrogné, je peux dire qu'elle n'est pas particulièrement contente de me voir. Je me dirige vers elle et pose mes sacs sur le comptoir devant elle.

— Je vais passer le week-end avec Johnny Depp, lui dis-je en feignant de ne pas avoir remarqué son expression.

Elle ne sourit pas.

— J'ai ramené Caulder de l'école, aujourd'hui, commence-t-elle. Il a mentionné quelque chose de très intéressant.

— Ah bon ? Tu as une toute petite voix, Maman ? Tu as attrapé froid ?

J'essaie de prendre un air nonchalant, mais je sais très bien lire entre les lignes. En réalité, ce qu'elle essaie de me dire, c'est : « J'ai appris un truc sur ton petit copain que j'aurais dû entendre de ta bouche. »

— Tu n'as rien à me dire ? me demande-t-elle en me fusillant du regard.

Je prends une gorgée d'eau et m'assieds sur un tabouret. J'avais l'intention de lui en parler ce soir, mais visiblement, ça va se faire plus tôt que prévu.

— J'allais t'en parler, Maman, je te le jure.

— Il enseigne dans ton lycée, Lake !

Elle s'interrompt, prise d'une quinte de toux. Elle attrape un mouchoir et se lève du bar. Quand elle a retrouvé son calme, elle baisse la voix pour ne pas alerter les garçons qui jouent quelque part dans la maison.

— Tu ne crois pas que tu aurais dû m'en informer avant que je t'autorise à sortir avec lui ?

— Je n'en savais rien ! Et lui non plus ! je rétorque sur un ton exagérément défensif.

Elle penche la tête sur le côté et lève les yeux au ciel comme si je l'avais insultée.

— Qu'est-ce que tu fabriques, Lake ? Tu te rends compte qu'il élève son petit frère tout seul ? Ça pourrait ruiner sa...

On tourne toutes les deux le regard vers la porte en entendant la voiture de Will se garer devant chez lui. Je me lève aussitôt pour barrer la route à ma mère et clarifier la situation. Malheureusement, elle est plus rapide que moi et je me retrouve à la suivre dehors en la suppliant d'arrêter.

— Maman, je t'en prie, laisse-moi t'expliquer. S'il te plaît.

Elle est en train de remonter l'allée de Will quand il se rend compte de notre présence. Son sourire disparaît en me voyant. Il a compris que ce n'est pas une visite de courtoisie.

— Julia, je vous en prie, dit-il. Est-ce qu'on peut discuter de tout ça à l'intérieur ?

Elle ne répond pas. Elle se dirige directement vers la porte et se permet d'entrer.

Will m'adresse un regard interrogateur.

— Ton frère lui a dit que tu étais prof. Je n'avais pas encore eu le temps de lui expliquer quoi que ce soit, je précise.

Il soupire et à notre tour nous entrons, à contrecœur.

C'est la première fois que je mets les pieds chez lui depuis que j'ai appris que ses parents sont morts. Rien n'a changé, pourtant rien n'est plus pareil. Le premier jour, quand je me suis assise au bar, je pensais que tout cela appartenait à ses parents, que la situation de Will n'était pas si différente de la mienne. À présent, ce que je vois me montre un nouvel aspect de sa personnalité, son côté responsable, mature.

Ma mère est assise sur un fauteuil, le dos raide. Will entre en silence dans la pièce et s'installe face à elle, sur le bord du canapé. Il se penche en avant, les mains jointes et les coudes sur les genoux.

— Je vais tout vous expliquer, dit-il d'un ton sérieux et respectueux à la fois.

— Je n'en doute pas, répond-elle d'une voix monocorde.

— Pour résumer, j'ai tiré des conclusions hâtives. J'ai d'abord cru qu'elle était plus âgée. Elle fait plus mature que son âge. Quand elle m'a dit qu'elle avait dix-huit ans, j'ai tout de suite pensé qu'elle était à la fac. On est seulement en septembre. La plupart des lycéens ne sont pas encore majeurs quand ils commencent leur dernière année.

— La plupart, oui. Elle a eu dix-huit ans il y a deux semaines.

— Oui, je… je comprends mon erreur, aujourd'hui, dit-il en jetant un coup d'œil dans ma direction. Comme elle n'est pas allée en cours la semaine suivant votre emménagement, je n'y ai pas pensé. Et on n'a jamais abordé le sujet ensemble.

Ma mère se met de nouveau à tousser. Will et moi attendons que ça passe, mais la quinte de toux s'intensifie. Elle se lève et respire profondément. Si je ne savais pas qu'elle couvait quelque chose, j'aurais pensé qu'elle nous faisait une crise de panique. Will va chercher un verre d'eau dans la cuisine. Ma mère boit une gorgée et se tourne vers la fenêtre du salon qui donne sur le devant de la maison. Caulder et

Kel sont dehors. Je les entends rire. Elle se dirige vers la porte d'entrée et l'ouvre à la volée.

— Kel, Caulder ! Ne vous allongez pas sur la route ! (Elle referme et revient vers nous.) Alors, dites-moi, quand le sujet a-t-il été abordé ? demande-t-elle en nous regardant tous les deux.

Je suis incapable de parler. En leur présence, j'ai l'impression d'être toute petite. Comme une enfant à qui deux adultes font la leçon. Voilà ce que je ressens.

— On ne s'est rendu compte de rien jusqu'à ce qu'elle vienne assister à mon cours, répond Will.

Ma mère me dévisage, bouche bée.

— Tu es dans sa classe ? (Elle se tourne vers Will et répète sa question.) Elle est dans ta classe ?

Dit comme ça, ça a l'air grave.

Elle se lève et se met à faire les cent pas dans le salon. On lui laisse le temps de digérer l'information.

— Vous êtes en train de me dire qu'aucun de vous ne connaissait la vérité avant le premier jour de cours ?

On hoche tous les deux la tête.

— Alors, qu'est-ce que vous comptez faire, maintenant ? demande-t-elle.

Elle a posé les poings sur ses hanches. Will et moi restons silencieux. On espère qu'elle va trouver la solution que l'on cherche désespérément depuis une semaine.

— Eh bien, répond Will, Lake et moi faisons de notre mieux pour régler cette situation au jour le jour.

Elle lui lance un regard plein de reproches.

— Lake ? Tu l'appelles Lake ?

Will baisse les yeux vers le sol, incapable de lui faire face.

Avec un soupir, ma mère revient s'asseoir près de Will.

— Vous devez tous les deux accepter le sérieux de cette situation. Je connais ma fille. Je sais qu'elle t'apprécie, Will. Elle t'apprécie énormément. Mais si tu partages ne serait-ce qu'une once de ses sentiments, tu feras tout ce qui est en ton pouvoir pour t'éloigner d'elle. Ça suppose d'arrêter de l'appeler par son surnom. Cette histoire risque de compromettre ta carrière et sa réputation.

Elle se lève et s'avance vers la porte, qu'elle tient ouverte pour me signifier de la suivre. Elle ne nous autorise pas à rester seuls.

Kel et Caulder s'engouffrent dans l'entrée avant de se précipiter vers la chambre du petit garçon. Ma mère les regarde disparaître dans le couloir.

— Kel et Caulder ne doivent pas souffrir de cette situation, dit-elle en reportant son attention sur Will. Je suggère qu'on s'arrange pour réduire au maximum le nombre d'interactions entre Lake et toi.

— Bien sûr. Je suis tout à fait d'accord, répond-il.

— Je travaille la nuit et je dors le matin. Si tu veux, tu peux emmener les enfants à l'école. Lake et moi, on les récupérera le soir. Après, ce sera à eux de décider où ils veulent aller. Ça n'a pas l'air de les déranger de voguer d'une maison à l'autre.

— Ça m'a l'air parfait. Merci.

— C'est un bon garçon, Will.

— Vraiment, Julia, vous pouvez me croire. Ça me convient parfaitement. Je n'ai pas vu Caulder aussi heureux depuis…

Sa voix s'éteint. Il ne termine pas sa phrase.

— Julia ? reprend-il. Vous allez en informer le lycée ? Je comprendrais tout à fait que vous y soyez contrainte... J'aimerais simplement y être préparé.

Elle le dévisage, me regarde, puis conserve un air impassible.

— Il ne se passe rien que j'aurais besoin de signaler, pas vrai ?

— Rien du tout, je te le jure, je lance aussitôt.

J'aurais voulu que Will tourne la tête dans ma direction pour qu'il lise dans mes yeux à quel point je suis désolée, mais il n'en fait rien. Dès qu'il referme la porte derrière nous, j'explose.

— Tu étais obligée de faire ça ? je crie. Tu ne m'as même pas laissé le temps de m'expliquer !

Je traverse la rue à toute vitesse sans regarder derrière moi. Puis je me réfugie dans ma chambre, où je me cloître jusqu'à ce qu'elle aille travailler.

*

*   *

— Layken ? On a du soda en poudre à la maison ?

Kel se tient dans l'entrée, couvert d'un mélange de neige et de boue. Ce n'est pas la question la plus bizarre qu'il m'ait posée, alors je ne dis rien et lui tends un paquet de préparation pour boisson au raisin.

— Pas violet, on a besoin de rouge, dit-il.

Je lui reprends le paquet des mains pour l'échanger contre un rouge.

— Merci !

Après avoir refermé la porte derrière lui, j'étends une serviette dans l'entrée. Il n'est pas encore 9 heures, pourtant Kel et Caulder jouent dans la neige depuis déjà deux heures.

Je m'assieds au bar pour terminer ma tasse de café. J'observe les sachets de chips et autres friandises que je n'ai même plus envie de toucher. Ma mère est rentrée à 7 h 30 ce matin. Elle est directement allée se coucher et elle restera au lit jusqu'à environ 14 heures. Je lui en veux toujours et je ne suis pas d'humeur à en discuter aujourd'hui : il me reste donc cinq heures pour profiter du monde extérieur avant de regagner ma chambre. J'attrape un DVD sur le bar et une tablette de chocolat, malgré mon manque d'appétit. S'il existe un homme capable de me faire oublier Will, c'est bien Johnny Depp.

En plein milieu du film, Kel entre dans la maison en sautillant, toujours couvert de neige et de boue, et me prend la main pour me traîner dehors.

— Arrête, Kel ! Je ne veux pas sortir, je crie.

— S'il te plaît ! Juste une minute. Il faut que tu voies le bonhomme de neige qu'on a fait.

— D'accord, mais laisse-moi d'abord enfiler mes chaussures.

Dès que j'ai ma seconde botte au pied, Kel s'empare de nouveau de ma main et me tire vers la porte. Je l'autorise à me guider tandis que je ferme les yeux. Il me faut un moment pour m'habituer à la luminosité du soleil qui se réverbère sur la neige.

— Il est juste là.

J'entends Caulder parler, mais il ne s'adresse pas à moi. J'ouvre les paupières. Le garçon fait subir le même sort que moi à son frère. Ils nous emmènent tous les deux derrière la Jeep et nous placent à quelques centimètres l'un de l'autre, devant la victime.

Je comprends maintenant pourquoi Kel avait besoin de rouge. Face à nous, allongé sous l'arrière de ma voiture, s'étend un bonhomme de neige mort. Ses yeux en brindille esquissent une expression d'effroi. Deux branches fines lui servent de bras. L'une d'entre elles est cassée en deux sous ma roue. Sur sa tête et sa gorge ruisselle la boisson rouge qui mène à une flaque de neige sanguinolente, à une dizaine de centimètres du bonhomme.

— Il a eu un terrible accident, dit Kel d'une voix sérieuse avant d'éclater de rire en chœur avec Caulder.

J'échange un regard avec Will. Pour la première fois de la semaine, il me sourit.

— Waouh, il faut que j'aille chercher mon appareil photo, dit-il.

— Moi aussi, je rétorque.

Je lui souris avant de me diriger à l'intérieur. C'est à ça que notre vie va ressembler, à présent ? On va devoir trouver des prétextes pour se parler ? Et s'éviter en public ? Je déteste ça d'avance.

Quand je reviens avec mon appareil, les garçons admirent toujours leur scène de crime. J'en profite pour prendre quelques photos.

— Viens, Kel, on va tuer un bonhomme de neige avec la voiture de Will, maintenant ! s'écrie Caulder avant de se précipiter de l'autre côté de la rue.

L'atmosphère est lourde entre Will et moi. Comme on ne sait pas où poser les yeux, on observe le bonhomme de neige. Au bout d'un moment, il se tourne vers nos frères respectifs.

— Ils ont de la chance de s'être trouvés, note-t-il d'un air pensif.

J'analyse sa phrase en me demandant si elle a un sens caché ou s'il essaie simplement de me faire la conversation.

— Oui, c'est vrai, j'acquiesce.

On les regarde rassembler de la neige. Will prend une grande inspiration puis étire les bras au-dessus de sa tête.

— Bon, je ferais mieux de rentrer, dit-il en s'éloignant.

— Will, attends.

Il se retourne, les mains dans les poches, mais reste silencieux.

— Je suis désolée pour hier, pour ma mère, je m'excuse en fixant le sol.

Je ne peux pas le regarder dans les yeux pour deux raisons. La première, c'est que la neige m'aveugle. La deuxième, c'est que ça me fait mal.

— Aucun souci, Layken.

Et voilà, mon prénom officiel est de retour.

Il baisse la tête à l'endroit où le « sang » a coloré la neige et y donne un coup de pied.

— Elle joue son rôle de maman, c'est tout. (Il s'interrompt et baisse encore plus la voix.) Ne lui en veux pas. Tu as de la chance de l'avoir.

Sur ces mots, il se retourne et s'éloigne. La culpabilité m'envahit. Ils ne sont plus que deux, et moi, je me plains du seul parent qu'il me reste. Je me sens honteuse de lui en avoir parlé. Encore plus de m'être mise en colère contre ma mère. Comme d'habitude, Will a raison. J'ai de la chance de l'avoir.

Après le déjeuner, j'entends la douche de ma mère couler dans sa chambre. Je lui réchauffe les restes et lui sers un verre de thé glacé. Je les pose ensuite à sa place habituelle au bar et l'attends. Quand elle apparaît dans le couloir et voit la nourriture, elle me sourit doucement avant de s'installer.

— C'est un gage de paix, ou tu veux m'empoisonner ? demande-t-elle en dépliant sa serviette sur ses genoux.

— Je suppose qu'il faut que tu goûtes pour le savoir.

Elle me dévisage avec précaution avant de prendre une bouchée. Elle mâche quelques instants et, comme elle ne tombe pas raide morte, elle continue de manger.

— Je suis désolée, Maman. J'aurais dû t'en parler plus tôt. Mais je ne savais pas comment réagir.

Face à son regard empli de pitié, je détourne la tête et m'emploie à faire la vaisselle.

— Lake, je sais que tu l'aimes beaucoup. Moi aussi. Mais comme je te l'ai dit hier, ça ne peut pas continuer. Promets-moi que tu ne feras rien de stupide.

— Je te le promets, Maman. De toute façon, il m'a dit clairement qu'il ne voulait plus rien avoir à faire avec moi. Tu n'as pas de souci à te faire.

— Je l'espère, répond-elle en poursuivant son repas.

Je termine la vaisselle et retourne dans le salon pour reprendre mon aventure avec Johnny Depp.

6

Ton cœur dit « assez »
Dans quel pétrin m'as-tu encore fourré ?
Mais quand les sentiments l'emportent
Il te donne des ailes et te transporte.

THE AVETT BROTHERS, « Living of Love »

Les semaines suivantes passent à une vitesse folle. Le rythme des devoirs et mon sentiment de solitude dans la classe de Will s'intensifient. On ne s'est pas reparlé depuis le jour où le bonhomme de neige a été assassiné. On ne s'est pas même jeté un regard. Il m'évite comme la peste.

J'ai du mal à me faire à la vie dans le Michigan. Ce qui s'est passé avec Will n'a sans doute pas facilité mon adaptation. J'ai tout le temps sommeil. Sûrement parce que la douleur est moins forte quand on dort.

Eddie n'a pas cessé de me proposer des candidats pour pallier mon manque flagrant de petit ami, mais je les ai tous rejetés en bloc. Au final, elle a échangé sa place avec Nick dans la classe de Will dans l'espoir qu'une étincelle naîtrait entre nous.

Ça n'arrivera pas.

— Salut, Layken. (Nick sourit en s'asseyant près de moi.) J'en ai une nouvelle pour toi. Tu veux l'entendre ?

En l'espace d'une semaine, j'ai dû supporter trois blagues sur Chuck Norris de sa part. Il est persuadé, à tort, qu'étant originaire du Texas, je suis une grande fan de *Walker, Texas Ranger*.

— Bien sûr !

Je n'essaie plus de lui ôter ce privilège ; ça ne sert à rien.

— Chuck Norris a ouvert un compte Gmail aujourd'hui. Son adresse, c'est gmail@chucknorris.com.

Il me faut quelques secondes pour comprendre. D'habitude, je suis plutôt vive d'esprit, seulement, ces derniers temps, je suis un peu ailleurs. J'ai de bonnes raisons de l'être.

— Marrant, je réponds d'une voix monotone pour lui faire plaisir.

— Chuck Norris a déjà compté jusqu'à l'infini. Deux fois.

Même si je n'en ai pas envie, je finis par éclater de rire. Nick me gonfle, parfois, mais sa naïveté est adorable.

Quand Will entre dans la salle, ses yeux se posent immédiatement sur lui. Même s'il ne me regarde pas, je me plais à imaginer un semblant de jalousie se nicher en lui. Depuis quelques jours, je porte beaucoup plus d'attention à Nick en présence de Will. Je hais cette nouvelle lubie qui m'envahit, ce désir de le rendre jaloux. Je sais qu'il faut que je cesse avant que Nick ne se fasse de fausses idées, mais j'en suis incapable. J'ai l'impression que c'est le seul aspect de la situation que je contrôle.

— Sortez vos cahiers, on écrit de la poésie aujourd'hui, dit Will en s'installant à son bureau.

La moitié de la classe râle. J'entends Eddie applaudir.

— On peut travailler par deux ? demande Nick en rapprochant son bureau du mien.

Will lui lance un regard noir.

— Non.

Le garçon hausse les épaules et se remet à sa place.

— Chacun d'entre vous va écrire un court poème et le récitera devant toute la classe demain.

Comme je n'ai pas envie de le regarder parler, je fais semblant de prendre des notes. Rester dans son groupe était une très mauvaise idée. Je ne peux pas me concentrer. Je me demande sans arrêt ce qu'il se passe dans sa tête, s'il pense à nous, et ce qu'il fait le soir, chez lui. Même quand je suis à la maison, je ne parviens pas à le sortir de mon esprit. Je me surprends à regarder de l'autre côté de la rue à la moindre occasion. En toute franchise, une autre option n'y aurait sans doute rien changé. Je me serais juste dépêchée de rentrer le soir pour le voir arriver en voiture. Ce jeu auquel je me livre est épuisant. J'aimerais trouver un moyen de me défaire de l'emprise qu'il a sur moi. Lui semble avoir réussi à passer à autre chose.

— Je vous demande seulement une dizaine de phrases pour commencer. Vous aurez ensuite l'occasion de continuer durant les semaines à venir et vous pourrez vous en servir pour le slam, dit Will. Ne croyez pas que j'ai oublié. Jusqu'à maintenant, aucun d'entre vous ne s'est présenté au club. On a passé un marché, pourtant.

Toute la classe se met à protester.

— Ce n'était pas ça, le deal ! On était seulement censés assister à une soirée ! Maintenant, il faut qu'on lise un poème ? s'exclame Gavin.

— Non. Techniquement, non. Vous devez assister à un slam. Vous n'êtes pas tenus de monter sur scène, je veux seulement que vous observiez. Mais il y a un risque pour que vous soyez désignés comme sacrifice, alors vous feriez mieux d'avoir quelque chose sous la main.

Plusieurs élèves demandent en quoi consiste un sacrifice. Will explique le terme et le fait que n'importe qui puisse être choisi au hasard. C'est pour ça qu'il veut que tout le monde prépare un poème, au cas où.

— Et si on veut monter sur scène ? demande Eddie.

— Vous savez quoi ? On va passer un autre marché. Ceux qui se porteront volontaires seront exemptés de contrôle final.

— Génial ! Je me lance ! s'écrie Eddie.

— Et si on n'y va pas du tout ? s'enquiert Javi.

— Alors, tu rateras quelque chose d'exceptionnel et, en plus, tu auras un F en participation, répondit Will.

Javi lève les yeux au ciel en grommelant.

— Sur quel thème est-ce qu'on doit écrire ? demande Eddie.

Will s'appuie contre son bureau, juste devant moi.

— Il n'y a pas de règles. Tu peux écrire sur n'importe quoi : l'amour, la nourriture, tes passions, un événement marquant de ta vie... Tu peux même dire à quel point tu détestes ton prof de poésie. Peu importe le thème du moment qu'il te transporte. Si le public ne te sent pas investie, il se désintéressera de toi, et ce n'est jamais drôle, crois-moi, dit-il comme s'il l'avait vécu.

— Et le sexe ? On peut en parler ? demande Javi.

Il est évident qu'il essaie de pousser Will à bout. Pourtant, celui-ci garde son calme.

— N'importe quoi, du moment que tes parents approuvent.

— Et s'ils ne nous laissent pas y aller ? C'est une boîte de nuit, après tout, fait remarquer un élève au fond de la salle.

— Je comprends qu'ils puissent avoir des doutes. Si c'est le cas de certains parents, je leur en parlerai personnellement. Je ne veux pas non plus que des questions de transport vous empêchent de vous y rendre. Le club ne se trouve pas à côté. Donc, pareil, s'il y a le moindre souci, venez m'en parler. J'emprunterai un véhicule scolaire pour vous y emmener. Quels que soient les obstacles, on arrivera à trouver une solution. Le slam me passionne, et je pense que je ne serais pas un bon professeur si je ne mettais pas toutes les chances de votre côté pour vous permettre d'en faire l'expérience.

» Je répondrai à toutes vos questions sur les modalités du contrôle de semestre cette semaine. Pour l'instant, occupons-nous du travail que je vous ai demandé de faire aujourd'hui. Vous avez toute l'heure pour écrire ce poème. Vous commencerez à les lire demain. Allez-y.

J'ouvre mon cahier et l'observe longuement. Je ne sais pas du tout de quoi parler. La seule chose à laquelle je pense en ce moment, c'est Will, et il est hors de question que j'écrive un poème sur lui.

À la fin de l'heure, je n'ai rien écrit de plus que mon nom. Je redresse la tête. Will est assis à son bureau et fixe ma page blanche en se mordillant les lèvres. Lorsqu'il relève les yeux, nos regards se croisent. C'est la première fois en trois semaines. Étonnamment, il ne se détourne pas tout de suite. S'il savait ce que je ressens en le voyant triturer ses lèvres, il arrêterait aussitôt. L'intensité de son regard me fait rougir. La température de la pièce me paraît soudain très élevée. Il reste ainsi, sans ciller, jusqu'à ce que la sonnerie retentisse. Alors, il se lève pour tenir la porte aux élèves qui sortent de la salle. Je range mon cahier sans perdre de temps et enfile mon sac à dos. Je ne cherche pas le contact visuel en partant, mais je sens ses pupilles braquées sur moi.

Juste au moment où j'étais persuadée qu'il m'avait oubliée, il faut qu'il agisse comme ça. Je reste silencieuse tout le reste de la journée, essayant de déchiffrer son comportement. J'en tire une unique conclusion : il est aussi perdu que moi.

Je suis soulagée de sentir les rayons du soleil sur mon visage lorsque je me dirige vers ma Jeep. Le temps a été incroyablement froid pour un début de mois d'octobre. Les prévisions pour les deux semaines à venir nous promettent un court répit avant l'arrivée de l'hiver. J'insère la clé dans le contact et la tourne.

Il ne se passe rien.

Génial, ma voiture est morte. Je n'y connais rien, mais je vais quand même ouvrir le capot. Il y a des tas de fils et des morceaux de métal : ici s'arrête l'étendue de ma science en mécanique. En revanche, je sais à quoi ressemble la batterie. Je vais donc chercher un pied-de-biche dans le coffre et le tape contre le boîtier. Après un nouvel essai infructueux, je me mets à frapper de plus en plus fort, jusqu'à passer mes nerfs sur la pauvre batterie.

— Si j'étais toi, je ne ferais pas ça.

Will s'approche de moi avec son sac en bandoulière. Il est dans la peau du professeur plus que dans la sienne.

— Tu me le dis souvent, je rétorque en reportant mon attention sous le capot.

— Qu'est-ce qui se passe ? Elle ne démarre pas ?

Il se penche sur le moteur et touche plusieurs fils. Je ne comprends pas ce qu'il fait. Il me dit qu'il ne doit pas me parler en public mais il me dévore des yeux en cours, et maintenant, voilà qu'il joue les mécanos personnels. Il faudrait savoir.

— Qu'est-ce que tu fais, Will ?

Il se relève et penche la tête sur le côté.

— D'après toi ? J'essaie de comprendre pourquoi ta Jeep ne marche pas.

Il fait le tour jusqu'au siège conducteur pour tourner la clé.

Je le suis.

— Pourquoi tu fais ça ? Tu m'as pourtant dit clairement que tu ne voulais plus me parler.

— Tu es une élève livrée à elle-même sur le parking, Layken. Je ne peux pas partir sans t'aider.

Je sais qu'il n'a pas utilisé le mot « élève » comme une insulte, c'est pourtant l'effet que ça me fait. En prenant conscience qu'il m'a blessée, il soupire et sort de la voiture pour jeter un nouveau coup d'œil au moteur.

— Ce n'est pas ce que je voulais dire, s'excuse-t-il en triturant d'autres fils.

Je me penche sous le capot près de lui dans un effort pour paraître naturelle, tout en continuant notre discussion.

— C'est très dur pour moi, Will. Tu m'as facilement oubliée, mais de mon côté, c'est plus compliqué. Je ne pense qu'à ça.

Will agrippe le bord de la voiture et tourne la tête vers moi.

— Tu crois que c'est facile pour moi ? murmure-t-il.

— Ça en a tout l'air.

— Lake, crois-moi, rien n'est simple. C'est un supplice de venir travailler tous les jours en sachant que c'est justement ce job qui nous sépare. (Il s'adosse à la voiture.) S'il n'y avait pas Caulder, j'aurais démissionné le jour où je t'ai vue dans ce couloir. J'aurais pu prendre une année sabbatique… attendre que tu sois diplômée pour continuer. (Il pivote vers moi et baisse davantage la voix.) Tu peux me faire confiance, j'ai réfléchi à tous les scénarios possibles et imaginables. Tu penses que ça ne me fait rien de savoir que c'est à cause de moi que tu souffres ? Que c'est à cause de moi que tu es triste ?

La sincérité qui émane de sa voix me prend au dépourvu. Je n'avais pas la moindre idée de ce qu'il ressentait.

— Je… je suis désolée. Je croyais…

Will me coupe et se concentre sur le moteur.

— Ta batterie n'a rien. C'est peut-être l'alternateur.

— Ta voiture ne veut pas démarrer ? demande Nick en s'approchant de nous.

Voilà qui explique le changement de comportement soudain de Will.

— Non, M. Cooper pense que je dois changer l'alternateur.

— Pas cool, répond-il en jetant un œil à la mécanique. Si tu veux, je peux te ramener chez toi.

Je suis sur le point de refuser quand Will s'immisce dans la conversation.

— C'est très gentil de ta part, Nick, dit-il en refermant le capot.

Je lui jette un coup d'œil en coin, mais il feint de ne rien remarquer. Il me laisse seule avec Nick, sans autre choix pour rentrer chez moi.

— Je suis garé là-bas, précise Nick en se dirigeant vers sa voiture.

— Je prends mes affaires et j'arrive.

J'attrape mon sac et, en cherchant mes clés, je me rends compte qu'elles ne sont plus là. Will les a sûrement prises par erreur. Je laisse les portières déverrouillées : s'il ne les a pas, je ne veux pas payer un serrurier en plus des réparations.

— Waouh ! Sympa, ta voiture ! je m'exclame quand on arrive devant le véhicule de Nick.

C'est une petite voiture de sport noire. Je ne connais pas le modèle, mais elle est top.

— Ce n'est pas la mienne, dit-il en montant à l'intérieur. Elle est à mon père. Il me la laisse quand il ne travaille pas.

— Elle est cool quand même. Dis, ça te dérange si on fait un détour par l'école primaire Chapman ? Je suis censée récupérer mon petit frère.

— Pas de problème, répond-il.

Il tourne à gauche à la sortie du parking.

— Alors, la nouvelle, le Texas te manque ?

Ça fait un mois que je suis ici, mais il continue de m'appeler comme ça.

— Ouais, je rétorque sans m'étaler.

Il essaie de me faire la conversation, mais je ne réponds à ses questions que par monosyllabes. Je n'arrête pas de penser à ce que m'a dit Will avant que Nick nous interrompe. Ce dernier finit par comprendre que je ne suis pas d'humeur à discuter et allume la radio.

Quand on s'arrête devant l'école, je sors de la voiture pour que mon petit frère me repère. En me voyant, il accourt vers moi, suivi de Caulder.

— Elle est où, ta Jeep ?

— Elle ne veut plus démarrer. Monte, Nick nous ramène.

— Oh, d'accord. Caulder est censé rentrer avec nous aujourd'hui.

J'ouvre la portière arrière, et les deux enfants s'installent sur la banquette. Ils se mettent aussitôt à pousser des « oh » et des « ah ». Pendant tout le trajet, ils comparent la voiture de Nick aux Transformers. Une fois devant la maison, Kel et Caulder sautent hors du véhicule et courent à l'intérieur. Je remercie Nick avant de les suivre. Derrière moi, j'entends une portière s'ouvrir.

— Layken, attends ! m'interpelle Nick.

Mince. J'y étais presque. Je me retourne. Il se tient dans l'allée, l'air nerveux.

— On a prévu d'aller chez *Getty* avec Eddie et Gavin dans la semaine. Ça te dit de te joindre à nous ?

Ça m'apprendra à flirter ouvertement avec lui. Je me sens coupable car je sais parfaitement que je l'ai induit en erreur.

— Je ne sais pas. Il faut que j'en discute avec ma mère. On en reparle demain, d'accord ?

En voyant une lueur d'espoir dans son regard, je regrette aussitôt de ne pas avoir refusé. Je ne veux pas le mener davantage en bateau.

— OK, à demain. Bonne soirée, dit-il.

Quand j'entre dans la maison, Kel et Caulder sont tous les deux assis au bar, à faire leurs devoirs.

— Caulder, tu habites ici maintenant ou quoi ?

Il pose ses yeux verts qui ressemblent tellement à ceux de Will sur moi.

— Je peux retourner chez moi, si tu veux.

— Mais non, je plaisante. J'aime bien quand tu es ici. Tu tiens ce petit monstre éloigné de moi.

Je presse l'épaule de Kel avant d'aller chercher à boire dans la cuisine.

— Ce Nick est ton petit copain ? Je croyais que mon frère allait être ton petit copain, moi.

La remarque de Caulder me prend par surprise. Je recrache ma gorgée de jus de fruits.

— Non, je ne sors avec aucun des deux. Ton frère et moi sommes amis, Caulder.

— Mais Layken, intervient Kel en adressant un sourire malicieux à son ami. Je vous ai vus vous embrasser ce soir-là, quand vous êtres rentrés tous les deux. Dans l'allée. Je vous observais depuis ma chambre.

Mon cœur fait un bond dans ma poitrine. Je m'approche des deux garçons et pose fermement les mains sur le bar.

— Kel, ne répète à personne ce que tu viens de me dire. Tu entends ?

Les yeux écarquillés, ils se recroquevillent tous les deux sur leur siège tandis que je me penche vers eux.

— Je ne plaisante pas. Tu n'as rien vu. Si tu en parles à quelqu'un, Will risque d'avoir de sérieux ennuis. Ce n'est pas une blague.

Ils hochent la tête. Je les laisse tranquilles et me rends dans ma chambre. Après avoir sorti mon cahier, je m'affale sur mon lit pour faire mon devoir, sans succès. Je n'arrête pas de penser à Will et moi. Même si je n'aime pas l'idée d'être séparée de lui, la possibilité qu'il se fasse virer me révolte encore plus. Il a besoin de ce travail. Will n'avait qu'un an de plus que moi au moment où ses parents sont morts et où il a dû endosser le rôle de père pour Caulder. Plus j'y pense, plus je m'en veux d'avoir été si dure avec lui à propos de sa décision. La douleur que me cause notre séparation n'est sans doute pas comparable à ce qu'il ressent. J'ai l'impression de m'éloigner de lui un peu plus chaque jour pour n'être plus que son élève.

Je décide de m'atteler à l'écriture du poème que je n'ai pas encore commencé, mais au bout d'une demi-heure, je contemple toujours une page vierge. C'est à ce moment-là que ma mère entre dans ma chambre.

— Où est ta Jeep ?

— Oh, j'ai oublié de t'en parler. Elle refuse de démarrer. Sûrement l'alternateur. Je l'ai laissée au lycée.

— Comment tu as pu oublier une chose pareille ? me demande-t-elle, visiblement contrariée.

— Excuse-moi. Tu dormais quand je suis rentrée. Je sais que tu as été malade cette semaine, alors je n'ai pas voulu te réveiller.

Elle soupire et s'assoit sur mon lit.

— Je ne sais pas quand je pourrai la faire réparer. Je travaille, les jours qui viennent. Ça ne te dérange pas de la laisser au lycée jusqu'à ce que je trouve une solution ?

— Je demanderai à l'administration demain. Je doute qu'ils se rendent compte de sa présence.

— OK. Il faut que j'aille travailler.

Elle se lève pour partir.

— Ah bon ? Tu ne commences pas avant plusieurs heures, pourtant.

— J'ai des courses à faire, répond-elle aussitôt.

Puis elle referme la porte, me laissant pensive.

Je suis en train de me sécher les cheveux lorsque je crois entendre la sonnette. J'éteins l'appareil pour tendre l'oreille. Au bout d'un moment, on sonne de nouveau.

— Kel ! Va ouvrir ! je crie en enfilant mon bas de jogging.

J'attache mes cheveux encore humides en queue-de-cheval et passe un top à bretelles. La personne insiste.

Je me dirige vers la porte et jette un coup d'œil dehors par le judas. Will se tient là, les bras croisés et la tête baissée. En le voyant, je sens mon cœur bondir dans ma poitrine. Je me tourne pour inspecter mon reflet dans le miroir. Sans surprise, j'ai l'air de sortir de la douche. Au moins, cette fois, je ne porte pas les pantoufles de Kel. Et puis, mince ! Ça n'a aucune importance, de toute façon.

J'ouvre le battant et lui fais signe d'entrer. Il avance suffisamment pour me permettre de refermer, mais ne va pas plus loin.

— Je viens juste récupérer Caulder. C'est l'heure du bain.

Il a toujours les bras croisés et parle d'un ton sec. J'en déduis que je n'obtiendrai rien de plus de lui aujourd'hui. Aussi, je lui demande de m'attendre pendant que je vais chercher son frère. Je me rends d'abord dans la chambre de Kel, puis dans celle de ma mère, et enfin dans la mienne, jusqu'à avoir fait le tour de la maison.

— Ils ne sont pas ici, Will, dis-je en revenant dans le salon.

— Ils le sont forcément, puisqu'ils ne sont pas chez moi.

Il avance dans le couloir et les appelle en inspectant toutes les pièces. De mon côté, j'ouvre la porte du patio et allume la lumière à l'extérieur pour examiner le petit jardin.

— Ils ne sont pas dehors non plus, j'ajoute quand on se retrouve dans le salon.

— Je vais vérifier chez moi encore une fois.

Quand Will traverse la route, je décide de le suivre. Il fait nuit et la température a chuté depuis quelques heures déjà. L'inquiétude m'envahit tandis qu'on se dirige vers chez lui. Je sais que Kel et Caulder ne sortent pas à cette heure-ci. S'ils ne sont ni chez l'un, ni chez l'autre, j'ignore où ils peuvent se trouver.

Will inspecte rapidement sa maison. Étant donné que je ne suis jamais allée plus loin que le couloir, je ne me sens pas de le suivre dans les autres pièces ; je l'attends dans l'entrée.

— Ils ne sont pas ici, m'apprend-il, incapable de cacher sa nervosité.

Hoquetant de surprise, je porte les mains à mes lèvres tandis que la gravité de la situation me frappe. Will perçoit la peur dans mes yeux et me prend dans ses bras.

— On va les retrouver. Ils sont sûrement en train de jouer quelque part. (Son étreinte reste brève. Il me relâche très vite et retourne vers la porte d'entrée.) Va jeter un coup d'œil dans le jardin, à l'arrière. On se retrouve devant.

Pendant qu'on hurle le nom des garçons, la panique se répand dans ma poitrine. Ça me rappelle le jour où j'avais surveillé Kel et où j'avais cru l'avoir perdu. J'avais fouillé la maison de fond en comble avant de craquer et d'appeler ma mère. Elle avait aussitôt contacté la police qui était arrivée quelques minutes plus tard. Les agents étaient toujours en train de chercher quand elle est rentrée. L'affolement que j'avais alors lu dans ses yeux m'avait anéantie. On s'était toutes les deux mises à pleurer. Au bout de quinze minutes, un policier avait trouvé Kel endormi sur les serviettes, dans un placard de la salle de bains. Apparemment, il avait voulu se cacher et n'avait pas pu lutter contre le sommeil.

J'espère ressentir le même soulagement aujourd'hui, mais je ne les vois nulle part, dans le jardin de Will. Je fais le tour de la maison. Will est debout dans l'allée, à observer sa voiture. Quand il me voit courir vers lui, il pose un doigt sur ses lèvres pour m'intimer le silence. Je jette un coup d'œil à la banquette arrière. Kel et Caulder sont roulés en boule par terre, les doigts pliés en forme de revolver. Ils se sont endormis.

Je soupire.

— Ils feraient de très mauvais gardes, murmure Will.

— Ça, c'est sûr.

On reste tous les deux plantés là, à regarder nos petits frères. Il passe un bras autour de moi et me serre l'épaule. Toutefois, il ne s'attarde pas. Je comprends qu'il exprime simplement sa joie de les avoir retrouvés sains et saufs.

— Au fait, avant qu'on les réveille, j'ai quelque chose à te rendre.

Il retourne chez lui. Je le suis à l'intérieur, jusque dans la cuisine.

Mon cœur bat toujours la chamade, mais je ne sais pas si c'est à cause de la frayeur que je me suis faite ou de la simple présence de Will.

Il sort un objet de son sac et me le tend.

— Tes clés, dit-il en les lâchant dans ma main.

— Oh, merci, je réponds, un peu déçue.

Je ne sais pas à quoi je m'attendais. Dans mes rêves, il m'aurait remis sa lettre de démission.

— Elle marche, maintenant. Tu devrais pouvoir rentrer avec demain.

Il va s'asseoir sur son canapé.

— Quoi ? Tu l'as réparée ? je demande.

— Pas exactement. Un gars que je connais a pu changer l'alternateur tout à l'heure.

Ce qu'il m'a dit sur le parking me revient en mémoire. Je doute qu'il se serait donné autant de mal pour n'importe quel élève.

— Will, il ne fallait pas..., dis-je en m'installant près de lui. Mais merci, je te rembourserai.

— Ne t'inquiète pas pour ça. Vous m'avez beaucoup aidé avec Caulder ces derniers temps. C'est le moins que je puisse faire.

Cette fois encore, je ne sais pas quoi ajouter. J'ai l'impression d'être revenue au premier jour, dans sa cuisine, lorsque j'analysais mes moindres gestes. J'ai conscience que je devrais me lever et partir, mais je me sens bien près de lui, même si je lui suis à nouveau redevable. Au bout d'un moment, je finis par trouver le courage de reprendre la parole.

— On peut terminer notre conversation de tout à l'heure ?

Il s'installe plus confortablement sur le canapé et tend les jambes sur la table basse.

— Ça dépend, répond-il. Tu as trouvé une solution ?

— Euh, non, dis-je au moment exact où une alternative potentielle me vient à l'esprit.

J'incline la tête en arrière et suggère mon idée du bout des lèvres.

— Supposons que nos sentiments deviennent plus… complexes.

Je m'interromps un instant. Je ne sais pas comment il va réagir à ma proposition, alors j'essaie d'y aller doucement.

— Je ne suis pas contre passer une équivalence.

— Ne sois pas ridicule, rétorque-t-il d'un ton sec. Il est hors de question que tu arrêtes le lycée, Lake.

Je suis de nouveau *Lake*.

— Ce n'était qu'une suggestion, je précise.

— Eh bien, elle était stupide.

On réfléchit tous les deux en silence. Aucun de nous ne parvient à régler le problème. La tête toujours appuyée contre le canapé, je l'observe. Il regarde le plafond, les mains croisées derrière la nuque. Sa mâchoire est crispée et il se fait craquer les articulations d'un air absent.

Il a troqué son uniforme de prof pour un tee-shirt blanc cintré et un bas de survêtement gris quasiment identique au mien. Pour la première fois de la soirée, je me rends compte qu'il a les cheveux mouillés. Ça fait des semaines que je n'ai pas été aussi proche de lui. Je commençais à oublier son odeur. Je prends une grande inspiration pour m'imprégner du parfum de son après-rasage. Il me rappelle l'air du Texas, juste avant la pluie.

Il a oublié une touche de mousse à raser sous son oreille gauche. Je l'en débarrasse sans réfléchir. Il frissonne et se tourne vers moi. Quand je m'écarte pour lui expliquer pourquoi je l'ai touché, il me prend la main et la frotte sur son tee-shirt pour l'essuyer.

Nos mains jointes restent contre son torse tandis qu'on se jauge en silence. Ma paume est posée à plat contre son cœur. Je le sens battre à toute allure sous ma peau. Je sais que l'on ne devrait pas faire ça, mais je me sens incroyablement vivante.

Il ne fait rien pour se dégager. Son torse se soulève et descend au rythme de sa respiration. Il me regarde de la même façon que dans la salle de classe, tout à l'heure. Mais cette fois, mon corps y répond avec plus d'intensité. Je dois me faire violence pour ne pas me jeter sur lui et l'embrasser. Ça fait plus d'un mois que j'attends l'occasion de lui parler ainsi. Il me restait tant de choses à lui dire avant qu'il ne décide que je n'existais plus pour lui. J'ai peur de l'après : dès que je sortirai de cette maison, la sensation de solitude m'envahira de nouveau. Je décide donc de lui dire ce que j'ai sur le cœur depuis des semaines.

— Will ? je murmure. Je t'attendrai. Jusqu'à la fin de l'année.

Il exhale et ferme les yeux. Son pouce me caresse le dos de la main.

— C'est loin, Lake. Il peut se passer beaucoup de choses entre-temps.

Son pouls s'emballe sous ma paume.

Je ne sais pas ce qui me prend, mais je me penche vers lui et l'oblige à pivoter vers moi. Je veux à tout prix qu'il me voie.

Il refuse de croiser mon regard. Au lieu de quoi, il pose les yeux sur sa main qui remonte lentement le long de mon bras. Toutes les sensations que j'ai éprouvées lors de notre premier baiser m'assaillent de nouveau. Il m'a tellement manqué.

Il me caresse l'épaule et glisse les doigts sous la bretelle de mon haut pour en tracer délicatement les contours. Ses mouvements sont lents et méthodiques tandis qu'il ôte ses pieds de la table pour se tourner vers moi. Malgré son air hésitant, il se penche doucement et presse ses lèvres contre mon épaule. Je passe les bras autour de son cou en prenant une grande inspiration. Son souffle se fait de plus en plus lourd à mesure que ses baisers s'approchent de ma gorge. Puis, il remonte vers mon menton, près de ma bouche. Lorsque je le sens reculer, j'ouvre les yeux. Il me dévisage intensément. Je lis un semblant d'incertitude dans son regard avant que ses lèvres se posent sur les miennes.

Jusqu'à présent, ses baisers ont été doux et tendres. Aujourd'hui, il laisse s'exprimer une passion que je ne lui connaissais pas. Il insinue ses mains sous mon débardeur pour me saisir par la taille. Je lui rends ses baisers avec la même fougue. Faisant courir mes mains dans ses cheveux, je l'attire à moi tout en m'allongeant sur le canapé. Dès qu'il se retrouve au-dessus de moi, il se dégage et se rassoit.

— Il faut qu'on arrête, dit-il. On ne peut pas faire ça.

Il ferme les yeux et appuie la tête contre le dossier du canapé.

Sans tenir compte de ses protestations, je me redresse et glisse mes mains derrière sa nuque, jusque dans ses cheveux. Je l'embrasse et m'assieds sur ses genoux. Je sens ses bras se refermer autour de moi et il me serre contre lui, me rendant mes baisers avec plus d'intensité encore.

Il avait raison. C'est meilleur chaque fois.

Mes doigts trouvent le bord de son tee-shirt et le soulèvent. Nos lèvres se séparent le temps qu'il le retire. Je pose de nouveau les mains sur son torse et caresse ses muscles tout en continuant de l'embrasser. Soudain, il m'attrape par les bras et m'allonge sur le canapé. J'attends qu'il me rejoigne, en vain. Il s'est levé.

— Debout, Layken, m'ordonne-t-il.

Il me prend la main pour m'y forcer.

Un peu sonnée, j'ai du mal à reprendre mon souffle.

— C'est… C'est impossible ! (Il respire fort, lui aussi.) Je suis ton professeur, maintenant. Tout a changé. On ne peut pas faire ça.

Il choisit vraiment mal son moment. J'ai les jambes qui flageolent. Je me rassois sur le canapé.

— Je ne dirai rien, Will. Je te le promets.

Je ne veux pas qu'il regrette ce qui vient de se passer. L'espace d'un instant, j'ai eu l'impression d'être là où je devais être. Mais quelques secondes plus tard, me voilà aussi perdue qu'avant.

— Je suis désolé, Layken. Ce n'est pas bien, dit-il en faisant les cent pas. Ce n'est bon ni pour toi, ni pour moi. Surtout pas pour toi.

— Tu ne sais pas ce qui est bon pour moi, je rétorque.

Je suis de nouveau sur la défensive.

Il se fige et se tourne vers moi.

— Il est hors de question que tu m'attendes. Je ne te laisserai pas gâcher ce qui est censé être la plus belle année de ta vie. J'ai grandi trop vite. Je refuse que tu vives la même chose. Ce ne serait pas juste. Je ne veux pas que tu m'attendes, Layken.

Son changement de comportement et la façon dont il prononce mon prénom entier me donnent l'impression que l'oxygène se raréfie dans la pièce. J'en ai la tête qui tourne.

— Je ne vais rien gâcher du tout, je réponds d'une voix faible.

Je l'aurais hurlé si j'en avais trouvé l'énergie.

Il attrape son tee-shirt et l'enfile tout en s'éloignant davantage de moi. Il contourne le canapé pour se poster derrière. Là, il pose les mains sur le dossier et laisse sa tête tomber en avant. Il évite de nouveau de me regarder dans les yeux.

— Ma vie se résume à mes responsabilités. J'élève un enfant, pour l'amour du ciel. Je ne pourrai jamais faire passer tes besoins en premier. Non, en fait, je ne pourrais même pas te faire passer en deuxième. (Il relève lentement la tête et croise mon regard.) Tu mérites mieux que la troisième place.

Je viens m'agenouiller sur le canapé devant lui et pose les mains sur les siennes.

— Tes responsabilités doivent passer avant moi. C'est pour cette raison que je t'attendrai, Will. Tu es quelqu'un de bien. Ce que tu prends pour un défaut... est la raison pour laquelle je tombe amoureuse de toi.

Ces derniers mots m'échappent, comme si je perdais le faible contrôle que je possédais sur moi-même. Toutefois, je ne regrette pas de les avoir prononcés.

Il dégage ses mains et les pose fermement de chaque côté de mon visage. Il me regarde droit dans les yeux.

— Tu n'es pas en train de tomber amoureuse de moi.

Son regard est dur. Il serre les dents. Lorsqu'il me libère et se dirige vers la porte d'entrée, je sens les larmes me monter aux yeux.

— Ce qui s'est passé ce soir… (Il désigne le canapé en parlant.) Ça ne peut pas se reproduire. Et ça ne se reproduira pas.

On dirait qu'il essaie de se convaincre autant que moi.

Une fois dehors, il claque la porte derrière lui. Je me retrouve seule dans le salon. Je pose les mains sur mon ventre. J'ai la nausée. Je crains de ne pas être capable de rentrer chez moi si je ne me reprends pas tout de suite. J'inspire par le nez et souffle par la bouche, puis compte de dix à zéro.

C'est une technique de relaxation que mon père m'a apprise quand j'étais petite. J'étais sujette à ce que mes parents appelaient un « trop plein d'émotions ». Dans ces moments-là, mon père me serrait très fort dans ses bras et on comptait ensemble à rebours. Parfois, je faisais semblant de faire une crise juste pour qu'il m'étreigne. Aujourd'hui, je donnerais n'importe quoi pour me réfugier contre lui.

La porte d'entrée se rouvre et Will réapparaît, Caulder endormi dans ses bras.

— Kel s'est réveillé. Il rentre chez vous. Tu devrais y aller, toi aussi, dit-il avec calme.

Je me sens complètement humiliée. Humiliée par ce qui s'est passé entre nous, et parce que j'ai l'impression d'être une fille aux abois, plus faible que lui. Je récupère mes clés sur la table basse et me tourne vers la porte. Je m'arrête juste devant lui.

— Tu es un connard, lui dis-je.

Je m'en vais en claquant le battant derrière moi.

Dès que je regagne ma chambre, je m'effondre sur mon lit, en pleurs. J'ai enfin trouvé l'inspiration pour mon poème, même si elle est négative. J'attrape un stylo et me mets à écrire, tout en essuyant les larmes qui tombent sur la feuille de papier.

7

Tu ne peux pas être comme moi
Mais réjouis-toi de ne pas l'être
Je vois la douleur, mais je ne la ressens pas
Je suis comme ce vieil Homme de Fer.

THE AVETT BROTHERS, « Tin Man »

Selon Elisabeth Kübler-Ross, après la mort d'un être cher, le deuil d'une personne se compose de cinq étapes : déni, colère, marchandage, dépression et acceptation.

Quand on habitait encore au Texas, j'avais fait un semestre de psychologie en première année de lycée. On était en train de parler de la quatrième étape lorsque le proviseur est entré dans la salle, blanc comme un linge.

— Layken, je peux te parler, s'il te plaît ?

M. Bass était un homme plaisant. Il était grassouillet au niveau du ventre, des mains, et même à des endroits où on n'est pas censés grossir. Il faisait très froid ce jour-là, alors qu'on était déjà au printemps. Pourtant, il avait des auréoles sous les bras. C'était le genre de proviseur qui passait plus de temps dans son bureau que dans les couloirs. Il ne cherchait jamais les ennuis. Il préférait attendre qu'ils viennent à lui. Alors que faisait-il ici ?

Le ventre noué, je me suis levée et j'ai marché le plus lentement possible jusqu'à la porte. Il refusait de croiser mon regard. Je me souviens que lorsque je suis arrivée devant lui, il a détourné les yeux. Il était désolé pour moi. Pourquoi ?

Quand je suis sortie dans le couloir, j'y ai vu ma mère. Son mascara avait coulé sur ses joues. À son expression, j'ai tout de suite compris pourquoi elle était là. Et pourquoi mon père n'y était pas.

J'ai secoué la tête en refusant d'y croire.

— Non, ai-je crié, au bord du désespoir.

Elle m'a prise dans ses bras et, ensemble, on s'est laissées glisser par terre. Au lieu de lui rendre son étreinte, j'ai essayé de me fondre en elle. Ce jour-là, sur le sol de mon lycée, j'ai vécu la première étape du deuil : le déni.

Gavin se prépare à lire son poème. Il se tient devant la classe. Sa feuille tremble entre ses mains. Il s'éclaircit la voix.

Reportant mon attention sur Will, je me demande si les cinq étapes du deuil s'appliquent seulement à la mort des êtres chers. Pourraient-elles aussi convenir à d'autres aspects de la vie ? Si c'est le cas, je suis en plein dans la deuxième étape : la colère.

— Comment s'appelle ton œuvre, Gavin ? lui demande Will.

Il est assis à son bureau et prend des notes pendant que les élèves passent au tableau. Ça me fout en rogne, qu'il puisse être aussi attentif, qu'il se concentre sur tout sauf sur moi. Sa capacité à me rendre totalement invisible me met hors de moi, tout comme la façon dont il mordille son stylo. Hier soir, ses mêmes lèvres déposaient des baisers dans mon cou.

Je repousse ce souvenir aussi rapidement qu'il est apparu. J'ignore combien de temps ça prendra, mais je suis déterminée à me libérer de cette emprise qu'il a sur moi.

— Euh, je ne lui ai pas vraiment donné de titre, répond Gavin. (Il se tient devant la classe. C'est l'avant-dernière personne à passer.) Je suppose qu'on pourrait l'appeler « La demande avant la demande ».

— « La demande avant la demande. » Très bien, tu peux y aller, lui dit Will avec sa voix de prof qui m'exaspère.

— Hum hum.

Gavin se racle la gorge. Ses mains tremblent encore plus quand il se met à lire.

Un million cinquante et un mille deux cents minutes.
C'est à peu près le nombre de minutes qui se sont
écoulées depuis que je t'aime.
C'est le nombre de minutes où j'ai **pensé** à toi,
Le nombre de minutes où je me suis **inquiété** pour toi,
Le nombre de minutes où j'ai remercié **Dieu**
de t'avoir rencontrée,
Le nombre de minutes où j'ai remercié
toutes les divinités de **l'univers** de t'avoir mise
sur ma route.
Un million
Cinquante et un mille
Deux
Cents
Minutes…

Un million cinquante et un mille deux cents fois.
C'est le nombre de fois où tu m'as fait **sourire**,
Le nombre de fois où tu m'as fait **rêver**,
Le nombre de fois où tu m'as fait **croire**,
Le nombre de fois où tu m'as fait **découvrir**,
Le nombre de fois où tu m'as fait **adorer**,
Le nombre de fois que tu m'as fait **chérir**,
Ma vie.

(Gavin se dirige vers le fond de la salle où est assise Eddie. Il pose un genou à terre en lisant la dernière phrase de son poème.)

Et dans exactement **un million cinquante**
et un mille deux cents minutes, je te demanderai
en **mariage** pour que tu passes **toutes** les minutes
du reste de ta **vie** à mes côtés.

Tout sourire, Eddie se penche en avant pour le prendre dans ses bras. Le public est divisé : les garçons grognent, les filles adorent. De mon côté, je ne tiens pas sur mon siège. Je redoute le dernier passage de la journée : le mien.

— Merci, Gavin. Tu peux retourner à ta place. Tu as fait du bon travail.

Will ne lève pas les yeux de ses notes lorsqu'il appelle mon nom. Sa voix est incertaine, pleine d'appréhension.

— Layken, c'est à toi.

Je suis prête. J'aime ce que j'ai écrit. C'est court, mais ça va à l'essentiel. Comme je le connais déjà par cœur, je laisse mon poème sur mon bureau et me poste devant le tableau.

— J'ai une question.

Mon cœur s'emballe. Je viens de me rendre compte que c'est la première fois que je m'adresse à Will dans sa classe depuis que j'y ai mis les pieds, il y a un mois. Il hésite, comme s'il voulait faire semblant de ne pas m'avoir entendue, puis hoche légèrement la tête.

— Est-ce qu'il y a une longueur minimum ? je demande.

Je ne sais pas à quoi il s'attendait car il a l'air soulagé, tout à coup.

— Non. Tout est possible du moment que le public comprend ton intention. Rappelle-toi, il n'y a pas de règles.

Sa voix se brise un peu pendant qu'il parle. Je peux voir sur son visage que ce qui s'est passé entre nous est encore frais dans son esprit. Je ne pouvais pas demander mieux.

— Génial. Alors, c'est bon, je bafouille. Le titre de mon poème est : « Insignifiant ».

Je fais face à la classe et récite fièrement mon poème.

Selon le dictionnaire…
Et selon ***moi***…
Il existe trente significations et synonymes
Différents pour le mot
Insignifiant.

(Je crie rapidement les mots suivants. Toute la classe tressaille, Will y compris.)

Abruti, enfoiré, cruel, tête de nœud,
mauvais, sévère, malfaisant,
Détestable, sans cœur, vicieux, virulent, terrible,
Tyrannique, malveillant, atroce, horrible, salopard,

Barbare, amer, brutal, dur, immoral,
Bestial, dépravé, démoniaque, féroce,
difficile, implacable,
Rancunier, pernicieux, inhumain, monstrueux,
Impitoyable, insensible.
Et **mon** préféré de tous : **connard**.

Je jette un coup d'œil à Will tandis que je retourne à ma place. Son visage est rouge et il serre les dents. Eddie est la première à applaudir, suivie des autres filles de la classe. Je croise les bras et me concentre sur mon bureau.

— Eh bien ! s'exclame Javi. Qui est-ce qui t'a énervée comme ça ?

La sonnerie retentit. Les élèves partent les uns après les autres. Will n'a toujours pas dit un mot. Je commence à ranger mes affaires quand Eddie s'approche de moi.

— Tu as parlé à ta mère ? me demande-t-elle.

— Ma mère ? À propos de quoi ?

Je n'ai pas la moindre idée de ce dont elle veut parler.

— Le rendez-vous. Nick t'a invitée à sortir hier. Tu as dit que tu demanderais à ta mère.

— Oh, ça, je réponds.

C'était hier ? J'ai l'impression qu'une éternité s'est écoulée depuis. Je lance un regard en coin à Will. Il nous observe et attend visiblement ma réponse. Son visage est glacial. Je regrette qu'il ne soit pas plus facile à déchiffrer. Dans tous les cas, je suppose qu'il ressent de la jalousie et je décide d'en jouer.

— Oui, bien sûr, dis à Nick que ce sera avec plaisir, je mens en regardant Will dans les yeux.

Il ramasse sa feuille et son stylo, les range dans un tiroir et le referme d'un coup. Le bruit fait sursauter

Eddie, qui se retourne aussitôt vers lui. Quand il se rend compte qu'il a attiré l'attention sur lui, il se lève comme si de rien n'était et efface le tableau. Eddie me fait de nouveau face.

— Génial ! Oh, et on s'est mis d'accord sur jeudi, comme ça, après *Getty*, on pourra aller au slam. Il ne nous reste que quelques semaines. Autant s'en débarrasser tout de suite. Tu veux qu'on vienne te chercher ?

— Euh, oui.

Ravie, Eddie applaudit et sort de la salle en sautillant. Will continue d'effacer dans le vide. Je me dirige vers la porte.

— Layken, m'appelle-t-il d'une voix dure.

Je m'arrête, mais je ne me tourne pas vers lui.

— Ta mère travaille le jeudi soir. Une baby-sitter vient à la maison le jeudi quand je vais aux soirées slam. Envoie Kel chez nous avant de partir. Tu sais, pour ton rendez-vous.

Je ne réponds pas. Je me contente de m'éloigner.

À la cantine, je ne me sens pas à mon aise. Eddie a déjà dit à Nick que j'avais accepté de me joindre à eux, donc tout le monde discute joyeusement de ce qu'on va faire. Tout le monde, sauf moi. Je hoche la tête et acquiesce vaguement de temps en temps, mais je ne parle pas. Je n'ai pas faim. Nick engloutit la majeure partie de mon plateau. Je mélange mon riz au lait avec ma cuillère, des gouttes tombent dans des traces de ketchup. Ça me fait penser aux restes du bonhomme de neige assassiné dans mon allée. Pendant des jours, quand je reculais, mes pneus glissaient sur son corps gelé. Je me demande si ma Jeep ferait aussi peu de bruit si je roulais sur Will ? Si je reculais accidentellement sur lui, puis repassais la première et m'éloignais comme si de rien n'était...

— Layken, tu vas continuer à l'ignorer longtemps ? me dit Eddie.

Je lève la tête. Will se tient derrière Nick et fixe le massacre sur mon plateau.

— Quoi ? je demande à Eddie.

— M. Cooper veut te voir, répond-elle en le désignant.

— Je parie que tu vas être collée parce que tu as dit « connard », intervient Nick.

Je pose la main sur ma gorge. J'ai peur qu'elle explose. Qu'est-ce qu'il fait ici ? Pourquoi me demande-t-il de le suivre devant tout le monde ? Il a perdu la tête ou quoi ?

Je recule ma chaise et laisse mon plateau sur la table. Je l'observe avec attention. Lorsqu'il sort de la cantine et se dirige vers sa salle de classe, je lui emboîte le pas. C'est loin. On marche dans un silence tendu et gêné.

— Il faut qu'on parle, dit-il dès que la porte se referme derrière nous. Tout de suite.

Je ne sais pas s'il agit en tant que « Will ». Je ne comprends pas son angle d'attaque. J'ignore si je dois lui obéir ou lui mettre mon poing dans la figure. Je n'avance pas très loin dans la salle, croise les bras et tente d'avoir l'air agacé.

— Alors, parle ! je lance.

— Putain, Lake ! Je ne suis pas ton ennemi. Arrête de me détester.

C'est bien, Will.

Je me précipite vers lui, les bras levés en signe de frustration.

— Arrêter de te détester ? Il faudrait savoir ce que tu veux, Will ! Hier soir, tu m'as demandé d'arrêter de t'aimer, et maintenant, tu me demandes d'arrêter de te détester ? Tu me dis de ne pas t'attendre, pourtant tu te comportes comme un gamin immature quand j'accepte de sortir avec Nick ! Tu veux que j'agisse comme si je ne te connaissais pas, mais tu viens me chercher à la cantine au vu et su de tous ! Il y a ce mur entre nous, comme si on était des personnes différentes chaque fois. Ça me fatigue ! Je ne sais jamais quand tu es Will ou M. Cooper. Et je ne sais vraiment pas quand moi, je suis censée être Lake ou Layken.

J'en ai marre de me prêter à ce petit jeu. Je suis épuisée. Je m'affale sur la chaise que j'occupe pendant ses cours, incapable de déchiffrer ce qu'il pense. Il ne bouge pas. Il ne laisse rien transparaître. Il passe devant moi à pas lents et s'assoit derrière moi. Je reste tournée vers le tableau. C'est lui qui se penche en avant pour murmurer à mon oreille. Je me crispe et mon cœur se serre.

— Je ne pensais pas que ce serait si dur, dit-il.

Je ne veux pas qu'il ait le plaisir de voir les larmes qui coulent sur mes joues.

— Je suis désolé pour ce que je t'ai dit tout à l'heure à propos de jeudi, poursuit-il. Mais j'étais sérieux. Je sais que tu auras besoin de quelqu'un pour garder Kel, et j'ai demandé à tout le monde d'assister à une soirée slam. Je n'aurais pas dû réagir ainsi. C'est pour ça que je t'ai demandé de venir ici. Je voulais m'excuser. Ça ne se produira plus. Je te le jure.

Tout à coup, la porte s'ouvre. Will se redresse vivement. Son geste surprend Eddie, et elle nous observe avec curiosité depuis l'entrée. Elle porte le sac à dos que j'ai oublié à la cantine. Comme il m'est impossible de dissimuler mes larmes, je détourne la tête. De toute façon, on ne peut rien faire pour dissiper l'atmosphère tendue qui plane entre nous.

Eddie lève les mains en signe d'excuses et pose doucement mon sac sur le bureau à côté de la porte. Elle sort de la salle en murmurant :

— Pardon… continuez.

Elle referme derrière elle.

Will se passe les mains dans les cheveux et se met à faire les cent pas.

— Il ne manquait plus que ça, marmonne-t-il.

— Ne t'en fais pas, Will, lui dis-je en me levant et en attrapant mon sac. Si elle me pose la question, je lui dirai que tu m'as engueulée parce que j'ai dit le mot « connard ». Et « salopard ». Et « tête de nœud ». Et « enfoi… »

— J'ai saisi !

J'ai la main sur la poignée lorsqu'il appelle une dernière fois mon nom. Je me fige.

— Je voulais aussi m'excuser… pour hier, précise-t-il.

Je me tourne vers lui.

— Tu t'excuses pour ce qui s'est passé ? Ou pour la façon dont tu y as mis fin ?

Il penche la tête sur le côté et hausse les épaules comme s'il n'avait pas compris ma question.

— Les deux. Ça n'aurait jamais dû arriver.

— Enfoiré, je termine.

Quand je démarre, ma Jeep émet un ronronnement familier. Ça aussi, ça m'énerve. J'abats le poing sur le volant. Il y a tellement de choses que j'aimerais changer. J'aimerais ne pas avoir rencontré Will lorsque je suis arrivée ici. Tout aurait été tellement plus simple si je l'avais vu dans une salle de classe pour la première fois. Non, en fait, j'aimerais qu'on ne soit jamais venus habiter à Ypsilanti. J'aimerais que mon père soit vivant. J'aimerais que ma mère ne reste pas aussi vague sur ses « courses ». J'aimerais que Caulder ne soit pas tous les jours chez nous. Chaque fois que je le vois, je pense à Will. J'aimerais que Will n'ait pas fait réparer ma Jeep. Je ne supporte pas qu'il ait des gestes attentionnés comme celui-ci. Ce serait beaucoup plus facile de le détester s'il était comme je l'ai décrit dans mon poème. Mon Dieu, je n'arrive pas à croire que je l'aie traité de tous ces noms. Non, en fait, je n'ai aucun regret.

Je vais chercher les garçons à l'école et les ramène à la maison. Je suis arrivée plus tôt que Will, aujourd'hui, mais il est hors de question que je l'attende à la fenêtre. Ce temps est révolu.

— On va chez Caulder, me crie Kel en claquant la portière.

Génial.

En passant dans le couloir, j'entends ma mère parler à quelqu'un dans sa chambre. Je m'arrête sur le seuil. Seule sa voix résonne. Elle est au téléphone. D'habitude, je n'écoute jamais ses conversations, mais son récent comportement me pousse à l'indiscrétion. À moins que je ne sois en pleine rébellion. Dans tous les cas, je colle l'oreille contre la porte.

— Je sais. Je sais. Je leur en parlerai bientôt, dit-elle. Non, je crois qu'il vaut mieux que je le fasse seule… Bien sûr. Je t'aime aussi.

Elle raccroche. Je retourne dans ma chambre sur la pointe des pieds, ferme la porte derrière moi et m'effondre par terre.

Sept mois. Il ne lui a fallu que sept mois pour passer à autre chose. Il est impossible qu'elle voie déjà quelqu'un d'autre, c'est trop tôt. Pourtant, les mots que j'ai entendus sont très clairs. Je suis de retour à la case départ : le déni.

Comment a-t-elle pu ? En plus, il veut déjà qu'elle nous le présente ? Il ne me plaît pas. Et puis, elle ne manque pas d'air. Comment a-t-elle pu parler de cette manière à Will quand ce qu'elle fait est aussi déplorable, voire pire ? La première étape est très brève. Je passe directement à la deuxième : la colère.

Je décide de ne pas lui en parler tout de suite. Il faut d'abord que j'en apprenne plus. Je veux avoir l'avantage dans cette situation, et ça va me prendre du temps.

— Lake ? Tu es rentrée ?

Elle frappe à ma porte. Je dois rouler sur le côté et me lever pour éviter de prendre un coup quand elle ouvre. En me voyant sauter, elle m'adresse un regard étonné.

— Qu'est-ce que tu fais ? me demande-t-elle.

— Je m'étire. J'ai mal au dos.

Comme elle n'y croit pas une seconde, je tends les bras en arrière, les mains jointes.

— Prends de l'aspirine, me dit-elle.

— OK.

— Je suis de repos ce soir, mais j'ai beaucoup de sommeil à rattraper. Je n'ai pas dormi aujourd'hui. Je vais me coucher. Tu peux vérifier que Kel prend son bain avant d'aller au lit ?

— Bien sûr.

On avance toutes les deux dans le couloir.

— Attends... Maman ?

Elle se tourne vers moi. Ses paupières se ferment déjà toutes seules sur ses yeux rougis.

— Je sors jeudi soir, ça ne te dérange pas ?

Elle me dévisage d'un air méfiant.

— Avec qui ?
— Eddie, Gavin et Nick.
— Trois garçons ? Hors de question.
— Mais non, Eddie est une fille. On est amies. Gavin est son copain, et on a organisé un double rendez-vous. J'y vais avec Nick.
Son regard s'illumine légèrement.
— Oh. C'est bien. (Elle sourit en ouvrant la porte de sa chambre.) Attends, reprend-elle. Je travaille le jeudi. Qui va s'occuper de Kel ?
— Will fait appel à une baby-sitter ce jour-là. Il m'a proposé de déposer Kel chez lui.
Elle paraît rassurée… l'espace d'une seconde.
— Will est d'accord pour payer une baby-sitter ? Pour surveiller Kel ? Pendant que tu vas à un rendez-vous galant ?
Mince. Je n'ai pas réfléchi au fait que ça pourrait sembler louche.
— Maman, ça fait des semaines, maintenant. On n'est sortis qu'une seule fois ensemble. C'est déjà oublié.
Elle me dévisage un instant.
— Mouais, fit-elle en entrant dans sa chambre, peu convaincue.
Ses doutes m'apportent un sentiment de satisfaction. Elle pense que je lui mens. Maintenant, on est quittes.

— Je sèche la troisième heure, aujourd'hui, dis-je à Eddie en sortant du cours d'histoire.
— Pourquoi ?
— Je n'en ai pas envie. J'ai mal à la tête. Je pense que je vais aller m'asseoir sur un banc pour prendre l'air.

Je me tourne en direction de la cour quand elle m'attrape le bras.

— Layken ? Est-ce que ça a un rapport avec ce qui s'est passé hier midi, avec M. Cooper ? Tout va bien ?

Je lui adresse un sourire qui se veut rassurant.

— Oui, oui. Ça va. Il voulait juste me demander d'éviter d'utiliser un vocabulaire aussi imagé dans sa salle de classe.

Les lèvres pincées, elle s'éloigne avec la même expression indécise qu'arborait ma mère hier.

La cour est vide. Je suppose que les autres élèves n'ont pas besoin de prendre de distance avec le prof dont ils sont secrètement amoureux. Je m'assieds sur un banc et sors mon portable de ma poche. Rien. Je n'ai parlé qu'une seule fois à Kerris depuis que j'ai emménagé ici. Au Texas, elle était mon amie la plus proche. Ce n'était pas réciproque. C'est très bizarre de savoir que sa meilleure amie en a une autre que soi. Pendant longtemps, je me suis dit que je n'avais peut-être pas été assez présente pour elle mais, en réalité, ce n'était pas vraiment le problème. La vérité, c'est que je ne suis pas très douée pour écouter. Ni pour partager.

— Je peux me joindre à toi ?

Je relève la tête. Eddie s'assoit sur le banc face à moi.

— Les âmes en peine se rencontrent.

— Âmes en peine ? Pourquoi est-ce qu'on serait malheureuses ? Tu as un rendez-vous demain et tu m'as moi pour meilleure amie.

Meilleure amie. Sans doute. J'espère.

— Tu ne penses pas que Will va venir nous chercher ? je demande.

Elle penche la tête sur le côté.

— Will ? Tu veux parler de M. Cooper ?

Oh, mon Dieu, je l'ai appelé « Will », alors qu'elle se doute déjà de quelque chose. Je souris et lui sors la première excuse qui me passe par la tête.

— Oui, M. Cooper. On appelait les profs par leur prénom dans mon ancien lycée.

Elle ne répond pas. Elle est en train de gratter la peinture du banc avec son ongle bleu. Les autres ongles de ses mains sont verts. C'est le seul à être différent.

— Je vais dire quelque chose, dit-elle d'une voix calme. Peut-être que je me trompe, peut-être pas. Dans tous les cas, je ne veux pas que tu m'interrompes.

Je hoche la tête.

— Je crois qu'hier midi, ce à quoi j'ai assisté était plus qu'une simple remontrance pour avoir utilisé un vocabulaire inapproprié. À quel point, je n'en sais rien, et très franchement, ce ne sont pas mes affaires. Je veux juste que tu saches que tu peux te confier à moi. Je ne répéterai rien à personne. Je n'ai personne à en parler à part Gavin, de toute façon.

— Personne ? Pas de meilleur ami ? Ni de frères et sœurs ?

J'espère changer de sujet.

— Non. Il est tout ce que j'ai, dit-elle. Enfin, en théorie, si tu veux tout savoir, j'ai déjà eu dix-sept sœurs, douze frères, six Mamans et sept Papas.

Je n'arrive pas à déterminer si elle plaisante, je m'abstiens donc de rire. On ne sait jamais.

— Familles d'accueil, m'explique-t-elle. C'est ma septième maison en neuf ans.

— Oh, je suis désolée.

Je ne sais pas quoi dire d'autre.

— Ne le sois pas. Je vis chez Joel depuis quatre ans. C'est mon père d'accueil. Ça fonctionne bien. Je suis satisfaite de ce que j'ai, et lui, il perçoit son chèque.

— Est-ce que tu as des liens du sang avec l'un de tes vingt-neuf frères et sœurs ?

Elle rit.

— C'est bien, tu sais compter ! Non, je suis fille unique, née d'une mère avec une passion pour le crack bas de gamme et les bébés dont on peut tirer un bon prix.

Elle se rend compte que je ne la suis plus.

— Elle a essayé de me vendre. Ne t'inquiète pas, personne n'a voulu de moi. Ou alors, elle en demandait trop. Quand j'avais neuf ans, elle m'a proposée à une dame sur le parking de Walmart. Elle lui a raconté une histoire larmoyante comme quoi elle ne pouvait pas s'occuper de moi et tout le toutim. Elle lui a fait un bon prix : elle voulait me céder pour cent dollars. Ce n'était pas la première fois qu'elle faisait ça devant moi. Ça commençait à m'agacer, alors j'ai regardé la femme droit dans les yeux et je lui ai dit : « Vous avez un mari ? Je parie qu'il est canon ! » Ma mère m'a frappée parce que j'avais tout fait rater. Elle m'a abandonnée sur le parking. La dame m'a déposée au commissariat. Je ne l'ai plus jamais revue.

— Mon Dieu, Eddie. Ça paraît incroyable.

— Et pourtant, c'est la vérité.

Je m'allonge sur le banc pour contempler le ciel. Elle m'imite.

— Tu m'as dit qu'Eddie était un prénom courant dans ta famille, je continue. De quelle famille tu parlais ?

— Ne ris pas.

— Comment je fais, si je trouve ça drôle ?

Elle lève les yeux au ciel.

— Ma première famille d'accueil avait le DVD d'un comique. Eddie Izzard. J'étais persuadée d'avoir son nez. J'ai regardé son spectacle des centaines de fois, en imaginant qu'il était mon père. Après ça, j'ai demandé à tout le monde de m'appeler Eddie. J'ai essayé Izzard pendant un certain temps, mais ça n'a pas marché.

On éclate toutes les deux de rire. Je retire ma veste et m'en sers de couverture, les bras à l'intérieur, mais à l'envers. Je tente ainsi de réchauffer les parties de mon corps exposées au froid trop longtemps. Je ferme les yeux.

— J'avais des parents géniaux, je soupire.

— Avais ?

— Mon père est mort il y a sept mois. Ma mère a voulu déménager pour des raisons soi-disant financières, mais je ne suis pas sûre qu'elle ait été entièrement honnête. Elle voit déjà quelqu'un d'autre. Alors oui, pour le moment, je préfère employer le passé.

— C'est nul.

Chacune médite sur les cartes qui lui ont été distribuées. Les miennes ne sont absolument pas comparables aux siennes. Quand je pense aux choses qu'elle a dû voir... Eddie avait le même âge que Kel quand elle a été placée en foyer d'accueil. Je ne sais pas comment elle fait pour être aussi optimiste et pleine de vie. On reste silencieuses. Autour de nous, tout est calme. Je me demande au fond de moi si c'est ce qu'on ressent quand on a une meilleure amie.

Au bout d'un moment, elle s'assoit sur le banc, étire ses bras et bâille.

— Tu sais, tout à l'heure, quand je t'ai dit que tout ce qui importait à Joel, c'était son chèque ? Ce n'est pas vrai. C'est un type bien. Parfois, quand la conversation devient trop intense, mon côté sarcastique prend le dessus.

Je lui souris. Je comprends ce qu'elle veut dire.

— Merci d'avoir séché avec moi. J'en avais besoin.

— Merci d'en avoir eu besoin. Ça m'a fait du bien aussi. Et pour Nick… il est très gentil, mais ce n'est pas un mec pour toi, j'ai compris. J'arrêterai de t'embêter avec ça. Par contre, tu viens quand même avec nous demain soir.

— Je sais. Si je ne viens pas, Chuck Norris me retrouvera et me mettra la raclée de ma vie.

Je remets ma veste dans le bon sens, nous nous dirigeons vers la porte puis empruntons les couloirs.

— Au fait, si Eddie est un nom que tu as choisi, c'est quoi, ton vrai prénom ? je lui demande avant qu'on se sépare.

Elle sourit et hausse les épaules.

— Pour l'instant, c'est Eddie.

8

J'aimerais des amis
Qui me laisseraient
Être seul quand j'ai
Besoin de l'être.

THE AVETT BROTHERS, « The Perfect Space »

— Où est Maman ? je demande à Kel.

Il fait ses devoirs sur le bar.

— Elle nous a déposés, Caulder et moi. Elle a dit qu'elle serait de retour dans deux heures. Elle veut que tu commandes des pizzas.

Si j'étais rentrée quelques secondes plus tôt, je l'aurais suivie.

— Elle t'a dit où elle allait ?

— Tu peux leur demander de mettre les pepperoni sous la sauce, cette fois ?

— Elle est allée où ?

— Non, en fait, demande-leur de mettre les pepperoni en premier, puis le fromage, et enfin la sauce.

— Putain, Kel ! Elle est allée où ?

Les yeux écarquillés, il descend du tabouret et marche à reculons vers la porte. Il se penche pour mettre ses chaussures. C'est la première fois que je lui parle comme ça.

— Pas sais ne je. Caulder chez vais je.

— Rentre à 18 heures. Ta pizza sera prête.

Je décide de commencer par me débarrasser de mes devoirs. M. Hanson est peut-être à moitié aveugle et sourd, mais il compense par la quantité astronomique de travail qu'il nous donne. Je les finis en une heure. Il n'est que 16 h 30.

J'en profite pour jouer aux détectives. Je suis déterminée à découvrir ce que ma mère fait et avec qui. Je passe au crible les tiroirs de la salle de bains, les placards, les rangements dans le couloir. Rien. Je n'ai jamais fouillé dans la chambre de mes parents, avant. Jamais. Il y a une première fois à tout. J'en fais des expériences, cette année ! J'entre et referme la porte derrière moi.

Tout est comme dans leur ancienne chambre : les meubles, le tapis beige. Si la superficie n'avait pas été plus petite, je n'aurais pas pu faire la différence entre cette pièce et celle qu'elle partageait avec mon père. Je regarde d'abord à l'endroit le plus évident : son tiroir à sous-vêtements. Je n'y trouve rien. Je m'approche du lit et ouvre le tiroir de sa table de chevet : masque pour les yeux, stylo, crème hydratante, livre, morceau de papier...

Un mot.

Je le sors et le déplie. Il a été écrit à l'encre noire, centré au milieu de la feuille. C'est un poème.

Julia,
Un jour, je te peindrai un monde
Un monde où les sourires ne disparaissent jamais

Un monde où les rires résonnent sans arrêt
En fond sonore
Comme un 45 tours.
Je le peindrai au coucher du soleil
Toi, dans ton déshabillé vermeil
Quand ton sourire se fera morose
Je dessinerai sur tes lèvres closes
J'aurai terminé au petit matin
Et tu te réveilleras avec un sourire tout frais
Tu verras que je termine toujours ce que j'ai commencé
Ce monde que j'ai peint sur ton menton...

C'est pathétique. Ce monde que j'ai peint sur ton menton ? Comme un quarante-cinq tours ? C'est quoi, ça ? Un vieux disque ? Et depuis quand on met des chiffres arabes dans un poème ? Je ne sais pas qui est l'auteur, mais je ne l'aime pas. Je le déteste, même. Je replie la feuille de papier et la repose à sa place.

Ensuite, j'appelle *Getty* pour commander deux pizzas. Ma mère se gare dans l'entrée au moment où je raccroche. C'est l'occasion rêvée de prendre une douche. Je m'enferme dans la salle de bains avant qu'elle entre. Je ne veux pas voir cette expression sur son visage. L'expression qui dit : « Je suis en train de tomber amoureuse. »

*
* *

— Qu'est-ce que c'est que ça ? s'exclame ma mère en ouvrant un carton de pizza.

— C'est celle de Kel. Elle est à l'envers, j'explique.

Elle lève les yeux au ciel en s'emparant de la suivante. Sa façon d'examiner toutes les parts pour trouver la meilleure m'exaspère. Elles font toutes partie de la même pizza !

— Choisis-en une, qu'on en finisse, dis-je d'un ton sec.

Elle grimace.

— Ça ne va pas, toi, aujourd'hui. Tu as mangé ? Tu râles encore plus que d'habitude.

Elle soulève une part de pizza et me la tend. Je la jette dans mon assiette avant de me laisser tomber sur un tabouret devant le bar. Kel arrive en courant en arrière.

— Là est pizza la ? demande-t-il juste avant de se prendre les pieds dans le tapis et de tomber.

— Kel, grandis un peu à la fin ! je lance.

Ma mère me regarde de travers.

— Lake ! Qu'est-ce qui t'arrive ? Si tu as quelque chose à dire, vas-y.

Je pousse mon assiette et me lève. Je ne peux plus faire semblant.

— Non, Mère ! Je n'ai rien à dire. Contrairement à d'autres, je ne fais pas de cachotteries.

Elle laisse échapper un léger hoquet de surprise. Cette fois, ça y est. Elle sait que je sais.

J'attends qu'elle se défende, qu'elle me crie dessus, qu'elle se batte, qu'elle m'envoie dans ma chambre… N'importe quoi. Ce n'est pas ce qui se passe quand on arrive à la confrontation ? Au dénouement ?

Au lieu de quoi, elle tourne la tête et attrape l'assiette de Kel, qu'elle remplit de pizza à l'envers.

Je me replie en direction de ma chambre et claque la porte. Encore une fois. Combien de portes ai-je claquées depuis notre arrivée ici ? Je n'arrête pas d'entrer et de sortir, énervée après quelqu'un. Will se défoule avec le slam. Moi, avec les portes.

Lorsque j'ouvre les yeux, mon réveil clignote. Il a dû y avoir une coupure de courant pendant la nuit. Malgré l'heure matinale qu'il est censé être, le soleil est déjà haut dans le ciel. Je jette un coup d'œil à mon portable par acquit de conscience. J'en étais sûre : on est en retard. Sautant du lit, j'enfile rapidement des vêtements, me brosse les dents et m'attache les cheveux. Pas le temps de me maquiller. Je réveille Kel et le presse pour qu'il s'habille pendant que je rassemble ses affaires. Pas le temps pour un café non plus.

— Mais je vais à l'école avec Caulder, le matin, se plaint-il tandis qu'on boutonne nos vestes.

— Pas aujourd'hui. On est en retard.

Je comprends tout de suite qu'on n'est pas les seuls lorsque j'aperçois la voiture de Will devant chez lui. *Génial.* Je ne peux quand même pas partir sans les réveiller.

— Kel, va frapper chez eux et réveille-les.

Il court de l'autre côté de la rue et martèle la porte pendant que je mets le moteur de ma Jeep en marche. Le chauffage à fond, je gratte le givre sur les vitres. Je termine à peine lorsque Kel revient vers moi.

— Personne ne répond. Je crois qu'ils dorment encore.

C'est pas vrai ! Je lui tends l'outil pour gratter en lui disant de monter dans la voiture. Puis je me mets en route vers la maison de Will. Comme Kel a déjà essayé la porte, je me dirige du côté des chambres. J'ignore laquelle est celle de Will, alors je frappe sur les trois fenêtres en espérant tirer quelqu'un du sommeil.

De retour devant la porte d'entrée, celle-ci s'ouvre à la volée et Will apparaît, une main en visière pour se protéger du soleil, torse nu. J'ai déjà touché ces abdos… Je me force à détourner le regard.

— Coupure de courant. On ne s'est pas réveillés, lui dis-je.

C'est étrange de dire « on ». J'ai l'impression d'insinuer qu'on fait tout ensemble.

— Hein ? (Il se frotte le visage d'un air fatigué.) Quelle heure il est ?

— Pas loin de 8 heures.

Cette fois, il comprend le sérieux de la situation.

— Merde ! s'exclame-t-il en se souvenant de quelque chose. J'ai une réunion à 8 heures !

Il retourne à l'intérieur en laissant la porte ouverte. Je passe la tête dans l'entrebâillement, sans oser entrer.

— Tu veux que j'emmène Caulder à l'école ? je crie.

Il revient dans le couloir.

— C'est vrai ? Tu peux ? Ça ne te dérange pas ?

Il a l'air complètement catastrophé. Il a une cravate autour du cou, mais toujours pas de chemise.

— Non, ça ne m'ennuie pas. Sa chambre est où ? Je vais l'aider à se préparer.

— Oh oui, ça m'aidera beaucoup, merci. La première sur la gauche. Merci.

Il disparaît de nouveau.

Je me dirige dans la chambre de son frère et le secoue pour le réveiller.

— Caulder, je t'emmène à l'école. Il faut que tu t'habilles.

J'aide le petit garçon en apercevant de temps en temps Will qui fait des allers-retours. Au bout d'un moment, la porte d'entrée se referme, suivie d'une portière de voiture. Il est parti. Je suis toujours chez lui. C'est gênant.

— Tu es prêt, bonhomme ?

— J'ai faim.

— Ah oui, à manger. Voyons voir.

Je jette un coup d'œil dans les placards de la cuisine. Les boîtes de conserve sont rangées par marque. Il y a des tonnes de pâtes. C'est facile à cuisiner, je suppose. Tout est très propre. Ça ne ressemble pas à la cuisine d'un homme de vingt et un ans. J'aperçois une boîte de barres chocolatées au-dessus du frigo. J'en prends une pour Kel et une pour Caulder.

J'ai une demi-heure de retard au premier cours. Je décide d'attendre dans ma Jeep. C'est la deuxième heure que je rate en deux jours. Je deviens une vraie rebelle.

Quand je m'assois en histoire, Eddie s'installe derrière moi.

— Tu sèches les maths et tu ne me le dis même pas ? murmure-t-elle dans mon dos.

Je me retourne. Elle baisse aussitôt la tête avec une moue déçue.

— Oh. Panne de réveil.

Mon maquillage. J'ai oublié d'apporter mon maquillage. Eddie enfouit la main dans son sac et en sort une trousse. Elle a lu dans mes pensées. Ça sert à ça, une meilleure amie, non ?

— Mon héros, dis-je en lui empruntant.

J'en sors du mascara, du rouge à lèvres et un miroir, puis j'applique le tout rapidement avant de les lui rendre.

À la troisième heure, lorsqu'on entre en cours, Will croise brièvement mon regard et me remercie tacitement.

Je hausse les épaules en souriant pour lui faire comprendre que ce n'est pas grand-chose. Eddie me pince le bras en passant près de moi. Elle a tout vu de notre échange.

À le voir, on ne dirait vraiment pas que Will s'est préparé en moins de trois minutes. Son pantalon noir n'est pas froissé, sa chemise est parfaitement rentrée à l'intérieur. Sa cravate… Oh, mon Dieu, sa cravate ! J'éclate de rire. Il se tourne vers moi. Il ne s'est sans doute pas rendu compte qu'il avait enfilé sa cravate en premier, ce matin ; elle est à peine visible sous sa chemise blanche. Je secoue mon col en pointant le doigt dans sa direction. Il baisse la tête et tapote son torse à l'endroit où sa cravate aurait dû se trouver. Riant à son tour, il se tourne vers le tableau pour remédier à ses problèmes vestimentaires. Les autres élèves sont encore en train de prendre place et de discuter, mais je sais qu'Eddie a assisté à toute la scène. Son regard me brûle le dos.

*

* *

À la cantine, Nick s'affale sur la chaise voisine. Eddie s'assoit en face. Je m'attendais à ce qu'elle fasse la tête, mais ce n'est pas le cas. Elle est aussi exubérante que d'habitude. Elle en sait déjà trop. J'ai peur qu'elle interprète la situation de travers. Je suis arrivée au lycée en retard ; Will s'est visiblement habillé dans l'urgence. Elle aurait tous les droits de me bombarder de questions, pourtant, elle n'en fait rien. Je la respecte pour ça… parce qu'elle me respecte, moi.

— Hé, la nouvelle, on part à quelle heure ? demande Nick en assemblant ses deux plateaux.

— Je ne sais pas. Qui conduit ?

— Moi, répond Gavin.

Nick se tourne vers lui.

— Pas question, mon pote. On prend la voiture de mon père. Il est hors de question que je monte dans ta Merde-cedes.

— Merde-cedes ? je m'enquiers auprès de l'intéressé.

— Ma voiture, répond Gavin.

— Tu habites où, Layken ? me demande Eddie.

Je suis étonnée qu'elle ne me l'ait pas demandé à l'instant où on s'est rencontrées.

— Moi, je sais, dit Nick. Je l'ai ramenée chez elle, la dernière fois. C'est dans la même rue que M. Cooper. On ira la chercher en dernier.

Comment Nick est-il au courant ? Je baisse la tête vers mon assiette et mélange ma purée tout en évitant le regard appuyé d'Eddie.

*
* *

Nick et Gavin sont assis à l'avant. Je monte donc à l'arrière avec Eddie. Lorsque je m'installe à côté d'elle, elle me sourit. Elle ne compte pas me forcer à lui parler. Je laisse échapper un soupir de soulagement.

— Layken, on a besoin de ton aide, dit Gavin. Tu veux bien nous départager ?

— J'adore les débats. Vas-y ! je réponds en attachant ma ceinture.

— Nick, ici présent, est persuadé qu'il n'y a que des tornades au Texas. Il dit que l'État ne subit pas d'ouragan parce qu'il n'est pas situé au bord de la mer. Apprends-lui la vie.

— Eh bien, il a doublement tort, je rétorque.

— Ce n'est pas possible, dit Nick.

— Il y a des ouragans, je poursuis. Tu as oublié un léger détail appelé le Golfe du Mexique. Et il n'y a pas de tornade.

Ma réponse les a laissés pensifs.

— Mais si, il y a des tornades ! insiste Gavin.

— Non, dis-je. C'est un mythe, Gavin. Tout ça parce que Chuck Norris n'aime pas se déplacer en bus…

Il y a un moment de silence, puis tout le monde éclate de rire. Eddie se rapproche de moi sur la banquette arrière et pose la main contre mon oreille pour me murmurer quelque chose.

— Il est au courant.

Le souffle court, je repense à la conversation qu'on vient d'avoir pour comprendre de quoi elle parle.

— Qui est au courant de quoi ? je demande au bout d'un moment.

— Nick. Il sait que tu n'es pas intéressée. Il l'a bien pris. Donc ne te mets pas la pression. On sort entre amis, ce soir.

Je suis soulagée. Vraiment. J'avais déjà commencé à réfléchir à une façon de le repousser en douceur.

Je n'ai même pas goûté aux pizzas que j'ai commandées chez *Getty* hier. Je le regrette : elles sont divines. On a été obligés d'en prendre deux parce que Nick en mange une entière à lui tout seul. Jusqu'à maintenant, je n'ai pas eu le temps de penser à ma mère. Et (presque pas) à Will. Je m'amuse. Ça fait du bien.

— Gavin, quelle est la chose la plus stupide que tu aies faite ? demande Nick.

On s'arrête tous de parler.

— Je ne peux en choisir qu'une ? dit Gavin.

— Une seule, oui. La plus stupide d'entre toutes, répond Nick.

— Hummm... C'est sûrement la fois où je suis allé rendre visite à mes grands-parents dans leur ranch à côté de Laramie, dans le Wyoming. J'avais une grosse envie de pisser. Ce n'est pas grave en soi : je suis un mec. Je peux me soulager n'importe où. Non, le problème, c'est que c'était mon tour.

— De quoi faire ? je demande.

— De gagner le pari. Mes frères lançaient tout le temps des défis. Mais comme j'avais sept ans de moins qu'eux, ils étaient toujours plus forts que moi. Ce jour-là, ils m'avaient dit que je ne pouvais pas porter mes bottes en caoutchouc parce qu'elles étaient encore mouillées, alors j'ai mis mes chaussures de rando. Eux, bien sûr, avaient leurs bottes. Le défi, c'était de pisser sur la clôture électrique.

— Tu n'as pas fait ça, dit Eddie en riant.

— Attends, ce n'est pas fini, mon cœur. Il y a mieux. Ils sont passés en premier. J'ai tout de suite compris que le caoutchouc n'était pas conducteur et qu'ils ne sentaient rien. Moi, par contre, je n'avais pas cette chance. Le choc m'a fait tomber en arrière. J'étais en train d'essayer de me relever en pleurant quand j'ai glissé. Ma bouche a rencontré la clôture. Croyez-moi, la salive et l'électricité ne font pas bon ménage non plus. Ma langue s'est mise à gonfler et mes frères ont paniqué. Ils sont allés chercher mes parents en me laissant allongé par terre, incapable de bouger, avec la bite qui pendait du pantalon.

Eddie, Nick et moi rions si fort qu'on s'attire des regards noirs des autres clients. Eddie sèche ses larmes lorsque Gavin lui annonce que c'est son tour.

— Je suppose que c'est quand je t'ai renversé en voiture, dit-elle.

— Pardon ? demande Gavin.

— Quoi ? C'est ça ! C'est la chose la plus stupide que j'aie jamais faite.

— Et ce qui s'est passé après ? Parle-leur-en !

Il rit.

— On est tombés amoureux. Fin.

Elle est visiblement gênée des suites de l'accident.

— Tu es obligée de nous le dire, maintenant, je rétorque.

— OK. Ça faisait deux jours que j'avais mon permis. Joel m'avait autorisée à aller au lycée avec sa voiture, alors je faisais très attention. J'étais concentrée. Quand Joel m'a appris à conduire, il n'a pas arrêté de me répéter de soigner mes manœuvres. Il déteste les gens qui s'y prennent à plusieurs fois. J'étais même persuadée qu'il allait envoyer quelqu'un pour me surveiller. Je voulais donc être parfaite. J'étais focalisée sur ce seul et unique but. Je n'aimais pas la façon dont je m'étais garée la première fois...

— Ni la deuxième, la troisième ou la quatrième, intervient Gavin.

Eddie lui sourit.

— Alors, la cinquième, j'étais déterminée à réussir. J'ai reculé un peu plus pour être sûre d'avoir un bon angle quand c'est arrivé. J'ai senti un choc. Je me suis retournée. Il n'y avait personne. J'ai commencé à paniquer, pensant que j'avais peut-être touché la voiture d'à côté. J'ai continué à reculer et je suis allée chercher une autre place plus large pour examiner la carrosserie. Je me suis garée et je suis sortie. C'est là que je l'ai vu.

— Tu l'as... traîné avec toi ?

J'ai du mal à retenir mon fou rire.

— Sur deux cents mètres. Quand je l'ai renversé, son pantalon s'est coincé dans mon pare-chocs. Je lui ai cassé la jambe. Joel avait tellement peur que ses parents nous attaquent en justice qu'il m'a obligée à lui amener à manger tous les jours à l'hôpital pendant une semaine. C'est là qu'on est tombés amoureux.

— Tu as de la chance de ne pas l'avoir tué, fait remarquer Nick. Tu aurais été enfermée pour délit de fuite et pour homicide involontaire. Le pauvre Gavin serait dix pieds sous terre à l'heure qu'il est.

— Six pieds sous terre !

Je ris.

— Même si je meurs d'envie d'entendre ton histoire, Layken, ça devra attendre. On va être en retard, dit Eddie en se levant du banc.

Dans la voiture, Eddie sort de la poche arrière de son pantalon une feuille de papier pliée.

— Qu'est-ce que c'est ? je lui demande.

— Mon poème. Je participe au slam, ce soir.

— C'est vrai ? Waouh, tu as du courage.

— Pas vraiment. La première fois qu'on est allés là-bas, Gavin et moi, je me suis promis de me lancer avant mes dix-huit ans. Mon anniversaire est la semaine prochaine. Quand M. Cooper nous a dit qu'on n'aurait pas d'examen final si on participait, je l'ai vu comme un signe.

— Moi, je vais dire que j'en ai récité un. M. Cooper n'en saura rien. Je doute qu'il soit là, intervient Nick.

— Ne fais pas ça, rétorque Gavin, il sera là. Il est toujours là.

Mon ventre pourtant rempli de pizzas se creuse de nouveau. Je me frotte les mains sur mon pantalon et fixe une étoile dans le ciel. J'attends qu'ils changent de sujet pour me joindre à la conversation.

— Vaughn s'est vraiment foutue de lui, en tout cas, dit Nick.

Je tourne la tête vers lui. En voyant mon intérêt pour la question, Eddie replie sa feuille de papier et la range dans sa poche.

— C'est son ex, m'explique-t-elle. Ils ont été ensemble les deux dernières années de lycée. C'était le couple phare. La reine du bal de promo et la star du foot…

— Du foot ? Il jouait au foot ?

Je suis choquée. Ça ne lui va pas du tout.

— Oh oui : il a été la star des quarterbacks pendant trois ans, reprend Nick. On venait d'entrer au lycée quand il était en dernière année. Il était plutôt sympa.

— On ne peut pas en dire autant de Vaughn, dit Gavin.

— Pourquoi ? C'était une garce ? je demande.

— Très franchement, elle n'était pas si mauvaise que ça, au lycée. Non, le problème, c'est ce qu'elle lui a fait après. Quand ses parents…

La voix d'Eddie se brise.

— Qu'est-ce qui s'est passé ?

J'ai l'air un peu trop intéressé, je le sais bien.

— Elle l'a plaqué. Deux semaines après la mort de ses parents dans un accident de voiture. Il avait décroché une bourse grâce au foot, mais elle a été suspendue quand il est revenu ici pour s'occuper de son petit frère. Vaughn a crié sur tous les toits qu'elle ne comptait pas épouser un type sans diplôme avec un gosse à charge. Voilà. En l'espace de deux semaines, il a perdu ses parents, sa copine, sa bourse, et il est devenu tuteur légal.

Je me tourne de nouveau vers la fenêtre. Je ne veux pas qu'Eddie voie mes larmes. Ça explique beaucoup de choses. Ça explique pourquoi il a peur de me voler ma jeunesse, de la même façon qu'on la lui a volée. Je m'efface de la conversation pendant qu'on roule vers Detroit.

— Tiens, murmure Eddie en posant quelque chose sur mes genoux.

Un mouchoir. Je lui serre la main pour la remercier avant de m'essuyer les yeux.

9

Simple façon de parler
J'ai ouvert mon cœur en grand
Ils viennent nous regarder saigner
Est-ce de l'art, comme je l'avais espéré ?

THE AVETT BROTHERS, « Slight Figure of Speech »

Une fois entrée dans le bâtiment, je me mets aussitôt à chercher Will du regard. Nick et Gavin nous guident vers une table en plein milieu de la piste de danse, rien à voir avec l'espace confiné qu'avait choisi Will la dernière fois. Le sacrifice a déjà été fait, et la première manche est bien entamée. Eddie se dirige vers la table des juges pour payer sa participation, puis revient vers nous.

— Layken, viens aux toilettes avec moi, dit-elle en me tirant de ma chaise.

Une fois dans les toilettes, elle me fait reculer jusqu'aux lavabos et pose les mains sur mes épaules.

— Remets-toi, ma fille ! On est là pour s'amuser.

Elle sort sa trousse à maquillage de son sac. Après s'être mouillé les doigts sous le robinet, elle essuie les traces de mascara sous mes yeux. Puis elle me maquille avec soin, entièrement concentrée sur sa tâche. C'est la première fois que quelqu'un d'autre fait cela pour moi. Elle m'oblige ensuite à me pencher et me coiffe les cheveux en avant. J'ai l'impression d'être une poupée de chiffon. Quand je me relève sous ses ordres, elle se met à tirer sur mes cheveux et à les nouer. Ça a l'air compliqué. Puis, elle recule et sourit, comme si elle admirait son œuvre.

— Voilà.

Je me tourne vers le miroir. J'en reste bouche bée. Je n'arrive pas à y croire. Je suis… jolie. Mes mèches de devant sont tressées et tombent négligemment sur mon épaule. La teinte douce et ambrée qu'elle a appliquée sur mes paupières fait ressortir mes yeux. Mes lèvres ont été redessinées, mais la couleur n'est pas très voyante. Je ressemble à ma mère.

— Waouh. Tu es douée, Eddie.

— Je sais. Avec vingt-neuf frères et sœurs, on finit par apprendre quelques trucs.

Elle me pousse hors des toilettes et on rejoint les autres. Toutefois, à quelques mètres de nos chaises, je me fige. Eddie aussi, étant donné qu'elle me tient la main et que je viens de la faire trébucher en arrière. Elle suit mon regard. À notre table sont assis Javi et… Will.

— On dirait qu'on a de la compagnie, dit-elle en me faisant un clin d'œil.

Quand elle essaie de me tirer de nouveau en avant, je me dégage de son étreinte. J'ai les pieds cloués au sol.

— Eddie, ce n'est pas ce que tu crois. Je ne veux pas que tu te fasses de fausses idées.

Elle se place devant moi et me prend les mains.

— Je ne crois rien du tout, Layken. Mais si c'était le cas, ça expliquerait la tension flagrante qu'il y a entre vous, rétorque-t-elle.

— Tu es la seule à trouver ça flagrant.

— Et ça restera ainsi, dit-elle en m'entraînant avec elle.

Quand on arrive à la table, quatre paires d'yeux se posent sur moi. J'ai envie de m'enfuir.

— Waouh. T'es bonne, fait Javi.

Gavin lui adresse un regard noir avant de me sourire.

— Eddie a fait des siennes, pas vrai ?

Il passe un bras autour de la taille de mon amie et l'attire à lui, me laissant livrée à moi-même. Nick me propose une chaise. Je m'y assieds. Quand je me tourne vers Will, il m'adresse un sourire en coin. Je sais ce que ça signifie. Il me trouve jolie.

— Très bien, il nous reste quatre intervenants pour cette première manche. Le prochain s'appelle Eddie. Où est-il ?

Eddie lève les yeux au ciel et se manifeste.

— « Elle » !

— Oh, désolé. La voici. Approchez, mademoiselle Eddie.

Eddie embrasse rapidement Gavin puis monte sur scène d'un pas léger. Elle n'a pas le trac. Son sourire le confirme. Tout le monde s'assoit, sauf Will. Javi prend place à ma gauche. La seule chaise libre se trouve à ma droite. Will hésite avant de s'approcher.

— Qu'est-ce que tu vas nous déclamer, Eddie ? demande le présentateur.

Elle se penche vers le micro et répond :

— « Ballon rose. »

Dès que le présentateur descend de la scène, Eddie perd son sourire et se réfugie dans son monde.

Je m'appelle Olivia King
J'ai cinq ans.
Ma mère m'a acheté un *ballon*. Je me souviens du jour
où elle a franchi la porte avec. Le ruban rose vif **pendait**
à son bras, **accroché** à son **poignet**. Elle m'a **souri**
tout en le **détachant** pour l'attacher à ma main.
« Tiens, Livie, je l'ai acheté pour toi. »
Elle m'appelait *Livie*.
J'étais tellement **contente**. Je n'avais **jamais** eu
de **ballon**. J'en voyais toujours accrochés aux poignets
des **autres** enfants sur le parking de **Walmart**,
mais je n'avais jamais **espéré** en avoir un **à moi**.
Un ballon rose **rien qu'à moi**.
J'étais **excitée** ! **Folle de joie** ! **Heureuse** ! Je n'arrivais
pas à **croire** que ma mère m'ait acheté quelque chose !
Elle ne m'avait **jamais** rien acheté ! Je jouai
avec pendant des **heures**. Il était rempli d'**hélium**
et il **dansait**, il se **balançait**, il **flottait** tandis
que je le **tirais** de **pièce** en **pièce**, réfléchissant
à tous les endroits où je pourrais l'emmener.
Aux endroits où le ballon n'était **jamais** allé.
Je l'emmenai dans la **salle de bains**, dans le **placard**,
dans la **buanderie**, dans la **cuisine**, dans le **salon**.
Je voulais que mon meilleur ami voie **tout**
ce que je voyais ! Je l'emmenai même dans la **chambre**
de ma mère !
La *chambre*
De ma mère ?
Où je n'étais pas censée venir ?
Avec mon *ballon*
Rose…

Je me **couvris** les oreilles pendant qu'elle **criait**
et **essuyait** les traces blanches sur son nez.
Elle me donna une **gifle** et me rappela à quel point
j'étais **vilaine** ! À quel point je m'étais **mal comportée** !
Je ne l'**écoutais** jamais ! Elle me **poussa**
dans le couloir et **claqua** la porte, enfermant
mon ballon rose à l'intérieur avec elle. Je voulais
le **récupérer** ! C'était **mon** meilleur ami ! **Pas le sien** !
Le ruban rose était **toujours** attaché à mon **poignet**.
Alors, je me mis à **tirer**, à **tirer**, pour essayer
d'**éloigner** mon meilleur ami d'elle.
Mais
Il
Éclata.
Je m'appelle Eddie.
J'ai dix-sept ans.
La semaine prochaine, c'est mon *anniversaire*.
Je serai enfin *majeure*. Le père de ma famille d'accueil
va m'offrir ces bottes que je veux depuis longtemps.
Je suis sûre que mes amis m'inviteront au restaurant.
Mon copain m'achètera un *cadeau* et m'emmènera
peut-être au *ciné*. Je recevrai même une carte
des services sociaux me souhaitant un bon dix-huitième
anniversaire et m'informant que je ne dépends plus
du *système*.
Je m'amuserai bien. Je le sais.
Mais il y a **une** chose dont je suis **sûre**.
Personne n'a intérêt à m'offrir
Un putain de ballon rose !

Lorsque les applaudissements éclatent, Eddie les accueille avec enthousiasme. Elle se met à sautiller sur scène et à taper dans ses mains en rythme avec le public, oubliant tout du poème sombre qu'elle vient de réciter. On dirait qu'elle a fait ça toute sa vie. Quand elle revient à la table, on lui fait une ovation.

— Je me suis éclatée ! s'écrie-t-elle.

Gavin la prend dans ses bras et la soulève pour la faire tournoyer. Il l'embrasse sur la joue.

— Ça, c'est ma copine, dit-il en se rasseyant.

— Bon travail, Eddie. Tu es dispensée, ajoute Will.

— C'était trop facile ! Il faut que tu t'y colles la semaine prochaine, Layken. Tu ne connais pas les examens de M. Cooper. Crois-moi, ce n'est pas de la rigolade.

— Je vais y réfléchir, je réponds.

À la voir, ça a réellement l'air facile.

Will rit et se penche en avant.

— Eddie, tu ne connais pas mes examens non plus. J'enseigne seulement depuis deux mois.

— Peut-être, mais je suis sûre qu'ils sont nuls, rétorque-t-elle en riant.

Le poète suivant est appelé sur scène. À la table, le silence se fait. La jambe de Javi n'arrête pas de toucher la mienne. Quelque chose chez lui me donne la chair de poule, mais je n'arrive pas à mettre le doigt dessus… Tout au long de la performance, je n'arrête pas de me décaler, jusqu'à n'avoir plus aucune échappatoire, et il continue de me suivre. Au moment où je suis à deux doigts de lui mettre mon poing dans la figure, Will se penche pour me murmurer à l'oreille.

— Échange de place avec moi.

Je me lève d'un bond et il se glisse sur ma chaise. Je le remercie silencieusement. Javi se redresse en assassinant Will du regard. Il est clair que ces deux-là ne s'aiment pas du tout.

Quand la deuxième manche commence, notre groupe se disperse. J'aperçois Nick près du bar en train de parler à une fille. Javi finit par partir en boudant, me laissant seule à la table avec Will, Gavin et Eddie.

— Monsieur Cooper, vous avez vu… ?

— Gavin, l'interrompt Will. Tu n'es pas obligé de m'appeler M. Cooper et de me vouvoyer ici. On était au lycée ensemble.

Un sourire taquin étire les lèvres du garçon. Il donne un léger coup de coude à Eddie, qui arbore la même expression.

— Est-ce qu'on peut t'appeler… ?

— Non ! Pas question ! intervient de nouveau Will.

Il rougit.

— Je crois que j'ai raté un épisode, dis-je en les regardant tour à tour.

Gavin se penche en avant et pose les coudes sur ses genoux.

— Si tu veux tout savoir, Layken, il y a trois ans…

— Attention, Gavin, je peux te faire rater ton année. Et celle de ta petite copine aussi, fait remarquer Will.

Tout le monde est hilare. Moi, je suis toujours aussi perdue.

— Il y a trois ans, Poussin, ici présent, a décidé de lancer une campagne de bizutage contre les première année. On a souffert, à cause de ce type.

Gavin rit en désignant Will.

— Alors, on a décidé qu'on en avait assez. On a concocté un plan, plus connu sous le nom de « revanche contre Poussin ».

— Putain, Gavin ! Je savais que c'était toi ! Je le savais ! s'exclame Will.

Gavin est mort de rire.

— Tout le monde savait que Will faisait la sieste dans sa voiture. Surtout pendant le cours d'histoire de M. Hanson. Alors, un jour, on l'a suivi jusqu'au parking et on a attendu qu'il rejoigne le pays merveilleux des rêves. On avait emmené une trentaine de rouleaux adhésifs et on a emballé sa voiture. Il y avait déjà plus de cinq couches de plastique autour quand il s'est réveillé. On l'a entendu crier et frapper contre les portières jusque dans le bâtiment.

— Oh, mon Dieu ! Tu es resté coincé combien de temps ? je demande à Will.

Je n'hésite pas une seconde à m'adresser à lui. J'aime le fait de pouvoir lui parler, même en tant qu'ami. Ça me fait plaisir.

Il hausse les sourcils avant de me répondre :

— Ça, c'est un mystère. Le cours de M. Hanson était en deuxième heure, mais on ne m'a pas libéré avant que mon père appelle le lycée parce qu'il ne me trouvait pas. Je ne me rappelle pas quelle heure il était, mais il faisait nuit.

— Tu es resté là-dedans pendant presque douze heures ?

Il hoche la tête.

— Et tu n'as pas eu besoin d'aller aux toilettes ? demande Eddie.

— J'emporterai ce secret dans la tombe, répond-il en riant.

On peut y arriver. J'observe Will discuter avec Eddie et Gavin ; ils plaisantent tous ensemble. Jusqu'à maintenant, je ne pensais pas que c'était possible, je ne pensais pas qu'on pouvait être amis. Mais maintenant, j'y crois.

Nick revient à notre table. Il a l'air malade.

— Je ne me sens pas très bien. On peut y aller ?

— Je t'avais dit de ne pas manger autant, Nick, rétorque Gavin en se levant.

Eddie se tourne vers moi et désigne la porte d'entrée d'un signe de la tête pour me dire qu'on s'en va.

— À demain, monsieur Cooper, dit-elle.

— Tu es sûre, Eddie ? lui demande Will. Vous n'allez pas faire une nouvelle sieste dans la cour, ton amie et toi ?

Eddie me regarde et presse la main contre sa bouche, hoquetant d'un air exagéré. Je prends mon temps pour me lever pendant que tout le monde sort.

— Laisse Kel chez moi, ce soir, reprend-il quand plus personne ne peut nous entendre. Je l'emmènerai à l'école demain. Ils sont sûrement en train de dormir, de toute façon.

— Tu es sûr ?

— Oui, ce n'est pas un problème.

— D'accord, merci.

On reste tous les deux plantés là, sans savoir quoi dire. Puis il se pousse pour me laisser passer.

— À demain, me dit-il.

Je souris en m'éloignant et cours retrouver Eddie.

— S'il te plaît, Maman ! S'il te plaît ! s'exclame Kel.

— Kel, vous avez déjà passé la nuit ensemble hier. Je suis sûre que son frère veut profiter de sa compagnie.

— Non, il s'en moque, répond Caulder.

— Tu vois ? Allez, on restera dans ma chambre, je te le promets, dit Kel.

— Très bien, mais demain, j'aimerais que tu restes chez toi, Caulder. J'emmène Lake et Kel au restaurant.

— Oui, madame. Je vais le dire à mon frère et chercher mes vêtements.

Les deux garçons se précipitent vers la porte. Assise sur le canapé, je me tortille pour retirer mes bottes. Le repas dont elle parle, c'est sûrement les grandes présentations. Je décide de la questionner un peu.

— Où est-ce qu'on va manger ? je lui demande.

Elle vient s'installer à côté de moi et allume la télé avec la télécommande.

— Peu importe. On restera peut-être même ici. Je ne sais pas encore. Je veux juste qu'on passe du temps rien que tous les trois.

J'enlève mes chaussures et les soulève.

— Tous les trois, je marmonne en me dirigeant vers ma chambre.

Je réfléchis à ce concept en jetant mes bottes dans mon armoire. Je m'allonge sur le lit. Avant, c'était « tous les quatre ». C'est ensuite devenu « tous les trois ». Et maintenant, après seulement sept mois, ma mère voudrait qu'on repasse à « tous les quatre ».

J'ignore qui il est, mais je n'en tiendrai jamais compte dans notre trio, avec Kel et moi. Ma mère ne sait pas que je suis au courant. Elle ne sait même pas que je les ai déjà classés dans la catégorie « eux deux », quand Kel et moi restons « nous deux ». Diviser pour mieux régner. C'est la devise de ma famille.

Ça fait un mois qu'on est arrivés à Ypsilanti, et j'ai passé tous les vendredis soir dans ma chambre. J'attrape mon portable pour envoyer un message à Eddie. J'espère que ça ne la dérangera pas que je tienne la chandelle pendant leur soirée cinéma. Elle me répond dans la seconde et me laisse une demi-heure pour me préparer. Comme je n'ai pas suffisamment de temps pour me doucher, je me contente de retoucher mon maquillage. Une pile de courrier est posée à côté de l'évier dans la salle de bains. Je la parcours rapidement. Les trois enveloppes portent un gros tampon rouge de la poste. « Suivi d'adresse » est écrit au-dessus de notre adresse texane.

Huit mois. Dans huit mois, je rentrerai à la maison. L'idée d'accrocher un calendrier au mur pour compter les jours me traverse l'esprit. Quand je repose les lettres sur le meuble, une feuille de papier tombe par terre. Je la ramasse. Un nombre imprimé en haut à droite me saute aux yeux.

178 343 dollars.

C'est une lettre de la banque. Un relevé de compte. J'attrape toutes les enveloppes et cours m'enfermer avec dans ma chambre.

Je regarde les dates du relevé, puis parcours les autres lettres. L'une d'elles vient d'une société de crédit immobilier. Je l'ouvre. C'est une facture d'assurance. Pour notre maison au Texas qui avait soi-disant été vendue. Oh, mon Dieu, j'ai envie de la tuer. On n'est pas pauvres ! On n'a même pas vendu la maison ! Elle nous a arrachés au seul foyer qu'on ait jamais connu, mon frère et moi, pour un homme ? Je la déteste. Il faut que je sorte d'ici avant d'exploser. J'attrape mon téléphone et balance les enveloppes dans mon sac.

— Je sors, j'annonce en traversant le salon jusqu'à la porte.

— Avec qui ? me demande-t-elle.

— Eddie. On va au ciné.

Je formule des réponses courtes et polies pour qu'elle ne se rende pas compte de mon humeur massacrante. Je tremble comme une feuille sous le coup de la colère. Je veux sortir de cette maison et réfléchir à tout ça avant de lui parler.

Elle s'approche de moi et me prend mon téléphone des mains. Elle se met à pianoter dessus.

— Qu'est-ce que tu fabriques ? je crie en le récupérant.

— J'ai compris ton manège, Lake ! N'essaie pas de nier !

— Quel manège ? J'aimerais bien savoir de quoi tu parles !

— Hier soir, vous n'étiez pas là, Will et toi. Et comme par hasard, il avait une baby-sitter. Ce soir, son frère veut dormir ici, et une demi-heure plus tard, tu décides de sortir ? Tu n'iras nulle part !

Je jette mon portable dans mon sac que je glisse à mon épaule avant de me diriger vers la porte.

— Je sortirai, que tu le veuilles ou non. Avec Eddie. Tu peux me regarder partir avec Eddie. Et même revenir avec Eddie.

Je passe la porte. Elle me suit. Heureusement, Eddie se gare devant la maison au même moment.

— Lake ! Reviens ici tout de suite ! Il faut qu'on parle, crie-t-elle depuis le perron.

J'ouvre la portière de la voiture, puis me retourne vers ma mère.

— Tu as raison, Maman, mais c'est toi qui as quelque chose à me dire. Je sais pourquoi tu veux qu'on mange ensemble, demain ! Je sais pourquoi on a déménagé dans le Michigan ! Je sais tout ! Alors n'essaie pas de me faire la morale !

Je n'attends pas qu'elle réponde. Je grimpe sur la banquette arrière et claque la portière derrière moi.

— Emmène-moi loin d'ici. Vite, dis-je à Eddie.

Alors qu'on s'éloigne, je me mets à pleurer. Je ne veux plus jamais retourner dans cette maison.

— Tiens, bois ça.

Eddie pousse une nouvelle cannette de soda vers moi. Gavin et elle me regardent boire… et pleurer. On s'est arrêtés chez *Getty* parce qu'Eddie a décrété que leur pizza était la seule chose capable de m'aider, mais je n'arrive pas à manger.

— Je suis désolée d'avoir gâché votre soirée, leur dis-je.

— Tu n'as rien gâché du tout, pas vrai, mon cœur ? répond Eddie en se tournant vers Gavin.

— Rien du tout. Ça change de notre routine habituelle, m'assure-t-il en mettant sa pizza dans un carton pour la ramener chez lui.

Mon téléphone continue de vibrer. C'est la sixième fois que ma mère essaie de m'appeler. Je l'éteins et le range dans mon sac.

— On a encore le temps d'aller voir le film ? je demande.

Gavin jette un coup d'œil à sa montre et hoche la tête.

— Bien sûr, si tu te sens d'y aller.

— Oui. Il faut que je pense à autre chose.

On paie et on reprend la voiture jusqu'au cinéma. Ce n'est pas Johnny Depp, mais n'importe quel acteur fera l'affaire ce soir.

10

Elle pose les mains contre
La vie qu'elle avait.
Elle vivait dans l'ignorance,
Heureuse et triste à la fois.
Car personne ne sait ce qui se cache derrière
Les jours qui précèdent notre mort.

THE AVETT BROTHERS, « Die Die Die »

Quelques heures plus tard, on est de retour chez moi. Je ne sors pas immédiatement de la voiture. Je respire profondément pour me préparer à la confrontation qui m'attend.

— Appelle-moi tout à l'heure, Layken. Je veux tout savoir. Bonne chance, me dit Eddie.

— Merci, je n'y manquerai pas.

Je sors de la voiture et remonte l'allée pendant qu'ils s'éloignent. J'entre. Ma mère est allongée sur le canapé. Elle sursaute en entendant la porte claquer. Je m'attendais à ce qu'elle recommence à me crier dessus, mais elle se précipite vers moi et me prend dans ses bras. Je me raidis.

— Je suis désolée, Lake. J'aurais dû t'en parler. Excuse-moi.

Elle est en larmes.

Je me libère de son étreinte et m'assieds sur le canapé. Des mouchoirs jonchent la table basse. Elle a beaucoup pleuré. Bien. Elle a de quoi se sentir mal. Très mal.

— Ton père et moi comptions t'en parler avant qu'il...

— Papa ? Tu as commencé à le fréquenter avant même que Papa meure ? (Je me lève et me mets à faire les cent pas.) Maman ! Depuis quand est-ce que ça dure ?

C'est moi qui crie, maintenant. Et je pleure aussi.

Je la regarde en attendant qu'elle justifie son comportement détestable, mais elle se contente de fixer la table devant elle.

Elle se penche en avant et tourne la tête vers moi.

— Fréquenter qui ? Qu'est-ce que tu imagines ?

— Comment ça, qui ? Celui qui a écrit le poème caché dans ta table de chevet. Celui que tu vas retrouver quand tu dis que tu vas faire des courses. Celui à qui tu dis « je t'aime » au téléphone. Je ne sais pas qui c'est et très sincèrement, je m'en moque.

Elle se lève et pose les mains sur mes épaules.

— Lake, je ne vois personne. Tu as mal interprété la situation. De A à Z.

Elle me dit la vérité, j'en suis convaincue, mais je n'ai toujours pas le fin mot de l'histoire.

— C'est quoi, ce poème, alors ? Et les relevés de compte ? On n'est pas pauvres, Maman. Tu n'as même pas vendu la maison ! Tu nous as menti pour nous traîner ici. Si ce n'était pas pour un homme, alors pour quoi ? Pourquoi est-ce qu'on est venus habiter ici ?

Elle recule et secoue la tête, les yeux rivés au sol.

— Mon Dieu, Lake. Je pensais que tu le savais. Je pensais que tu avais compris.

Elle s'assoit de nouveau sur le canapé, mais continue de regarder ses mains.

— Visiblement, ce n'est pas le cas, je réponds.

C'est vraiment frustrant. Je ne comprends pas ce qui est si important dans le Michigan pour qu'on nous ait arrachés à nos vies.

— Alors, dis-le-moi.

Elle me regarde dans les yeux avant de tapoter le siège à côté d'elle.

— Viens t'asseoir. S'il te plaît.

Je lui obéis et attends qu'elle me raconte toute la vérité. Elle reste silencieuse un long moment, pendant lequel elle semble remettre de l'ordre dans ses pensées.

— Le poème, c'est ton père qui me l'a écrit. C'était une plaisanterie. Il a dessiné sur mon visage un soir et a laissé ce mot sur mon oreiller. Je l'ai gardé. J'aimais ton père, Lake. Et il me manque plus que tout. Je ne lui ferais jamais une chose pareille. Il n'y a personne d'autre.

Elle est sincère.

— Alors pourquoi on a emménagé ici, Maman ? Pourquoi tu nous y as forcés ?

Elle prend une grande inspiration et se tourne vers moi. Elle pose ses mains sur les miennes. Son expression me serre le cœur. Elle arborait la même ce jour-là, dans le couloir du lycée, lorsqu'elle est venue m'annoncer la mort de mon père. Elle respire profondément et me serre les mains un peu plus fort.

— Lake… J'ai un cancer.

Le déni ? Je suis en plein dedans. La colère aussi. Le marchandage ? Un peu. J'expérimente les trois phases. Peut-être même les cinq en même temps. J'en ai le souffle coupé.

— Ton père et moi avions l'intention de t'en parler, mais quand il est mort, vous étiez tellement bouleversés que je n'ai pas eu le cœur d'aborder le sujet. Puis mon état s'est aggravé, et j'ai voulu revenir habiter ici. Brenda m'a suppliée de le faire. Elle m'a dit qu'elle s'occuperait de moi. C'est à elle que je parlais au téléphone. Il y a un spécialiste du cancer du poumon à Detroit. Il me soigne.

Un cancer du poumon. Il a un nom. Ça le rend encore plus réel.

— J'allais vous en parler demain, à Kel et toi. Il est temps que vous sachiez, pour qu'on puisse tous se préparer.

Je retire mes mains des siennes.

— Se préparer à quoi, Maman ?

Elle me prend de nouveau dans ses bras en pleurant. Je la repousse.

— Qu'on se prépare à quoi, Maman ?

Comme le proviseur à l'époque, elle est incapable de croiser mon regard. Elle ressent de la pitié pour moi.

Je ne me souviens pas d'être sortie de la maison. Je ne me souviens pas d'avoir traversé la rue. Tout ce que je sais, c'est qu'il est minuit et que je suis en train de frapper à la porte de Will.

Quand il ouvre, il ne me pose pas la moindre question. Il comprend à mon visage que j'ai besoin qu'il soit « Will ». Juste pour ce soir. Il me saisit par les épaules pour me faire entrer, puis referme la porte derrière nous.

— Lake, qu'est-ce qui ne va pas ?

Je ne peux pas lui répondre. Je ne peux pas respirer. Il me prend dans ses bras au moment où je vais m'effondrer par terre en pleurant. Et comme l'avait fait ma mère dans ce couloir d'école, Will sombre avec moi sur le sol. Il pose sa tête contre la mienne, me caresse les cheveux et me laisse pleurer.

— Raconte-moi ce qui s'est passé, murmure-t-il au bout d'un moment.

Je ne veux pas le dire. Si je le prononce à voix haute, ça signifiera que c'est réel. C'est réel.

— Elle est mourante, Will, lui dis-je entre deux sanglots. Elle a un cancer.

Il me serre plus fort contre lui et me soulève pour me porter jusqu'à sa chambre. Je suis allongée sous les couvertures lorsque la sonnette retentit. Il m'embrasse sur le front avant de quitter la pièce.

J'entends ma mère parler quand il ouvre la porte, mais je ne comprends pas ce qu'elle dit. La voix de Will est basse, la sienne aussi, mais elle est plus intelligible.

— Laissez-la rester ici, Julia. Elle a besoin de moi.

D'autres paroles sont échangées, mais je n'en saisis aucune. Au bout d'un moment, la porte se referme et Will réapparaît dans la chambre. Il se glisse dans le lit, m'entoure de ses bras et me serre contre lui pendant que je pleure.

Deuxième partie

11

Qui se soucie de demain ?
Qu'est-ce que demain,
Sinon un autre jour ?

THE AVETT BROTHERS, « Swept Away »

La fenêtre est du mauvais côté de la pièce. Quelle heure est-il ? Je tends le bras sur le lit pour attraper mon téléphone sur la table de chevet. Il n'est pas là. La table non plus, d'ailleurs. Je me redresse et me frotte les yeux. Ce n'est pas ma chambre. Les événements de la veille me reviennent alors en mémoire. Je me recouche et tire les couvertures sur moi, en espérant tout effacer.

— Lake.

Je me réveille encore une fois. La lumière du soleil n'est plus aussi vive, mais je ne suis toujours pas dans ma chambre. J'enfouis un peu plus la tête sous les couvertures.

— Lake, réveille-toi.

Quelqu'un essaie de tirer les draps. Je les agrippe en grognant. J'espère pouvoir replonger dans l'ignorance, mais ma vessie est en train de me tuer. Je repousse les couvertures. Will est assis sur le bord du lit.

— Tu n'es vraiment pas du matin, dit-il.

— Toilettes. Où sont tes toilettes ?

Il désigne l'autre côté du couloir de l'index. Je me lève d'un bond en espérant ne pas arriver trop tard. Je cours vers la cuvette et m'y assois. Dans ma précipitation, je manque tomber à l'intérieur. L'abattant est relevé.

— Les mecs, je marmonne en la baissant.

Lorsque je le rejoins, Will est assis au bar. Il sourit en posant une tasse de café devant le tabouret vide à côté de lui. Je prends la place et le café.

— Quelle heure est-il ? je lui demande.

— 13 h 30.

— Oh. Ton lit est vraiment confortable.

Il sourit et me donne un léger coup sur l'épaule.

— On dirait, rétorque-t-il.

On boit notre café sans rien dire, dans un silence agréable.

Puis Will rince ma tasse dans l'évier avant de la mettre dans le lave-vaisselle.

— J'emmène Kel et Caulder au cinéma cet après-midi, m'informe-t-il. (Il allume le lave-vaisselle et s'essuie les mains sur un torchon.) On part dans quelques minutes. Je les emmènerai sûrement manger quelque chose après. On ne sera pas de retour avant 18 heures. Ça devrait vous laisser assez de temps, à ta mère et toi, pour discuter.

Je n'aime pas la façon dont il a nonchalamment lancé cette phrase à la fin, comme si je n'allais pas m'en rendre compte.

— Et si je n'ai pas envie de discuter ? Si je préfère aller voir un film ?

Il s'appuie sur le bar et se penche vers moi.

— Tu n'as pas besoin d'aller voir un film. Il faut que tu parles avec ta mère. On y va.

Il attrape ses clés et sa veste avant de se diriger vers la porte.

Je me laisse aller en arrière, les bras croisés.

— Je viens de me réveiller. Je ne ressens même pas encore les effets de la caféine. Je ne peux pas rester encore un peu ici ?

Je mens. Je veux juste qu'il parte pour que je puisse retourner sous les couvertures.

— D'accord. (Il revient m'embrasser sur le front.) Mais pas toute la journée. Vous avez vraiment besoin de discuter.

Après s'être habillé, il s'en va en refermant la porte derrière lui. Je m'approche de la fenêtre. Kel et Caulder montent en voiture et ils démarrent. Je regarde ma maison de l'autre côté de la rue. Cette maison que je ne considère pas comme chez moi. Je sais que ma mère est à l'intérieur, à seulement quelques dizaines de mètres. Je n'ai pas la moindre idée de ce que je lui dirais si je me décidais à aller la voir. Je préfère donc retarder l'échéance. Je n'aime pas être en colère après elle. Je sais que ce n'est pas sa faute, mais je n'ai personne d'autre à blâmer.

Mon regard se pose sur le nain de jardin au bonnet rouge cassé, debout dans l'allée. Il me dévisage en souriant. On dirait qu'il sait. Il sait que je me terre ici, trop effrayée pour traverser la rue. Il me nargue. Au moment où je vais fermer les rideaux pour ne plus le voir, j'aperçois Eddie qui se gare devant chez moi.

J'ouvre la porte d'entrée à la volée et lui fais de grands signes.

— Eddie, je suis là !

Elle me regarde moi, puis ma maison, à tour de rôle, et traverse la rue avec un air perplexe.

Génial. Pourquoi j'ai fait ça ? Quelle excuse vais-je pouvoir trouver, cette fois ?

Je fais un pas sur le côté et lui tiens la porte ouverte pour qu'elle entre. Elle observe le salon avec curiosité.

— Tu vas bien ? Je t'ai appelée cent fois ! s'exclame-t-elle.

Elle s'installe sur le canapé, puis retire ses bottes.

— Elle est à qui, cette maison ?

Ce n'est pas la peine que je lui réponde. Le portrait de famille accroché en face d'elle s'en charge à ma place.

— Ohhh, fait-elle. (C'est tout ce qu'elle dit à ce sujet.) Alors ? Qu'est-ce qui s'est passé ? Elle t'a parlé de lui ? Tu le connais ?

J'avance vers le canapé, passe par-dessus ses jambes tendues et m'assieds à côté d'elle.

— Eddie ? Tu es prête à entendre ma version de la chose la plus stupide que j'aie jamais faite ?

Elle hausse les sourcils et attend que je lui raconte toute l'histoire.

— Je me suis trompée. Elle ne voit personne. Elle est malade. Elle a un cancer.

Eddie place ses chaussures à côté d'elle, pose les pieds sur la table basse en se laissant aller en arrière. Ses chaussettes sont dépareillées.

— Eh bien. J'ai du mal à y croire.

— Moi aussi. Pourtant, c'est bien réel.

Elle reste silencieuse un instant, examinant ses ongles peints en noir. Je sens qu'elle ne sait pas quoi dire. Alors, sans un mot, elle me prend dans ses bras… avant de se relever d'un bond.

— Qu'est-ce que M. Cooper a à boire chez lui ? demande-t-elle en se dirigeant vers la cuisine.

Elle ouvre le frigo et en sort un soda. Elle attrape ensuite deux verres qu'elle remplit de glaçons et ramène le tout dans le salon.

— Je n'ai même pas trouvé de vin. Il est d'un ennui !

Elle me tend mon verre et remonte les jambes contre elle.

— Alors quel est le diagnostic ?

Je hausse les épaules.

— Je n'en sais rien. Mais ça n'a pas l'air très bon. Je suis partie dès qu'elle me l'a annoncé hier soir. Je n'ai pas encore réussi à lui faire face aujourd'hui.

Je tourne la tête vers la fenêtre pour regarder la maison encore une fois. Je sais que c'est inévitable. Je sais que, tôt ou tard, je vais devoir me confronter à la réalité, mais j'aimerais avoir une dernière journée normale.

— Layken, il faut que tu ailles lui parler.

Je lève les yeux au ciel.

— On dirait Will.

Elle prend une gorgée de sa boisson et la repose sur la table basse.

— En parlant de Will…

Nous y voilà.

— Layken, j'essaie vraiment de ne pas me mêler de ce qui ne me regarde pas. Je te le jure. Mais tu es chez lui ! Et tu portes les mêmes vêtements qu'hier quand je t'ai déposée ici. Si tu ne nies pas qu'il se passe quelque chose, je vais finir par croire que tu l'admets.

Je soupire. Elle a raison. De son point de vue, ça paraît beaucoup plus sérieux que ça ne l'est en réalité. Je suis obligée de lui dire la vérité, sinon elle va penser le pire de lui.

— Bon, d'accord. Mais Eddie, tu dois me promettre de...

— C'est juré. Même pas à Gavin.

— OK. Je l'ai rencontré le jour où j'ai emménagé ici. Il y a tout de suite eu quelque chose entre nous. Il m'a invitée à sortir. J'ai accepté. On s'est bien amusés. On s'est embrassés. Je crois que c'était la plus belle soirée de ma vie. Non, en fait, j'en suis sûre.

Eddie sourit. J'hésite avant de poursuivre. Elle comprend par mon langage corporel que l'histoire ne se termine pas bien. Sa bonne humeur s'évanouit.

— On ne savait pas. Jusqu'à mon premier jour de cours, j'ignorais qu'il était prof, et il ignorait que j'étais toujours au lycée.

Elle se lève.

— Le couloir ! C'est ce qui est arrivé dans le couloir !

Je hoche la tête.

— Oh, mon Dieu. Alors il a tout arrêté ?

Je confirme une nouvelle fois. Elle retombe sur le canapé.

— Merde. C'est nul.

J'acquiesce.

— Mais tu es là. Tu as passé la nuit ici, dit-elle en souriant. Il n'a pas pu se retenir, c'est ça ?

Je secoue la tête.

— Ce n'est pas ce que tu crois. J'étais bouleversée, alors il m'a laissée dormir ici. Il ne s'est rien passé. Il s'est comporté comme un ami.

Ses épaules s'affaissent et elle fait la moue. Il est évident qu'elle espérait qu'on ait cédé à la tentation.

— Une dernière question. Ton poème. C'était pour lui, pas vrai ?

J'opine du chef.

— Sympa. (Elle rit. Elle reste silencieuse un instant, mais pas très longtemps.) Dernière question. Promis. Pour de bon, cette fois.

Je la regarde en lui faisant comprendre qu'elle peut continuer.

— Il embrasse bien ?

Je souris. Je ne peux pas m'en empêcher.

— Oh, mon Dieu, si tu savais comme il est sexy !

— Je sais !

Elle saute sur le canapé en applaudissant.

Lorsque nos rires retombent, la réalité reprend ses droits. Je me tourne de nouveau vers la fenêtre et observe la maison pendant qu'Eddie pose nos verres dans l'évier. Quand elle revient dans le salon, elle me prend par la main et me force à me lever.

— Allez, viens, on va parler à ta mère.

« On » ? Je ne la contredis pas. Eddie a cet effet sur les gens.

12

La paranoïa sur les talons
M'aimeras-tu encore
Quand au réveil, tu verras
Que toute raison a quitté mon regard ?

THE AVETT BROTHERS,
« Paranoia in B-Flat Major »

C'est la première fois qu'Eddie entre chez moi. À la voir pousser gaiement la porte, on ne dirait pas. Elle me tire toujours par la main quand on pénètre à l'intérieur. Ma mère est assise sur le canapé. Elle regarde cette étrange inconnue avancer vers elle, le sourire aux lèvres, et traîner sa fille en colère derrière elle. Je dois admettre que son air surpris en vaut la chandelle.

Eddie me place devant le canapé et me pousse les épaules jusqu'à ce que je m'assoie à côté de ma mère. Puis elle s'installe directement sur la table basse, devant nous, le dos et la tête bien droits. Elle contrôle la situation.

— Je m'appelle Eddie. Je suis la meilleure amie de votre fille, dit-elle à ma mère. Voilà. Maintenant qu'on se connaît, on peut passer aux choses sérieuses.

Sans un mot, ma mère nous regarde tour à tour. Je n'ai rien à dire non plus. Je ne sais pas où Eddie veut en venir ; je la laisse continuer.

— Julia, c'est ça ? Vous vous appelez comme ça ?

Ma mère hoche la tête.

— Julia, Layken a des questions à vous poser. Des tonnes de questions. (Elle se tourne vers moi.) Layken, pose tes questions. Ta mère y répondra. (Elle nous dévisage toutes les deux.) C'est comme ça que ça marche. Des questions ? Pour moi, je veux dire ?

On secoue la tête. Eddie se lève.

— Très bien. Mon boulot est terminé. Appelle-moi tout à l'heure.

Après avoir enjambé la table basse, Eddie se dirige vers la porte d'entrée. Toutefois, elle s'arrête et revient vers nous pour serrer ma mère dans ses bras. Celle-ci me lance un regard ahuri avant de rendre son étreinte à la jeune fille. Eddie reste ainsi pendant un long moment, puis recule enfin. Elle nous sourit, saute par-dessus la table et passe la porte. Elle est partie. En nous laissant comme ça.

On reste assises un instant en silence, les yeux rivés sur la porte. Je ne comprends pas s'il y a quelque chose qui cloche chez Eddie ou si, au contraire, c'est elle qui détient la vérité. Difficile à dire. Je jette un coup d'œil en coin à ma mère. On éclate toutes les deux de rire.

— Eh bien, Lake, tu sais les choisir !

— Je sais. Elle est super, hein ?

On s'installe plus confortablement sur le canapé. Ma mère pose la main sur la mienne.

— On devrait faire ce qu'elle a dit. Pose-moi des questions ; j'y répondrai du mieux possible.

Pas la peine de tourner autour du pot.

— Est-ce que tu vas mourir ?

— Comme tout le monde, répond-elle.

— C'était une question. Tu es censée répondre.

Elle soupire, comme si elle hésitait, qu'elle ne voulait pas vraiment répondre.

— Peut-être. Sûrement, admet-elle.

— Combien de temps te reste-t-il ? C'est très grave ?

— Lake, je ferais peut-être mieux de t'expliquer la situation. Ça te donnera une meilleure idée du problème.

Elle se lève et se dirige vers la cuisine, où elle s'assied au bar. Elle me fait signe de la rejoindre, puis attrape un crayon et un papier pour écrire.

— Il existe deux types de cancers du poumon : à petites et à grandes cellules. Malheureusement, je souffre d'un cancer à petites cellules. Il se développe plus rapidement.

Elle me dessine un schéma.

— Il peut être limité ou disséminé. (Elle me désigne une zone sur les poumons qu'elle a représentés.) Le mien est limité. C'est-à-dire qu'il est contenu dans une partie du poumon. (Elle entoure une zone et pose son stylo dessus.) Ils ont découvert la tumeur ici. J'ai commencé à développer des symptômes quelques mois avant la mort de ton père. Il m'a obligée à aller faire une biopsie. C'est à ce moment-là qu'on a appris qu'il s'agissait d'une tumeur maligne. On a cherché des médecins pendant des jours et, au bout du compte, notre choix s'est porté sur un docteur du Michigan, à Detroit. Le cancer bronchique à petites cellules est sa spécialité.

On avait prévu de déménager avant même que ton père décède.

— Ralentis un peu, Maman.

Elle pose son stylo.

— J'ai besoin d'une minute, lui dis-je. Mon Dieu. J'ai l'impression d'être en cours de bio.

Je me prends la tête entre les mains. Elle a eu des mois pour y réfléchir. Elle en parle comme si elle m'apprenait à confectionner un gâteau !

Elle attend patiemment pendant que je me lève pour me rendre à la salle de bains. Je m'asperge le visage d'eau et observe mon reflet dans le miroir. Je suis affreuse. Je ne me suis pas regardée dans un miroir depuis que je suis sortie avec Eddie et Gavin, hier soir. J'ai des traînées de mascara sur les joues. Mes yeux sont gonflés, mes cheveux en bataille. Je me démaquille et me recoiffe avant de retourner dans la cuisine pour que ma mère m'explique comment elle va mourir.

Elle me regarde entrer dans la pièce. Je hoche la tête pour lui signifier de continuer. Je m'installe face à elle.

— Ton père est mort une semaine après notre décision de venir nous installer dans le Michigan pour nous rapprocher de ce médecin. Je me suis retrouvée écrasée par le poids de son décès et de toutes les dispositions que j'ai dû prendre. Alors, j'ai repoussé la vérité dans un coin de mon esprit. Je n'ai pas fait de nouveaux examens pendant trois mois. (Elle baisse la voix.) Entre-temps, le cancer s'était propagé. Il n'était plus limité. Il s'était disséminé.

Elle détourne les yeux et essuie une larme sur sa joue.

— Je m'en suis voulu, pour la crise cardiaque de ton père. Je sais que c'est le stress causé par le diagnostic qui l'a engendrée.

Elle se lève et retourne dans le salon. Appuyée contre la fenêtre, elle observe la rue au-dehors.

— Pourquoi ne m'en as-tu pas parlé ? J'aurais pu t'aider, Maman. Tu n'étais pas obligée de tout faire toute seule.

Elle s'adosse au mur pour me faire face.

— J'ai fini par le comprendre. J'étais dans le déni. J'étais en colère. Je suppose que j'espérais qu'un miracle se produise. Je ne sais pas. Les jours se sont transformés en semaines, puis en mois. Et maintenant, nous sommes là. J'ai commencé mes séances de chimiothérapie il y a trois semaines.

Je recule mon tabouret et me lève.

— C'est une bonne chose, non ? S'ils te font faire de la chimio, c'est qu'il y a des chances de rémission !

Elle secoue la tête.

— Ils n'essaient plus de le combattre, Lake. Ils tentent simplement de réduire ma douleur. Ils ne peuvent plus rien faire d'autre.

À ces mots, mes dernières forces me quittent. Je m'effondre sur le canapé et pleure, la tête entre les mains. La quantité de larmes qu'une personne peut produire m'étonnera toujours. Un soir, après la mort de mon père, j'avais tellement pleuré que je commençais à m'inquiéter d'abîmer mes yeux. Pour vérifier, j'ai tapé « peut-on trop pleurer ? » sur Google. Apparemment, au bout d'un moment, on s'endort automatiquement pour que le corps rattrape son manque de repos. Donc la réponse est non. On ne peut pas trop pleurer.

J'attrape un mouchoir et respire profondément pour réprimer le reste de mes larmes. J'en ai marre de pleurer.

Ma mère s'assied près de moi. Quand je sens ses bras autour de moi, je me tourne vers elle pour répondre à son étreinte. J'ai mal au cœur. Pour elle. Pour nous. Je la serre plus fort. J'ai peur de la laisser partir. Je ne veux pas la laisser partir.

Au bout d'un moment, elle se met à tousser, ce qui la force à se détourner. Je l'observe se lever et tenter de reprendre son souffle. Elle est vraiment malade. Comment ai-je pu ne pas m'en rendre compte ? Ses joues sont beaucoup plus creusées. Elle a moins de cheveux. J'ai du mal à la reconnaître. Je m'étais tellement enfermée dans ma propre souffrance que je n'ai pas vu ma propre mère dépérir devant mes yeux.

Lorsque la quinte de toux cesse, elle retourne s'asseoir au bar.

— On l'annoncera à Kel ce soir. Brenda sera là à 19 heures. Elle veut être présente, étant donné qu'elle sera sa tutrice légale.

Je ris. C'est une plaisanterie, pas vrai ?

— Comment ça, sa tutrice légale ?

Elle me regarde dans les yeux comme si c'était moi qui racontais n'importe quoi.

— Lake. Tu es encore au lycée. L'année prochaine, tu entres à la fac. Je ne m'attends pas à ce que tu abandonnes tout ça et je ne veux pas que tu le fasses. Brenda a déjà élevé des enfants. Elle est prête à le faire. Kel l'aime bien.

Après tout ce que j'ai vécu cette année, rien ne m'a autant mise en colère que les paroles qui viennent de s'échapper de sa bouche.

Je me lève, attrape la chaise par le dossier et la balance par terre avec tellement de force qu'elle se casse en deux. Ma mère tressaille en me voyant l'approcher à grands pas, le doigt pointé vers elle.

— Elle n'aura pas la garde de Kel ! Tu ne lui donneras pas mon frère ! je crie si fort que mes poumons me font mal.

Elle tente de m'amadouer en posant les mains sur mes épaules. Je me détourne vivement.

— Lake, ça suffit ! Arrête ! Tu es encore au lycée ! Tu n'as même pas encore commencé la fac. Qu'est-ce que tu veux que je fasse ? On n'a personne d'autre. (Elle me suit pendant que je me dirige vers la porte.) Je n'ai personne d'autre, Lake, dit-elle en pleurant.

Je me retourne vers elle et continue de hurler sans tenir compte de ses larmes.

— Tu ne lui en parleras pas ce soir ! Il n'a pas besoin de le savoir tout de suite. Tu n'as pas intérêt à le lui dire !

— Il faut qu'on lui en parle. Il a besoin de savoir, répond-elle.

Elle me suit jusque dans l'allée. Je ne m'arrête pas.

— Rentre à la maison, Mère ! Va-t'en ! On en a suffisamment discuté ! Si tu veux me revoir un jour, ne lui dis rien !

Le bruit de ses sanglots se dissipe lorsque je claque la porte de Will derrière moi. Je cours dans sa chambre et me jette sur le lit. Je ne pleure pas : je sanglote, je gémis, je hurle.

*

* *

Je n'ai jamais pris de drogue. Si on ne compte pas les gorgées de vin piquées dans le verre de ma mère à quatorze ans, je n'ai jamais vraiment bu d'alcool non plus. Ce n'est pas que j'aie peur ou que je sois coincée. Pour être franche, personne ne m'en a jamais proposé. Au Texas, je n'ai jamais participé aux fêtes. Je n'ai jamais passé la soirée avec quelqu'un qui aurait pu me proposer quelque chose d'illégal. Et je ne me suis jamais retrouvée dans une situation où j'aurais ressenti une quelconque pression de la part des autres. Je passais mes vendredis soir devant les matchs de foot. Le samedi, mon père nous emmenait au ciné et au resto. Le dimanche, en général, je faisais mes devoirs. Voilà à quoi ressemblait ma vie.

Il y a quand même eu une exception. Ma cousine Kerris était invitée à un mariage. Elle m'a demandé de l'accompagner. J'avais seize ans, elle venait d'avoir son permis et la réception était terminée. On est restées plus tard pour aider à ranger. On s'est éclatées. On a bu du punch, on a mangé les restes du gâteau, on a dansé et on a encore bu du punch. Au bout d'un moment, étant donné notre humeur joyeuse, on a compris que quelqu'un avait mis de l'alcool dedans. Je ne me rappelle pas combien de verres on a ingurgités. Suffisamment, en tout cas, pour ne pas avoir le réflexe d'arrêter. Et quand est venue l'heure de rentrer, on n'a pas réfléchi à deux fois avant de monter en voiture. On n'a même pas fait un kilomètre avant de percuter un arbre. J'ai écopé d'une balafre au-dessus de l'œil, et elle d'un bras cassé. Au final, il y a eu plus de peur que de mal. La voiture fonctionnait toujours. Au lieu d'attendre sagement de l'aide, on a fait demi-tour pour appeler mon père. Les remontrances auxquelles on a eu droit le lendemain sont une autre histoire…

Tout ça pour dire qu'il s'est passé quelque chose, juste avant qu'elle percute l'arbre. On n'arrêtait pas de rire à cause de la façon dont elle prononçait le mot « bulle ». On le répétait sans cesse quand la voiture a quitté la route. J'ai vu l'arbre. J'ai su qu'on allait lui rentrer dedans. Mais j'ai eu l'impression que le temps ralentissait. L'arbre aurait pu se trouver à des millions de kilomètres. Ça a été aussi long que ça. À ce moment-là, je n'ai pensé qu'à Kel. Seulement à lui. Je n'ai pas réfléchi à l'école, aux garçons ou à la fac à laquelle je n'irais jamais si je mourais. Non, j'ai pensé à Kel, car il était la seule chose qui importait à mes yeux. La seule chose qui comptait à quelques secondes de la mort.

Je me suis encore endormie dans le lit de Will. Je le sais parce que, quand j'ai ouvert les yeux, j'avais arrêté de pleurer. Vous voyez ? On ne peut pas trop pleurer. On finit toujours par s'endormir.

Je m'attends à ce que les larmes ressurgissent lorsque mon esprit se sera éclairci, mais au contraire, je me sens motivée, en pleine forme. J'ai l'impression d'avoir été investie d'une mission. En sortant du lit, j'ai une soudaine envie de faire le ménage. Et de chanter. J'ai besoin de musique. Je me rends dans le salon où je trouve tout de suite ce que je cherchais : la chaîne hi-fi. Pas la peine de fouiller : il y a déjà un CD des Avett Brothers dedans. Je choisis une de mes chansons préférées, monte le son à fond et me mets au travail.

Malheureusement, la maison de Will est étonnamment propre pour un endroit habité par deux garçons, je dois donc déborder d'imagination pour trouver de quoi m'occuper. Je commence par la salle de bains parce que je sais que les garçons de neuf ans ne savent pas bien viser. Bingo. Je me mets à frotter. Je nettoie les toilettes, le sol, la douche, le lavabo. Tout est propre.

Je continue avec les chambres où je réorganise les armoires, fais les lits, puis les refais. Je passe ensuite au salon. Je retire la poussière et je passe l'aspirateur. Je lave le sol de la salle de bains. J'essuie la moindre surface que je trouve. Je termine par l'évier de la cuisine, avec les deux seules pièces de vaisselle sales de la maison : mon verre et celui d'Eddie.

Il est presque 19 heures quand j'entends Will se garer dans l'allée. Les deux garçons et lui entrent dans la maison. Ils se figent en me voyant assise sur le sol dans le salon.

— Qu'est-ce que tu fais ? interroge Caulder.

— Je range par ordre alphabétique, je réponds.

— Qu'est-ce que tu ranges ? demande Will à son tour.

— Tout. J'ai commencé par les films, puis les CD. Je me suis occupée des livres dans ta chambre, Caulder. Et aussi de tes jeux, mais certains commencent par des nombres, alors je les ai mis au début. (Je leur montre les piles posées devant moi.) Ce sont des recettes. Je les ai trouvées sur le frigo. Je les range d'abord par catégorie : bœuf, agneau, porc, volaille. Puis par ordre alphabétique...

— Les garçons, allez chez Kel pour que Julia sache que vous êtes de retour, dit Will sans me quitter des yeux.

Ils ne bougent pas. Ils fixent intensément les fiches de recettes devant moi.

— Tout de suite ! crie Will.

Ils sursautent et se précipitent vers la porte.

— Ta sœur est bizarre, j'entends dire Caulder tandis qu'ils partent.

Will s'assoit sur le canapé devant moi et me regarde poursuivre ma tâche.

— Dis, toi qui es prof, lui dis-je. Est-ce que je mets la soupe de pommes de terre dans les pommes de terre ou dans les soupes ?

— Arrête, rétorque-t-il.

Il n'a pas l'air de bonne humeur.

— Ne dis pas de bêtises. Je n'ai fait que la moitié. Si j'arrête maintenant, tu ne sauras jamais où trouver… (j'attrape une carte au hasard sur le sol)… l'andouille au four !

Il fallait que je tombe sur celle-là. Je remets la fiche sur la pile et reprends mon tri.

Will observe le salon, puis se lève et se dirige dans la cuisine. Je le vois passer un doigt sur les plinthes. Heureusement que j'y ai pensé ! Il disparaît dans le couloir, puis revient quelques minutes plus tard.

— Tu as rangé mes vêtements par couleur ?

Il ne sourit pas. Je pensais que ça lui ferait plaisir, pourtant.

— Ce n'était pas très dur, Will. Tu portes quoi ? Trois couleurs de chemises différentes ?

Il entre dans le salon d'un pas leste et se penche pour ramasser les recettes que j'ai classées.

— Will ! Arrête ! Ça m'a pris énormément de temps !

Je les lui arrache des mains aussi vite qu'il s'en empare.

Au bout d'un moment, il les jette par terre et m'attrape par les poignets. Il essaie de me soulever, mais je me débats en lui donnant des coups de pied.

— Lâche-moi ! Je n'ai pas… terminé !

Il me libère. Je retombe par terre. Je rassemble alors les fiches et les réorganise par piles. À cause de lui, retour à la case départ ! Je ne trouve même plus la carte du bœuf. J'en retourne deux qui sont à l'envers, en vain…

— Non, mais ça va pas ? ! je m'écrie.

Je suis trempée.

Je relève la tête. Will se tient devant moi avec une carafe vide à la main. Il semble en colère. Je me jette sur lui pour le frapper au niveau des jambes. Il recule en essayant de m'échapper.

Pourquoi est-ce qu'il a fait une chose pareille ? Je vais lui mettre mon poing dans la figure ! Je me relève et tente de le frapper ; il évite facilement mon coup. Il me saisit le bras et le tord dans mon dos. Je tente de le toucher avec mon autre main pendant qu'il me pousse vers la salle de bains. Tout à coup, il me soulève dans ses bras. Il repousse le rideau de douche et me pose dedans sans ménagement. J'essaie à nouveau de le toucher, mais ses bras sont plus longs que les miens. Il me maintient contre le mur tout en ouvrant le robinet. Un jet d'eau glacée s'abat sur mon visage. Je hurle.

— Connard ! Enfoiré ! Salaud !

Sans me lâcher, il fait tourner le second robinet. L'eau se réchauffe.

— Prends une douche, Layken ! Prends une putain de douche !

Il me libère et quitte la pièce en claquant la porte derrière lui.

Je saute hors de la cabine. Mes vêtements sont trempés. J'essaie d'ouvrir la porte, sans succès. Will tient la poignée de l'autre côté.

— Laisse-moi sortir, Will ! Dépêche-toi !

Je martèle la surface en bois, j'essaie d'actionner la poignée. Peine perdue.

— Layken, dit-il d'une voix posée de l'autre côté. Je ne te laisserai pas sortir de cette salle de bains tant que tu n'auras pas retiré tes vêtements, que tu ne seras pas allée sous la douche, que tu ne te seras pas lavé les cheveux et calmée.

Je lui fais un doigt d'honneur. Il ne le voit pas, évidemment, mais ça fait du bien. J'enlève mes habits mouillés et les jette par terre. Si je salis de nouveau le sol, ce sera bien fait pour lui. Puis j'entre sous la douche. La sensation de l'eau chaude contre ma peau est exquise. Les yeux fermés, je la laisse couler sur mes cheveux et mon visage.

Et merde. Will avait raison. Pour changer.

— J'ai besoin d'une serviette ! je crie.

Ça fait une demi-heure que je suis sous l'eau. Will a une pomme de douche avec fonction massage. Je m'en suis servie sur la nuque. Ça m'a vraiment détendue.

— Elle est sur le lavabo. Avec tes vêtements, répond-il de l'autre côté de la porte.

Je tire le rideau. Effectivement, il y a bien une serviette. Et des vêtements. Les miens. Des vêtements qu'il est allé chercher chez moi et qu'il a amenés ici. Pendant que j'étais sous la douche.

Je coupe l'eau et sors de la cabine pour m'essuyer. Les cheveux enroulés dans une serviette, j'enfile mes habits. Will m'a apporté un pyjama. Ça veut sans doute dire que je vais encore dormir dans son lit douillet. Au moment d'actionner la poignée de la porte, j'hésite. Je me demande si elle est toujours bloquée. Fausse alerte : elle s'ouvre sans aucun problème.

Lorsque Will m'entend sortir de la salle de bains, il se lève du canapé d'un bond et se précipite vers moi. Je recule, de peur qu'il me renferme à l'intérieur, or, il se contente de me prendre dans ses bras.

— Excuse-moi, Lake. Je suis désolé d'avoir fait ça. Mais tu n'étais pas dans ton état normal.

Je lui rends son étreinte sans me poser de question.

— Ce n'est pas grave. J'ai eu une journée difficile, je réponds.

Il recule et pose les mains sur mes épaules.

— Alors, on est amis ? Tu n'essaieras plus de me frapper ?

— Amis, dis-je à contrecœur.

C'est la dernière chose que j'ai envie d'être pour lui. Une simple amie.

— Le film était bien ? je demande en avançant dans le couloir.

— Tu as parlé avec ta mère ? rétorque-t-il sans m'écouter.

— Je t'ai posé une question, je te signale.

— Tu as parlé avec elle ? S'il te plaît, dis-moi que tu n'as pas passé toute la journée à faire le ménage.

Dans la cuisine, il sort deux tasses du placard.

— Non. Pas toute la journée. On a discuté.

— Et alors ?

— Alors… Elle a un cancer, je réponds franchement.

Il me regarde en grimaçant. Levant les yeux au ciel, je m'accoude au bar et me prends la tête entre les mains. Mes doigts effleurent la serviette qui entoure mes cheveux. Je m'éloigne du bar pour l'ôter. La tête penchée en avant, je démêle les mèches qui ont besoin de l'être.

Quand j'ai terminé, je me redresse. Will détourne aussitôt le regard et le pose sur la tasse de lait qu'il vient de faire déborder. Je fais semblant de ne pas m'en rendre compte et continue de jouer avec mes cheveux pendant qu'il éponge les dégâts avec un chiffon.

Il sort ensuite une boîte du placard et une cuillère d'un tiroir. Il est en train de me préparer un chocolat.

— Est-ce qu'elle va s'en remettre ? me demande-t-il.

Je soupire. Il ne me laissera pas me défiler.

— Non. Probablement pas.

— Mais elle se fait soigner ?

J'avais pourtant réussi à ne pas y penser de toute la journée. Je n'ai absolument rien ressenti depuis mon réveil de la sieste. Je sais que je suis chez lui, mais je commence à regretter qu'il soit rentré.

— Elle est condamnée, Will. Elle va mourir. Il ne lui reste sans doute qu'un an à vivre. Peut-être moins. Ils lui ont seulement prescrit des séances de chimio pour apaiser la douleur. Pendant qu'elle meurt. Parce qu'elle va mourir. Elle est mourante. Voilà. C'est ce que tu voulais entendre ?

Son expression s'adoucit lorsqu'il pose la tasse de chocolat devant moi. Il sort une poignée de glaçons du congélateur et les fait tomber dedans.

— *On the rocks*, dit-il.

Il est doué pour apaiser les tensions, et encore plus pour ignorer mes remarques cinglantes.

— Merci, je réponds.

Je bois mon chocolat en silence. Dans un sens, j'ai l'impression qu'il a gagné la bataille.

Les Avett Brothers jouent toujours en fond sonore lorsque je termine ma tasse. Je retourne dans le salon et mets la chanson sur « repeat » puis m'allonge par terre, les bras tendus au-dessus de ma tête. Je fixe le plafond. C'est relaxant.

— Éteins la lumière, lui dis-je. Je veux juste écouter la musique.

Il m'obéit, et je le sens s'installer près de moi sur le sol. Une lueur verte dansante s'échappe de la chaîne hi-fi. Elle dessine des arabesques sur le mur au rythme des notes des Avett Brothers. Étendue ainsi, immobile, je laisse mes pensées vagabonder. Quand la chanson se termine et recommence, je finis par avouer à Will ce que j'ai sur le cœur.

— Elle ne veut pas que j'élève Kel. Elle veut le donner à Brenda.

Il trouve ma main dans la pénombre et la prend dans la sienne. Alors, pour cette fois, je le laisse être mon ami.

Les lumières se rallument. Je me couvre les yeux par réflexe. En m'asseyant, je remarque que Will est toujours près de moi. Il dort comme un bébé.

— Coucou, fait Eddie. J'ai frappé, mais personne ne m'a répondu.

Elle passe la porte d'entrée et vient s'asseoir sur le canapé. Elle observe Will ronfler, vautré sur le tapis du salon.

— On est samedi soir, dit-elle en levant les yeux au ciel. Je t'avais dit qu'il n'était pas marrant.

Je ris.

— Qu'est-ce que tu fais ici ?

— Je suis venue voir si tu allais bien. Tu ne réponds pas à ton téléphone et tu ne m'as pas envoyé de message. Ta mère a un cancer, alors tu décides de dénigrer la technologie ? Ce n'est pas logique.

— Je ne sais pas où est mon portable.

On regarde toutes les deux Will un moment. Il ronfle très fort. Les garçons l'ont sûrement épuisé aujourd'hui.

— Je suppose que les choses ne se sont pas très bien passées avec ta mère ? Vu que tu es là, par terre ?

Elle semble agacée qu'on n'ait rien fait à part dormir.

— Non, on a discuté.

— Et alors ?

Je me lève et m'étire avant de m'asseoir sur le canapé à côté d'elle. Elle a déjà retiré ses bottes. Je suppose qu'au bout de quelques années sans domicile fixe, on finit par se sentir chez soi un peu partout. Je pose les pieds sur la table basse et m'appuie contre l'accoudoir pour lui faire face.

— Tu te rappelles, la semaine dernière, dans la cour, quand tu m'as parlé de ta mère et de ce qu'elle t'a fait à neuf ans ?

— Oui ? répond-elle sans détourner les yeux de Will.

— Sur le coup, je me suis sentie privilégiée. Parce qu'une telle chose n'arriverait jamais à Kel. Il avait la chance de vivre comme un enfant normal de neuf ans. Mais maintenant, j'ai l'impression que Dieu nous en veut personnellement. Pourquoi est-ce qu'il a besoin de rappeler nos deux parents ? Mon père ne lui a pas suffi ? C'est comme si la mort venait de nous frapper en plein visage.

Eddie tourne la tête vers moi.

— Ce n'est pas la mort qui t'a frappée, Layken. C'est la vie. La vie est comme ça. Elle n'est pas facile. Elle est semée d'embûches. Tout le monde te le dira.

Je ne prends pas la peine d'entrer dans les pires détails. C'est humiliant d'admettre que ma propre mère refuse que j'élève son enfant.

Par terre, Will se met à remuer. Eddie se penche vers moi pour me serrer rapidement dans ses bras, avant d'attraper ses bottes.

— Le prof se réveille. Je ferais mieux de partir. Je voulais juste m'assurer que tout allait bien. Oh, et va chercher ton portable, me dit-elle en se dirigeant vers la porte.

Je l'observe s'éloigner. Elle est restée trois minutes dans la maison, pourtant son énergie est contagieuse. Quand je me retourne, Will est assis sur le sol. Il me regarde comme s'il allait me mettre une heure de colle. Je lui adresse mon sourire le plus innocent.

— Qu'est-ce qu'elle fabriquait ici ? me demande-t-il.

Il sait intimider les gens quand il veut.

— Elle m'a rendu visite, je marmonne. Pour voir si j'allais bien.

Si je ne donne pas d'importance au problème, peut-être qu'il en fera de même.

— Putain, Layken !

Ou pas. Il trouve que c'est grave.

Se redressant d'un geste rageur, il lève les bras au ciel.

— Tu essaies de me faire virer, ou quoi ? Tu es égoïste au point de te moquer des problèmes des autres ? As-tu la moindre idée de ce qui arriverait si elle racontait que tu as passé la nuit ici ?

Une pensée lui traverse soudain l'esprit.

— Elle est au courant ?

Les lèvres pincées, je baisse la tête vers les genoux pour éviter son regard.

— Layken, que sait-elle, au juste ? me demande-t-il d'une voix plus posée.

Face à ma réaction, il comprend que je lui ai tout dit.

— C'est pas vrai... Layken, rentre chez toi.

Ma mère est déjà couchée. Kel et Caulder regardent la télé sur le canapé.

— Caulder, ton frère veut que tu rentres. Kel et moi, on a des choses à faire demain. On ne sera pas à la maison.

Le garçon récupère sa veste et se dirige vers la porte d'entrée.

— Salut, Kel ! dit-il en enfilant ses chaussures et en sortant.

Une fois dans le salon, je m'affale sur le coussin à côté de lui. J'attrape la télécommande et me mets à zapper pour oublier le fait que je viens d'énerver Will au plus haut point.

— Tu étais où ? me demande mon frère.

— Avec Eddie.

— Qu'est-ce que tu faisais ?

— On s'est promenées en voiture.

— Pourquoi est-ce que tu étais chez Caulder quand on est rentrés ?

— Will m'a payée pour faire le ménage chez lui.

— Pourquoi Maman est triste ?

— Parce que. Elle n'a pas assez d'argent pour me payer pour faire le ménage chez elle.

— Ah bon ? Mais ce n'est pas sale, ici.

— Tu veux aller faire du patin à glace, demain ?

— Oui !

— Alors arrête de me poser des questions.

J'appuie sur le bouton de la télécommande pour éteindre la télé et envoie Kel au lit. Une fois couchée, je règle mon réveil à 6 heures du matin. Je veux avoir quitté la maison avant que ma mère se lève.

Kel et moi passons la journée de dimanche à dépenser le moindre centime de mon compte en banque. Je l'emmène d'abord prendre le petit-déjeuner au restaurant, où nous choisissons tous les deux un menu. Ensuite, nous allons faire du patin à glace, mais comme aucun de nous n'est doué, nous quittons rapidement la patinoire. À midi, on s'achète à manger dans le snack d'une salle d'arcade où l'on passe les quatre heures suivantes à jouer. On finit l'après-midi au ciné, et notre repas du soir est encore uniquement composé de cochonneries. J'aurais bien offert un dessert supplémentaire à Kel, mais il se plaint parce qu'il a mal au ventre.

Quand on rentre à la maison, ma mère est déjà partie travailler. Ce n'est pas une coïncidence. Je prends une douche, choisis nos vêtements pour le lendemain et mets une tonne de linge au sale. Je suis tellement fatiguée que je m'endors sans avoir eu le temps de cogiter.

13

En débitant une cruelle sélection de mots
Les perdants reconstituent les faits
d'après ce qu'ils ont entendu
Et je me retrouve à essayer de les défendre
de mon mieux.

THE AVETT BROTHERS, « All My Mistakes »

— J'en ai une nouvelle ! me dit Nick en s'installant à sa place le lundi matin.

Si j'entends encore une seule blague sur Chuck Norris, je vais exploser.

— Pas aujourd'hui. J'ai mal à la tête, je lui réponds.

— Tu sais ce que fait Chuck Norris quand il a la migraine ?

— Je ne plaisante pas, Nick. La ferme !

Le garçon abandonne et se tourne vers l'élève assis à sa droite. Je le plains.

Will n'est pas arrivé. On attend quelques minutes sans vraiment savoir quoi faire. Visiblement, ça ne lui ressemble pas.

Au bout d'un moment, Javi se lève et ramasse ses livres.

— C'est la règle des cinq minutes, dit-il.

Il sort de la pièce pour revenir aussitôt. Will le suit.

Il referme la porte derrière lui et pose une pile de photocopies sur son bureau. Il est à cran. Tout le monde s'en aperçoit. Il tend un tas de feuilles aux élèves des premiers rangs, qui les font passer derrière eux. J'en fais partie. Je regarde le dossier que j'ai dans la main, composé d'une dizaine de pages agrafées. En les feuilletant, je reconnais le poème d'Eddie sur le ballon rose. C'est sûrement l'ensemble des poèmes écrits par les élèves. Je n'ai pas entendu les autres.

— Plusieurs d'entre vous ont participé au slam ce semestre. Je vous en félicite. Je sais que ça demande beaucoup de courage.

Il lève une copie.

— Ce sont vos poèmes. Certains ont été écrits par vous, d'autres, par des élèves de mon autre classe. J'aimerais que vous les lisiez, puis que vous les notiez. De zéro à dix. Dix étant la meilleure note. Soyez honnêtes. Si vous n'aimez pas un texte, mettez-lui une mauvaise note. C'est pour départager les bons et les moins bons. Écrivez la note en bas à droite de la page. Allez-y.

Il s'assoit à son bureau et observe la salle.

Je n'aime pas ce devoir. Je trouve ça injuste. Sans le vouloir, je me surprends à lever la main. Pourquoi est-ce que je fais ça ? Will me regarde, puis hoche la tête.

— À quoi va nous servir cet exercice ? je demande.

Son regard balaie lentement la classe.

— Tu reposeras ta question quand tout le monde aura fini, Layken.

Il agit bizarrement.

Je suis en train de lire le premier poème lorsque Will soulève deux fiches de son bureau et se dirige vers Eddie. Il pose la première devant elle. Puis il revient à l'avant de la salle et pose la seconde devant moi. Je la soulève pour regarder de quoi il s'agit. C'est un avis de retenue.

Je jette un coup d'œil à Eddie, qui se contente de hausser les épaules. Je roule le bout de papier en boule et le jette dans la poubelle. But !

En une demi-heure, la classe finit son travail d'évaluation. Will ramasse les dossiers et compte les scores sur sa calculatrice. Une fois que les moyennes sont faites, il écrit les résultats sur une autre feuille et vient s'asseoir à l'avant de son bureau.

Il soulève le papier et le secoue.

— Prêts à entendre quel poème est le moins apprécié ? Celui qui a obtenu le plus de points ?

Il sourit en attendant notre réponse.

Personne ne dit rien. Sauf Eddie.

— Les auteurs de ces poèmes n'ont peut-être pas envie de connaître leur note. Je sais que c'est mon cas.

Will avance vers Eddie.

— Si tu te moques de savoir combien de points ce poème va te rapporter, pourquoi l'as-tu écrit ?

Eddie reste silencieuse un instant et réfléchit à la question.

— À part pour être dispensée du contrôle final, vous voulez dire ?

Will hoche la tête.

— Parce que j'avais quelque chose à dire, je suppose.

Il se tourne vers moi.

— Maintenant, Layken, tu peux poser ta question.

Ma question. J'essaie de m'en souvenir. Ah oui. Où veut-il en venir ?

— À quoi va nous servir cet exercice ? je répète, méfiante.

Will lève la feuille qui contient les scores et la déchire en deux. Il s'empare ensuite des poèmes notés pour les jeter à la poubelle. De retour au tableau, il écrit quelque chose à la craie. Quand il a terminé, il se retourne vers nous.

« Les notes ne sont pas le plus important. Le plus important, c'est la poésie. »
Allan Wolf

La classe observe cette citation en silence. Will nous laisse quelques minutes pour y réfléchir avant de continuer.

— Ce que les autres pensent de vos textes ne devrait pas avoir d'importance. Quand vous êtes sur cette scène, vous dévoilez une partie de votre âme. On ne peut pas noter ce genre de choses.

La sonnerie retentit. N'importe quel autre jour, tout le monde se serait précipité vers la sortie. Aujourd'hui, personne ne bouge. On est comme hypnotisés par la citation écrite au tableau.

— Demain, préparez-vous à apprendre pourquoi vous devez écrire de la poésie, conclut-il.

Pendant un moment de distraction, j'ai oublié que c'était Will qui parlait. Je l'ai écouté comme s'il était mon professeur.

Javi est le premier à se lever, bientôt suivi des autres. Will est face à son bureau et dos à moi lorsque Eddie s'approche de lui avec son avis de retenue à la main. Elle me fait un clin d'œil en passant.

— Monsieur Cooper ? (Elle se montre respectueuse. Un peu trop pour être honnête.) Je crois savoir que les retenues débutent à la fin de l'ultime cours de la journée, à 15 h 30. Il est de mon désir et, je n'en doute pas, de celui de Layken, d'être ponctuelle de manière à purger cette peine bien méritée avec humilité. Auriez-vous l'amabilité de nous indiquer où se tiendra cette punition ?

Will ne la regarde pas une seule fois tandis qu'il se dirige vers la porte.

— Ici. Toutes les deux. 15 h 30.

Et sur ces paroles, il s'en va.

Eddie éclate de rire.

— Qu'est-ce que tu lui as fait ?

Je me lève, nous quittons la salle ensemble.

— Oh, ce n'est pas que moi, Eddie. C'est toi aussi.

Elle se retourne vivement, les yeux agrandis par la peur.

— Oh, mon Dieu ! Il sait que je sais ? Qu'est-ce qu'il compte faire ?

Je hausse les épaules.

— On le saura à 15 h 30.

— Hein ? Poussin vous a collées ? s'exclame Gavin, hilare.

— Il faut vraiment qu'il se trouve une copine, rétorque Nick.

Eddie rit. Moi, je recrache mon verre de lait. Je lui adresse un regard assassin.

— Je n'arrive pas à y croire, reprend Gavin. Vous êtes sûres que c'est pour ça ? Parce que vous avez séché ? Vous en avez discuté au slam, la semaine dernière. Il n'avait pas l'air super en colère.

Je sais pourquoi il nous a collées. Will veut s'assurer qu'il peut faire confiance à Eddie. Mais il est hors de question que j'en parle à Gavin.

— Il a dit que c'était parce qu'on ne lui avait pas rendu le devoir qu'on devait lui remettre ce jour-là.

Gavin se tourne vers Eddie.

— Mais tu l'as fait pourtant. Je m'en souviens.

— Je suppose que je l'ai égaré, répond-elle en haussant les épaules, les yeux braqués sur moi.

Eddie et moi nous retrouvons devant la salle de Will à environ 15 h 30.

— Tu sais, plus j'y pense, et plus je trouve ça débile, me dit-elle. Pourquoi est-ce qu'il ne m'a pas appelée, s'il voulait juste parler de ce que je sais ? J'avais prévu des trucs, aujourd'hui.

— On ne restera peut-être pas très longtemps, je réponds.

— Je déteste les retenues. C'est chiant. Je préfère rester couchée par terre chez lui avec toi.

— On peut essayer de s'amuser quand même.

Elle se tourne vers la porte puis hésite. Elle me fait de nouveau face.

— Tu sais quoi ? Tu as raison. On peut essayer de s'amuser. Je pense que ça va durer une heure. D'après toi, combien de blagues sur Chuck Norris on peut faire pendant ce lapse de temps ?

Je lui souris.

— Pas autant que Chuck Norris lui-même.

Elle ouvre la porte.

— Rebonjour, monsieur Cooper ! s'exclame Eddie en entrant d'un pas enjoué.

— Asseyez-vous, nous dit-il en effaçant la citation du tableau.

— Monsieur Cooper, vous saviez que ce sont les chaises qui se lèvent quand Chuck Norris entre dans une salle de classe ? demande-t-elle.

Je ris et la suis jusqu'à nos sièges. Au lieu de prendre place à l'avant, elle choisit deux bureaux à l'arrière, qu'elle colle ensemble. Le plus loin possible du prof.

Will ne rit pas. Il ne sourit même pas. Il s'assied sur sa chaise et nous dévisage pendant qu'on glousse comme des lycéennes.

— Écoutez, dit-il.

Il se relève et marche vers nous puis s'appuie contre la fenêtre, les bras croisés. Les yeux rivés au sol, il semble chercher la meilleure façon d'aborder le sujet.

— Eddie, il faut que je comprenne ce qui se passe dans ta tête. Je sais que tu es venue à la maison. Je sais que tu es au courant que Layken a passé la nuit chez moi. Je sais qu'elle t'a parlé de notre rendez-vous. Je veux seulement savoir ce que tu comptes faire, si tu comptes faire quoi que ce soit.

— Will, j'interviens. Elle ne dira rien. Il n'y a rien à dire, d'ailleurs.

Il ne me regarde pas. Il continue de dévisager Eddie en attendant sa réponse. Je suppose que la mienne n'était pas suffisante. Je ne sais pas si c'est nerveux, ou si c'est parce que je viens de passer les trois jours les plus étranges de ma vie, mais je me mets soudain à éclater de rire. Eddie me lance un regard interrogateur, mais elle ne peut pas s'en empêcher : elle rit aussi.

Exaspéré, Will lève les mains au ciel.

— Quoi ? Qu'est-ce que j'ai dit de drôle ?

— Rien, je réponds. C'est bizarre, c'est tout. Tu nous as collées, Will. (Je prends une grande inspiration pour tenter de me calmer.) Tu ne pouvais pas, je ne sais pas, venir à la maison ce soir ? Et nous en parler à ce moment-là ? Pourquoi est-ce que tu nous as flanqué une retenue ?

Il attend qu'on retrouve notre sérieux pour reprendre la parole. Quand le silence retombe, il se redresse et s'approche de nous.

— C'était la solution la plus rapide. Je n'ai pas dormi de la nuit. Je n'étais même pas sûr d'avoir encore un travail quand je suis arrivé ce matin. (Il se tourne vers Eddie.) Si la rumeur se propage... si quelqu'un découvre qu'une élève a dormi dans mon lit avec moi, je serai viré. Et on m'expulsera aussi de la fac.

Eddie se crispe sur son siège et se tourne vers moi en souriant.

— Tu as dormi dans son lit avec lui ? Tu fais de la rétention d'information, là. Tu ne m'avais pas parlé de ça !

Elle rit.

Poussé à bout, Will retourne à l'avant de la pièce, où il s'affale sur sa chaise. Penché sur son bureau, il se prend la tête entre les mains. Visiblement, les choses ne se déroulent pas comme il l'avait prévu.

— Tu as dormi dans son lit ? murmure Eddie d'une voix suffisamment basse pour que Will ne l'entende pas.

— Il ne s'est rien passé, je précise. Comme tu l'as déjà dit, il n'est pas drôle du tout.

Eddie éclate de nouveau de rire. Je n'arrive pas à garder mon sérieux non plus.

— Vous trouvez ça drôle ? demande Will depuis son bureau. C'est une blague, pour vous ?

À son expression, je comprends qu'on s'amuse un peu trop pour une retenue. Toutefois, Eddie ne s'en formalise pas.

— Vous savez pourquoi Chuck Norris n'a pas le sens de l'humour ? Parce qu'il a essayé de se faire rire une fois, mais il s'est fait une prise de karaté, dit-elle.

Will pose la tête sur son bureau en guise de défaite. J'échange un regard avec Eddie et on finit par se taire, respectant le fait qu'il essaie d'avoir une conversation sérieuse avec nous. Eddie soupire et se redresse.

— Monsieur Cooper ? fait-elle. Je ne dirai rien. Je le jure. Ce n'est pas si grave, de toute façon.

Il relève les yeux vers elle.

— C'est grave, Eddie. C'est ce que j'essaie de vous faire comprendre à toutes les deux. Si vous ne considérez pas la situation comme telle, vous ne ferez plus attention. Vous risquez d'en parler sans vous en rendre compte. J'ai trop à perdre dans cette histoire.

On soupire. L'énergie dans la pièce est inexistante, à présent. On dirait qu'un trou noir a aspiré l'aspect amusant de cette retenue. Eddie le ressent aussi et essaie d'arranger les choses.

— Vous savez que Chuck Norris aime les steaks…

Elle ne termine pas sa phrase. Will a atteint ses limites. Il tape du poing sur son bureau et se lève. À ce stade, ni Eddie ni moi n'avons envie de rire. Je la regarde avec de grands yeux et secoue la tête. Chuck Norris n'est plus le bienvenu.

— Ce n'est pas une blague, dit-il. C'est très grave.

Il attrape quelque chose dans le tiroir de son bureau et avance d'un pas rapide vers nous, au fond de la classe. C'est une photo qu'il pose vivement à l'endroit où nos tables se rejoignent. Il la retourne. C'est Caulder.

Il pose un doigt dessus.

— Ce garçon. Ce garçon n'est pas une blague.

Il recule, soulève une table et la tourne pour s'asseoir face à nous.

— On ne te suit pas, Will, lui dis-je. (Je jette un coup d'œil à Eddie. Elle secoue la tête pour appuyer mes propos.) Ce qu'Eddie sait n'a rien à voir avec Caulder.

Prenant une grande inspiration, il se penche sur le bureau pour récupérer la photo. À son regard, je comprends que les souvenirs qui l'assaillent ne sont pas plaisants. Il contemple l'image un instant avant de la reposer et de se laisser aller contre le dossier de sa chaise, les bras croisés. Il évite de nous regarder dans les yeux.

— Il était avec eux… quand ça s'est produit. Il les a vus mourir.

Mon cœur se serre. Eddie et moi attendons qu'il poursuive dans un silence respectueux. Je commence à me sentir très petite.

— On m'a dit que c'était un miracle qu'il ait survécu. La voiture était complètement emboutie. Lorsque les premiers secours sont arrivés, Caulder était toujours attaché sur ce qui restait de la banquette arrière. Il appelait notre mère en criant et lui demandait de se tourner vers lui. Il est resté coincé cinq longues minutes comme ça, à les regarder partir.

Will s'éclaircit la voix. Sous la table, Eddie attrape ma main et la serre. Aucune de nous ne dit mot.

— J'ai passé les six jours suivants à l'hôpital avec lui pendant sa convalescence. Je n'ai pas quitté son chevet. Même pas pour l'enterrement. Quand mes grands-parents sont venus le chercher pour le ramener chez eux, il a pleuré. Il ne voulait pas y aller. Il voulait rester avec moi. Il m'a supplié de l'emmener sur le campus. Je ne travaillais pas. Je n'avais pas de revenus. J'avais dix-neuf ans. Je ne connaissais rien aux enfants... Alors, je les ai laissés l'emmener.

Will se lève et s'approche de la fenêtre. Il ne dit rien pendant un long moment. Il se contente d'observer le parking se vider lentement. Puis il porte une main à son visage. On dirait qu'il essuie ses larmes. Si Eddie n'était pas là, je l'aurais pris dans mes bras.

Au bout de quelques minutes, il finit par se tourner de nouveau vers nous.

— Caulder m'a détesté. Il m'en voulait tellement qu'il a refusé de répondre au téléphone pendant des jours. J'étais en train de disputer un match de foot quand j'ai remis en question ma décision. J'ai examiné le ballon que je tenais entre mes mains. J'ai parcouru le cuir, le nom de la marque inscrite sur le côté, du bout des doigts. Il ne pesait même pas un kilo. J'avais choisi cette ridicule balle en cuir plutôt que mon propre sang. J'avais fait passer ma petite personne, ma copine, ma bourse d'études... absolument tout avant ce petit garçon que j'aimais plus que tout au monde.

» J'ai lâché le ballon et je suis sorti du terrain. Je suis arrivé chez mes grands-parents à 2 heures du matin. J'ai réveillé Caulder et je l'ai ramené à la maison. Mes grands-parents m'ont supplié de ne pas faire ça. Ils m'ont dit que ce serait trop dur, que je serai incapable de lui donner ce dont il avait besoin. Mais je savais qu'ils avaient tort. Je savais de quoi Caulder avait besoin. Il avait besoin de moi.

Il avance d'un pas lent vers le bureau placé face aux nôtres et pose les mains à plat dessus. Il nous regarde toutes les deux. Des larmes coulent sur nos joues.

— J'ai passé les deux dernières années de ma vie à essayer de me convaincre que j'avais pris la bonne décision. Alors, ce travail ? Ma carrière ? La vie que je construis pour ce petit garçon ? Je la prends à cœur. C'est sérieux. C'est très sérieux à mes yeux.

Il replace calmement le bureau à sa place dans la rangée, puis retourne à l'avant de la pièce. Sans un mot, il ramasse ses affaires et s'en va.

Eddie se lève à son tour pour aller chercher des mouchoirs sur le bureau de Will. Elle ramène la boîte entière et se rassoit. J'en prends un. On se sèche toutes les deux les yeux.

— Comment est-ce que tu fais, Layken ? me demande-t-elle en soufflant.

Elle attrape un mouchoir propre.

— Comment est-ce que je fais quoi ?

Je renifle en continuant d'essuyer mes larmes.

— Comment tu fais pour ne pas tomber amoureuse de lui ?

À cette question, je me remets à pleurer comme si je ne m'étais jamais arrêtée. Je prends encore un mouchoir.

— Je ne suis pas *pas* amoureuse de lui. Je ne suis pas du tout pas amoureuse de lui.

Elle rit et me prend la main. On passe le reste de l'heure ensemble, subissant sans rechigner cette retenue bien méritée.

14

Et je sais que tu as besoin de moi
dans la pièce d'à côté
Mais je suis coincé ici, paralysé.

THE AVETT BROTHERS, « Ten Thousand Words »

Je n'ai jamais fait l'amour. J'ai failli, une fois, mais je me suis dégonflée à la dernière minute. Ma plus longue relation a été avec un garçon que j'avais rencontré par l'intermédiaire de Kerris un peu avant mes dix-sept ans.

Kerris avait un frère qui allait à la fac. Pendant les vacances de printemps, il y a deux ans, il a ramené un pote à lui à la maison. Il s'appelait Seth. Il avait dix-huit ans. Je croyais l'aimer. Avec le recul, je pense que j'aimais surtout l'idée d'avoir un copain.

Il allait à l'Université du Texas, à plus de quatre heures de route de chez moi. On se parlait au téléphone et sur Internet. Au bout de six mois, après en avoir beaucoup discuté avec lui, j'ai décidé que j'étais prête à sauter le pas. Cette nuit-là, j'avais la permission de minuit. Alors, il a réservé une chambre d'hôtel et on a dit à ma mère qu'on allait voir un film.

Quand on est arrivés dans notre chambre, j'avais les mains qui tremblaient. Je savais que j'avais changé d'avis, mais j'avais trop peur de le lui avouer. Il avait fait tellement d'efforts ! Il avait même apporté ses propres draps pour que ce soit plus intime. On s'est longuement embrassés, allongés sur le lit. Il m'a enlevé mon pull. Ses doigts se sont aventurés vers mon pantalon… et je me suis mise à pleurer. Il a tout de suite arrêté. Il ne m'a pas mis la pression. Il ne m'en a pas voulu d'avoir changé d'avis. Il m'a embrassée et m'a dit que ce n'était pas grave. À la place, on a loué un film et on l'a regardé au lit.

On s'est réveillés à 7 heures. Il faisait déjà jour. On a commencé à paniquer. Personne ne savait où on était, et on avait éteint nos portables. Je savais que mes parents étaient fous d'inquiétude. Comme Seth avait trop peur pour leur faire face, il m'a déposée devant chez moi et est reparti. Je me souviens d'être restée immobile et d'avoir souhaité me trouver ailleurs, n'importe où. Je savais qu'ils allaient m'obliger à parler, à leur dire où j'étais allée. Je détestais les confrontations.

Je suis debout devant ma Jeep. J'observe le jardin rempli de nains de cette maison qui n'est pas vraiment chez nous. Ce sentiment d'anxiété est de retour et me noue l'estomac. Je sais que ma mère va vouloir discuter de tout ça. De son cancer. De Kel. Elle voudra aller au bout des choses alors que je n'ai qu'une envie : me cacher.

Je m'approche lentement de la porte d'entrée et appuie sur la poignée, regrettant que personne ne la tienne fermée de l'autre côté. Kel, Caulder et elle sont assis au bar.

Ils sont en train de creuser des citrouilles. Elle ne pourra pas me parler tout de suite. Parfait.

— Salut, dis-je à personne en particulier en passant la porte.

Elle ne répond pas.

— Salut, Layken ! Regarde ma citrouille ! s'exclame Kel.

Il la tourne pour me la montrer. Ses yeux et sa bouche sont représentés par trois grands X, et il a accroché un sac de bonbons sur le côté avec du scotch.

— Il fait la grimace parce qu'il a mangé un bonbon acide, m'explique-t-il.

— Y a de l'idée, je réponds.

— Regarde la mienne, dit Caulder à son tour.

Un bout de bois a été planté dans un trou, à l'endroit où aurait dû se trouver le visage.

— Euh… Qu'est-ce que ça représente ? je demande.

— C'est Dieu.

Perplexe, je penche la tête sur le côté.

— Dieu ?

Caulder rit.

— Ben, oui.

Il se tourne vers Kel. Ensemble, ils répondent :

— Parce qu'il est pieux !

Je lève les yeux au ciel en riant.

— Vous vous êtes bien trouvés, tous les deux.

Je regarde ma mère. Elle est en train de m'observer, sûrement pour jauger mon humeur.

— Salut, je répète à son intention.

— Salut.

Elle sourit.

— Bon, je lance en espérant qu'elle comprenne le double sens de ce que je vais lui dire. Ça t'ennuie si on ne fait que creuser des citrouilles ce soir ? C'est possible de ne faire que ça ?

Elle reporte son attention sur la citrouille devant elle sans se départir de son sourire.

— Bien sûr, mais on ne pourra pas creuser des citrouilles tous les soirs, Lake. Un de ces soirs, il faudra qu'on arrête.

J'attrape une citrouille par terre et m'installe au bar. Je viens à peine de m'asseoir qu'on frappe à la porte.

— J'y vais ! crie Caulder en sautant de son tabouret.

Ma mère et moi nous tournons vers l'entrée. C'est Will.

— Salut, toi. Tu ouvres aux gens, maintenant ? lui demande-t-il.

Caulder lui prend la main pour le faire entrer.

— On creuse des citrouilles pour Halloween. Viens. Julia en a acheté une pour toi aussi.

Il guide Will à travers le salon jusque dans la cuisine.

— Non, ça va. Je creuserai la mienne un autre jour. Je voulais juste te ramener à la maison pour qu'ils passent du temps en famille.

Ma mère tire en arrière la seule chaise libre à côté d'elle.

— Viens t'asseoir, Will. On ne fait que creuser des citrouilles ce soir. C'est tout ce qu'on fait. On creuse des citrouilles.

Caulder en a déjà soulevé une, qu'il pose sur le bar devant le siège de Will.

— Alors d'accord. Creusons des citrouilles, dit Will.

Le petit garçon lui tend un couteau et on s'assied tous au bar... pour creuser des citrouilles, et rien d'autre.

Kel provoque le premier moment gênant de la soirée lorsqu'il me demande pourquoi je rentre si tard. Ma mère me jette un regard en coin, attendant visiblement ma réponse aussi. Will, lui, continue sa tâche sans relever la tête.

— Eddie et moi, on a été collées, je réponds.

— Collées ? Pourquoi ? s'enquiert ma mère.

— On a séché une heure, la semaine dernière. On a fait la sieste dans la cour.

Elle pose son couteau, déçue par mon comportement.

— Lake, pourquoi est-ce que tu as fait une chose pareille ? Quel cours as-tu séché ?

Je ne réponds pas. Les lèvres pincées, je désigne Will d'un signe de la tête. Ma mère se tourne vers lui au moment où il relève les yeux.

Il hausse les épaules en riant.

— Elle a séché mon cours ! Qu'est-ce que j'étais censé faire ?

Ma mère se lève, lui donne une tape dans le dos et attrape le bottin.

— Pour la peine, je t'invite à manger.

*

* *

La soirée est complètement surréaliste. Tout le monde mange de la pizza, discute et s'amuse, y compris ma mère. Ça fait du bien de l'entendre rire. Je la trouve changée. Je pense que le fait de m'avoir avoué qu'elle était malade lui a permis d'évacuer une partie de son stress. Je le vois dans ses yeux. Elle est plus à l'aise.

Kel et Caulder nous font part de la façon dont ils veulent se déguiser pour Halloween. Caulder hésite entre un Transformer ou un Angry Bird. Kel n'a toujours pas d'idée.

Après avoir nettoyé les restes de citrouille par terre, je rince la serpillière dans l'évier. Puis, les coudes appuyés sur le bar, le visage entre les mains, je les observe. C'est sûrement la dernière fois que ma mère creuse une citrouille. Le mois prochain, elle fêtera son dernier Thanksgiving. Après, il y aura son dernier Noël. Pourtant, elle est assise là-bas et parle d'Halloween avec Will en riant. J'aimerais pouvoir arrêter le temps. J'aimerais qu'on puisse creuser des citrouilles pour l'éternité.

Will et Caulder rentrent chez eux quand ma mère va se changer dans sa chambre pour aller travailler. Je termine de faire le ménage dans la cuisine, réunis les restes de citrouille et les rassemble dans un plus grand sac. Je sors la poubelle dans la rue au même moment que Will. Il avance jusqu'au bout du trottoir avant de remarquer ma présence. Il me sourit puis lève l'abattant pour jeter son sac dans la benne à ordure.

— Coucou, fait-il.

Il fourre ses mains dans les poches de sa veste et avance vers moi.

— Coucou, je réponds.

— Coucou, répète-t-il.

Il me dépasse et s'appuie contre le capot de ma Jeep.

— Coucou, je poursuis en l'imitant.

— Coucou.

— Arrête, je dis en riant.

On attend tous les deux que l'autre parle. Ça n'arrive jamais, et un silence pesant tombe sur nous. Comme je déteste ça, je suis la première à le briser.

— Je suis désolée d'en avoir parlé à Eddie. Elle est très intelligente, tu sais ? Elle a compris qu'il se passait quelque chose, mais elle a cru que c'était plus sérieux que ça. Alors, j'ai dû lui dire la vérité. Je ne voulais pas qu'elle ait une mauvaise image de toi.

Rejetant la tête en arrière, il contemple les étoiles.

— Je fais confiance à ton jugement, Lake. Je fais même confiance à Eddie. Il faut simplement qu'elle comprenne à quel point ce travail est important pour moi… à moins que je n'aie dit tout ça pour que *tu* comprennes à quel point il était important pour moi.

Mon cerveau est trop fatigué pour analyser cette phrase.

— Dans tous les cas, lui dis-je, je sais que c'était difficile pour toi… de tout nous raconter comme ça. Merci.

On observe une voiture se garer dans une allée près de nous. Une femme en sort avec deux jeunes filles. Toutes portent des citrouilles.

— Tu sais, je ne connais personne d'autre dans cette rue, à part Caulder et toi, je lui fais remarquer.

Il pose les yeux sur la maison dans laquelle les trois personnes sont entrées.

— C'est Erica. Elle est mariée à Gus depuis vingt ans, enfin, je crois. Ils ont deux filles, des ados. C'est la plus vieille qui vient garder Caulder de temps en temps.

» Le couple qui habite à droite de Caulder et moi est celui qui vit ici depuis le plus longtemps. Leur fils vient de s'engager dans l'armée. Ils m'ont beaucoup aidé à la mort de mes parents. Melinda nous a préparé à manger tous les jours pendant des mois. Elle continue de nous apporter quelque chose une fois par semaine.

» Tu vois, la maison, là-bas ? poursuit-il en désignant le bas de la rue. C'est celle de ton propriétaire. Il s'appelle Scott. Six maisons du voisinage lui appartiennent. C'est un type bien, mais ses locataires défilent. Je ne connais personne d'autre.

J'observe les maisons les unes après les autres. Elles se ressemblent toutes, pourtant, je ne peux m'empêcher d'imaginer les vies de ces familles, toutes différentes, au sein de leur foyer. Je me demande si certains d'entre eux gardent des secrets ? Si d'autres tombent amoureux. Ou se déchirent. Sont-ils heureux ? Tristes ? Effrayés ? Pauvres ? Seuls ? Apprécient-ils ce qu'ils ont à sa juste valeur ? Gus et Erica mesurent-ils la chance qu'ils ont d'être en bonne santé ? Scott profite-t-il de ses rentes ? Tout peut s'effondrer du jour au lendemain. Rien n'est permanent. La seule chose que l'on a tous en commun, c'est la fatalité. Chacun d'entre nous finira par mourir.

— Il y a aussi cette fille, reprend Will. Elle a emménagé dans cette rue il y a quelque temps. Je me rappelle encore quand je l'ai vue arriver dans cet utilitaire. Elle semblait savoir ce qu'elle faisait. Il était cent fois plus gros qu'elle, pourtant, elle a reculé sans demander d'aide. Je l'ai regardée se garer et poser une jambe sur le tableau de bord de la camionnette comme si elle faisait ce genre de choses tous les jours. Les doigts dans le nez.

» Il fallait que je parte travailler, mais Caulder s'était déjà précipité de l'autre côté de la rue. Il se battait avec des épées invisibles avec le petit garçon du fourgon. Je comptais simplement l'appeler pour qu'il monte dans la voiture, mais quelque chose chez cette fille m'a interpellé. Il fallait que je la rencontre. Alors j'ai traversé la route. Elle ne m'a même pas remarqué. Elle regardait son frère jouer avec Caulder d'un air pensif.

» Je me suis posté devant la camionnette pour l'observer. Ses yeux étaient extrêmement tristes. Je voulais savoir à quoi elle pensait, ce qui se passait dans son esprit. Qu'est-ce qui lui faisait tant de peine ? Je mourais d'envie de la prendre dans mes bras. Quand elle est enfin sortie de la voiture, je suis allé me présenter. Il a fallu que je me force à lui lâcher la main. Je voulais la tenir pour l'éternité. Je voulais qu'elle sache qu'elle n'était pas seule. Le fardeau qu'elle portait, je voulais le porter pour elle.

Je pose la tête sur son épaule. Il passe ses bras autour de moi.

— J'aimerais pouvoir le faire, Lake. J'aimerais pouvoir tout effacer. Malheureusement, ça ne marche pas ainsi. Ça ne s'en va pas comme ça. C'est ce que ta mère essaie de te faire comprendre. Elle a besoin que tu acceptes son sort. Kel aussi. Il faut que tu lui accordes ce soulagement.

— Je sais, Will. Mais je n'en suis pas capable. Pas tout de suite, en tout cas. Je ne suis pas prête à y faire face pour l'instant.

Il me serre contre lui.

— Tu ne seras jamais prête, Lake. Personne ne l'est jamais.

Il se détache et s'éloigne. Il a raison, comme d'habitude, mais cette fois, ça m'est égal.

— Lake ? Je peux entrer ? demande ma mère de l'autre côté de la porte de ma chambre.

— C'est ouvert, je réponds.

Elle entre et referme derrière elle. Elle a enfilé sa blouse d'infirmière. Elle s'assoit sur le lit près de moi pendant que je continue d'écrire sur mon cahier.

— Qu'est-ce que tu écris ? demande-t-elle.

— Un poème.

— Pour l'école ?

— Non, pour moi.

— Je ne savais pas que tu écrivais de la poésie.

Elle essaie d'y jeter un œil par-dessus mon épaule.

— Moi non plus. En fait, si on lit un poème au club N9NE, on est dispensés de contrôle final. J'y réfléchis, mais je ne me suis pas encore décidée. L'idée de me retrouver devant tant de personnes me rend nerveuse.

— Repousse tes limites, Lake. Elles sont là pour ça.

Je retourne mon poème et me redresse.

— Qu'est-ce que tu voulais ?

Elle me sourit, puis replace une mèche de cheveux derrière mon oreille.

— Pas grand-chose, dit-elle. Il me restait juste quelques minutes avant de partir. J'ai pensé qu'on pouvait discuter. Je voulais aussi te dire que c'est mon dernier jour. Je ne travaillerai plus après ce soir.

Je détourne les yeux et me penche en avant pour ramasser mon stylo. Après l'avoir rebouché et avoir fermé mon cahier, je range les deux dans mon sac à dos.

— Je creuse encore des citrouilles, Maman.

Elle inspire lentement et se lève. Elle hésite un instant avant de passer la porte.

15

Je continuerai d'avancer pour l'éternité comme le monde qui tourne sous mes pieds
Quand je perdrai mon chemin, je lèverai la tête vers le ciel
Et quand la cape noire glissera sur le sol
Je serai prêt à me rendre, et je me souviendrai
Que c'est ce qui nous attend tous
Si je profite de la vie que l'on m'a donnée, je n'aurai pas peur de mourir.

THE AVETT BROTHERS, « Once And Future Carpenter »

Will entre dans la classe, un petit projecteur dans les bras. Il le pose sur son bureau et le branche à son ordinateur.

— Qu'est-ce qu'on fait aujourd'hui, monsieur Cooper ? demande Gavin.

— Je veux vous montrer pourquoi vous devriez écrire de la poésie, répond-il sans s'interrompre.

Il fait passer le fil d'alimentation autour de son bureau et le branche à la prise, contre le mur.

— Je sais pourquoi les gens écrivent des poèmes, dit Javi. Ce sont des pleurnichards qui n'ont rien de mieux à faire que se plaindre de leur ex ou de leur clébard qui vient de crever.

— Tu confonds, Javi, interviens-je. Ça, c'est la musique country.

Tout le monde éclate de rire, y compris Will. Il retourne à son bureau pour allumer son portable puis jette un coup d'œil à Javi.

— Et alors ? Qu'est-ce que ça peut te faire si quelqu'un se sent mieux après avoir écrit un poème sur son chien ? Tant mieux pour lui. Laisse-le faire. Si une fille te brise le cœur et que tu décides de coucher tes sentiments sur le papier, Javi, ça ne regarde que toi.

— C'est pas faux, répond Javi. Chacun est libre d'écrire ce qu'il veut. Ce qui me perturbe, c'est que la personne n'aura peut-être pas envie de réentendre son poème un jour. Imaginez qu'un mec parle de sa copine qui l'a largué dans un slam et qu'après, il réussit à l'oublier. Il tombe amoureux d'une autre nana. Le problème, c'est que quelque part, sur Youtube, on peut continuer de l'écouter, triste comme la pluie, en train de se plaindre. C'est débile. Si on écrit un poème ou qu'on le récite, un jour ou l'autre, on sera forcé de revivre ce moment.

Will cesse de s'occuper du projecteur et se tourne vers le tableau. Il écrit quelque chose à la craie, puis se place sur le côté.

The Avett Brothers

Il désigne le nom noté blanc sur noir.

— Certains d'entre vous ont-ils déjà entendu parler d'eux ?

Il me regarde et secoue légèrement la tête pour me faire comprendre qu'il ne veut pas que je réponde.

— Ça me dit quelque chose, dit quelqu'un au fond de la classe.

— Eh bien, enchaîne-t-il en se mettant à marcher. Ce sont de célèbres philosophes qui utilisent et écrivent des mots extrêmement sages qui portent à la réflexion.

Je réprime un éclat de rire. Il n'a pas tout à fait tort.

— Un jour, on leur a posé cette même question. Je crois que c'était pendant une lecture publique. Quelqu'un les a interrogés sur leur poésie, leur a demandé si ce n'était pas difficile de revivre ces situations chaque fois. Ils ont répondu que si eux-mêmes avaient réussi à avancer, par rapport à la personne ou l'événement qui les avait inspirés, ça ne voulait pas dire que d'autres n'étaient pas en train de le vivre au même moment.

» Après tout, quelle importance si tu n'es plus dans le même état d'esprit aujourd'hui que lorsque tu as écrit ce poème, l'année dernière ? C'est peut-être ce que la personne en face de toi ressent. Exprimer ses sentiments, savoir que dans cinq ans, ces mots toucheront peut-être quelqu'un d'autre : voilà pourquoi on écrit de la poésie.

Lorsqu'il allume le projecteur, je reconnais aussitôt le poème qui s'affiche sur le mur. C'est celui qu'il a récité à la soirée slam lors de notre premier rendez-vous. Son texte sur la mort.

— Vous voyez ça ? C'est un poème que j'ai écrit il y a deux ans, après la mort de mes parents. J'étais en colère. Je souffrais. J'ai couché sur papier exactement ce que je ressentais. Lorsque je le relis aujourd'hui, je ne retrouve plus les mêmes émotions.

Est-ce que je regrette de l'avoir écrit pour autant ? Non. Parce qu'il est possible que quelqu'un, dans cette pièce, puisse se reconnaître dedans. Il pourrait lui parler.

En déplaçant la souris, il agrandit la page et souligne une phrase en particulier.

« Les gens n'aiment pas *parler* de la mort parce que ça les rend *tristes*. »

— On ne peut jamais savoir : quelqu'un parmi vous ressent peut-être la même chose. Est-ce que parler de la mort vous rend triste ? Évidemment. La mort n'a rien de drôle. Personne n'a envie d'aborder le sujet. Mais parfois, on y est obligé.

Je vois où il veut en venir. Je croise les bras et lui adresse un regard noir quand il plante ses yeux dans les miens. Il reporte alors son attention sur une autre phrase, qu'il souligne également.

« Si ***seulement*** ils s'étaient ***préparés***, s'ils avaient ***accepté*** l'***inévitable***, veillé à leur **succession**. »

— Qu'est-ce que vous pensez de celle-ci ? Mes parents ne s'étaient pas préparés à mourir. Je leur en ai voulu pour ça. Ils m'ont laissé leurs factures, leurs dettes, et un enfant sur les bras. Que se serait-il passé s'ils avaient été prévenus ? S'ils avaient eu la possibilité d'en discuter, de prévoir la suite ? Si on avait moins évité de parler de la mort quand ils étaient vivants, peut-être que les choses auraient été plus faciles pour moi.

Il me regarde dans les yeux en montrant la suite.

« [...] compris qu'il n'y avait **pas** que **leurs** vies en jeu. »

— On pense tous qu'on aura le temps de s'occuper de tout ça demain. Si mes parents avaient eu la moindre idée de ce qui allait leur arriver avant que ça se produise, ils auraient fait tout ce qui était en leur pouvoir pour nous préparer à l'inévitable. Absolument tout. Le problème, ce n'est pas qu'ils n'ont pas pensé à nous, c'est qu'ils n'ont pas pensé à la mort.

Il fait défiler le texte jusqu'à la fin.

« La mort. La seule chose inévitable de la **vie**. »

J'observe le vers et le lis. Puis, je le lis encore une fois. Et encore. Et encore et encore. Je le relis dans ma tête jusqu'à la fin du cours, jusqu'à ce que tout le monde parte. Sauf Will.

Il m'observe, assis à son bureau. Il attend que je saisisse le sens de ses paroles.

— J'ai compris, Will, je murmure au bout d'un moment. J'ai compris. Dans la première phrase, tu dis que la mort est la seule chose inévitable de la vie... Tu as mis l'emphase sur la mort. Mais quand tu répètes la même chose, à la fin, c'est le mot « vie » qui est mis en avant. Au final, c'est la vie, le plus important. J'ai compris, Will. Et tu as raison. Ma mère ne cherche pas à nous préparer à sa mort. Elle veut nous préparer à sa vie. À ce qu'il en reste.

Il se penche pour éteindre le projecteur pendant que je ramasse mes affaires et rentre à la maison.

Je m'assois sur le lit de ma mère. Elle s'est endormie en plein milieu. Elle n'a plus de côté à respecter, maintenant qu'elle dort toute seule.

Elle porte toujours sa blouse. Lorsqu'elle se réveillera et qu'elle l'enlèvera, ce sera pour la dernière fois. Je me demande si c'est la raison pour laquelle elle ne l'a pas ôtée, si elle a eu la même pensée.

Je regarde son corps bouger au rythme de sa respiration. À chacune de ses inspirations, j'entends ses poumons qui peinent à faire circuler l'air. Ces poumons qui se sont retournés contre elle.

Je lui caresse les cheveux. Ce faisant, quelques mèches me restent dans les doigts. Je retire la main et les emmène dans ma chambre où je les attache ensemble avec ma barrette violette tombée à terre. Je pose ensuite le tout sous mon oreiller et retourne dans la chambre de ma mère. Après m'être glissée dans le lit à côté d'elle, je la prends dans mes bras. Sa main trouve la mienne sous les couvertures et on communique ainsi, sans parler.

16

. . .

THE AVETT BROTHERS,
« *Complainte d'un matelot mourant*[1] »

Quand ma mère se rendort, je vais faire un tour au supermarché. Le plat préféré de Kel est les basagnes. Il ne savait pas prononcer le mot « lasagnes » quand il est petit. On a continué à les appeler comme ça par la suite. J'achète tout ce qu'il faut pour en cuisiner et rentre à la maison pour me mettre aux fourneaux.

— Ça sent les basagnes, dit ma mère en sortant de sa chambre.

Elle porte ses vêtements de tous les jours. Elle a finalement retiré sa blouse pour la toute dernière fois.

— C'est ça. Je me suis dit qu'il valait mieux préparer à Kel son plat préféré ce soir. Il en aura besoin.

---

1. En français dans le texte. (*N.d.T.*)

Elle va se laver les mains dans l'évier avant de venir m'aider à étaler une couche de pâte.

— Si je comprends bien, on arrête de creuser des citrouilles ? me demande-t-elle.

— Ouais, je réponds. Les citrouilles ont toutes été creusées.

Elle rit.

— Maman ? Avant qu'il arrive, il faut qu'on parle. À propos de ce qu'il va lui arriver.

— J'en ai envie, Lake. J'ai envie d'en parler depuis le début.

— Pourquoi tu ne veux pas qu'il reste avec moi ? Tu ne crois pas que j'en suis capable ? Tu ne penses pas que je serai une bonne mère ?

Elle dépose la dernière couche de pâte que je recouvre de sauce.

— Ce n'est pas ça, Lake. Je veux simplement que tu puisses mener ta vie comme tu l'entends. J'ai passé les dix-huit dernières années à t'élever, à t'apprendre tout ce que je sais. Il est grand temps que tu ailles te prendre quelques claques. Fais des erreurs. Mais n'élève pas un enfant.

— Parfois, la vie ne fait pas les choses dans l'ordre chronologique, je rétorque. Tu en es l'exemple même. Si c'était le cas, tu ne mourrais pas si tôt. Tu mourrais sûrement vers soixante-dix ans. C'est l'espérance de vie moyenne, je crois.

Elle secoue la tête en riant.

— Je suis sérieuse, Maman. Je veux le garder avec moi. Je veux l'élever. Et il voudra rester avec moi, lui aussi. Tu le sais. Tu dois nous laisser le choix. Jusqu'à présent, on est restés sur la touche. Alors laisse-nous au moins prendre cette décision.

— D'accord, répond-elle.

— D'accord, tu vas y penser ou d'accord, d'accord ?

— D'accord, d'accord.

Je la prends dans mes bras. Je la serre plus fort que jamais.

— Lake ? fait-elle. Tu me mets de la sauce de basagnes partout.

En reculant, je me rends compte que je tiens toujours la spatule à la main et qu'elle goutte sur le dos de ma mère.

— Pourquoi est-ce qu'il ne peut pas venir à la maison ? demande Kel lorsque je me gare dans l'allée et envoie Caulder chez lui.

— Je te l'ai déjà dit. Maman veut nous parler.

Au moment où on rentre, ma mère met les basagnes au four.

— Maman, devine quoi ? s'exclame Kel en courant dans la cuisine.

— Quoi, mon cœur ?

— Notre école organise un concours de déguisement pour Halloween. Le gagnant remportera cinquante dollars !

— Cinquante dollars ? Waouh. Tu as décidé ce que tu voulais être ?

— Pas encore.

Il avance vers le bar et pose son sac.

— Ta sœur t'a dit qu'on allait avoir une petite conversation, ce soir ?

— Oui oui. Mais j'avais compris tout seul. On mange des basagnes.

Ma mère et moi nous tournons vers lui.

— Quand il y a des basagnes au repas, c'est mauvais signe. Vous en avez fait à la mort de Papi. Vous en avez fait pour m'annoncer que Papa était mort. Vous en avez fait quand on a déménagé dans le Michigan. Et vous en faites ce soir. Alors, soit quelqu'un est en train de mourir, soit on retourne au Texas.

Ma mère me regarde avec de grands yeux en se demandant si elle doit se borner au plan initial. Visiblement, Kel a ouvert la discussion plus tôt que prévu. Elle s'approche de lui et s'assoit. Je la suis.

— Tu es très observateur. Bravo, dit-elle.

— Alors c'est quoi ? demande-t-il en levant la tête vers elle.

Elle prend son visage entre ses mains et lui caresse doucement les joues.

— J'ai un cancer du poumon, Kel.

Il se jette aussitôt dans ses bras. Elle enfouit ses doigts dans ses cheveux, mais il ne pleure pas. Ils restent silencieux un instant pendant lequel elle attend qu'il reprenne la parole.

— Tu vas mourir ? demande-t-il au bout d'un moment.

Sa voix est étouffée car il a le visage pressé contre sa poitrine.

— Oui, mon cœur. Mais je ne sais pas quand. En attendant, on va passer le plus de temps possible ensemble. J'ai arrêté de travailler aujourd'hui pour profiter de vous.

Je n'avais pas la moindre idée de la façon dont il allait réagir. À neuf ans, il ne se rendrait sûrement compte de la gravité de la situation qu'après sa mort. Celle de mon père avait été soudaine, inattendue. Naturellement, sa réaction avait été catastrophique.

— Qu'est-ce qui va se passer quand tu mourras ? Avec qui on va vivre ?

— Ta sœur est adulte, maintenant. Tu continueras de vivre avec elle.

— Mais je veux rester ici, avec Caulder, dit-il en relevant la tête pour me regarder. Layken, tu vas m'obliger à retourner au Texas avec toi ?

Jusqu'à cet instant, j'en avais eu la ferme intention.

— Non, Kel. On restera ici.

Kel soupire en assimilant tout ce qu'il vient d'entendre.

— Tu as peur, Maman ? lui demande-t-il.

— Plus maintenant, répond-elle. J'ai eu suffisamment de temps pour l'accepter. Je trouve même que j'ai de la chance. J'ai été prévenue, pas comme votre père. Je vais pouvoir passer du temps avec vous deux à la maison.

Il se libère de l'étreinte de ma mère et pose les coudes sur la table.

— Je veux que tu me promettes quelque chose, Layken.

— OK.

— Ne fais plus jamais de basagnes.

On éclate tous de rire. On rit. C'est sûrement la chose la plus difficile que ma mère et moi ayons eue à faire, et pourtant, on rit. Kel est incroyable.

Une heure plus tard, on dépose sur la table un plat gigantesque de basagnes, du pain et de la salade. On n'arrivera jamais à manger tout ça.

— Kel, tu ne veux pas aller voir si Will et Caulder ont dîné ? dit ma mère en contemplant notre repas.

Kel se précipite dehors.

Elle ajoute deux assiettes pendant que je remplis les verres de thé glacé.

— Il faut qu'on demande à Will de garder Kel, lui dis-je.

— Will ? Pourquoi ?

— Parce qu'à partir de maintenant, je t'emmènerai à tes séances de chimio. Je ne veux pas que Brenda s'occupe de tout. Je pourrai rater un jour de cours de temps en temps, ou on ira après la classe.

— D'accord, répond-elle en souriant.

Kel et Caulder passent la porte en courant, suivis de Will un instant plus tard.

— Kel m'a dit qu'on mangeait des basagnes ? demande-t-il d'un ton hésitant.

— C'est bien ça, mon bon monsieur, réplique ma mère en servant les assiettes.

— Qu'est-ce que c'est ? Des lasagnes à la bolognaise ?

Il a l'air d'avoir peur.

— Ce sont des basagnes. Et c'est la dernière fois qu'on en mange, alors tu ferais mieux d'en profiter, dit-elle.

Will s'approche de la table et attend que ma mère et moi nous soyons installées pour s'asseoir à son tour.

On fait passer les plats de pain et de salade jusqu'à ce que l'assiette de tout le monde soit pleine. Comme la nuit dernière, Kel cause le premier moment gênant.

— Ma maman est en train de mourir, Caulder.

Will jette un coup d'œil dans ma direction. Je lui adresse un sourire en coin pour lui faire comprendre qu'on a discuté.

— Quand elle sera morte, je vivrai ici avec Layken, comme toi avec Will. On sera pareils. Tous nos parents seront morts et on vivra avec notre frère et notre sœur.

— Waouh. C'est fou, répond Caulder.

— Caulder ! s'écrie Will.

— Ce n'est pas grave, Will, intervient ma mère. C'est vraiment fou, quand on se met à la place d'un enfant de neuf ans.

— Maman, reprend Kel. Et ta chambre ? Je peux l'avoir ? Elle est plus grande que la mienne.

— Pas question, je rétorque. Il y a une salle de bains à l'intérieur. C'est moi qui la récupère.

Kel a l'air déçu, mais je ne reviens pas sur ma décision. J'aurai la chambre avec la salle de bains attenante.

— Kel, tu pourras avoir mon ordinateur, dit ma mère.

— Génial !

Je me tourne vers Will pour m'assurer que cette conversation ne le met pas mal à l'aise. Il est en train de rire. C'est exactement ce qu'il espérait : qu'on accepte la situation.

En dînant, on discute des mois à venir et de qui s'occupera de Kel et Caulder lorsque ma mère recevra son traitement. Will accepte de garder Kel si besoin, et de continuer de les emmener à l'école le matin. Je les récupérerai le soir, sauf si je suis à l'hôpital avec ma mère. En contrepartie, Will veut bien qu'on lui prépare à manger presque tous les jours. La soirée est un succès. J'ai l'impression que, tous ensemble, on vient de mettre la mort K-O.

— Je suis épuisée, dit ma mère. Il faut que je prenne une douche et que j'aille me coucher.

Elle se rend dans la cuisine, où Will est en train de faire la vaisselle. Elle passe ses bras autour de lui et le serre contre elle.

— Merci, Will. Merci pour tout.

Il se retourne pour lui rendre son étreinte.

Lorsqu'elle me dépasse sur le chemin de sa chambre, elle me donne un petit coup d'épaule.

Elle ne dit rien, mais je comprends tout de suite où elle veut en venir. Elle me donne sa bénédiction. Une seconde fois. Dommage que ça ne soit pas si facile que ça.

Après avoir essuyé la table, je rince l'éponge dans l'évier.

— C'est l'anniversaire d'Eddie, jeudi. Je ne sais pas quoi lui offrir.

— Moi, je sais ce que tu ne dois pas lui offrir, dit Will.

— Crois-moi, je le sais aussi, je réponds en riant. Gavin a sans doute prévu quelque chose jeudi soir. Je le fêterai peut-être avec elle vendredi.

— Oh, en parlant de vendredi. Vous avez besoin que je garde Kel ? J'ai oublié que Caulder et moi, on allait à Detroit pour le week-end.

— Non, ça va. C'est pour voir ta famille ?

— Ouais. On se rend chez mes grands-parents un week-end par mois. C'est le marché qu'on a passé quand je suis venu le chercher en pleine nuit chez eux.

— Ça me paraît équitable, dis-je.

Je tends la main vers l'évier et le débouche.

— Alors tu ne seras pas à la soirée slam jeudi ? demande-t-il.

— Non. Mais on peut garder Caulder, du coup. Envoie-le ici après l'école.

Il pose la dernière assiette sur l'égouttoir et s'essuie les mains sur le torchon.

— C'est plutôt bizarre, tu ne trouves pas ? La façon dont se sont goupillées les choses, le fait que vous ayez déménagé maintenant, que Kel ait rencontré Caulder au moment où il avait le plus besoin d'un meilleur ami, qu'il prenne la nouvelle avec autant de calme... C'est le destin.

Il se tourne vers moi en souriant.

— Je suis fier de toi, Lake. Tu as été parfaite aujourd'hui.

Il dépose un long baiser sur mon front avant de retourner dans le salon.

— Caulder doit encore prendre sa douche. On ferait mieux d'y aller. À demain, dit-il.

— Oui. Salut.

Je soupire en pensant au seul sujet qui ne lui est pas venu à l'esprit. L'énorme détail qui n'a pas fonctionné comme on l'aurait voulu : nous.

Je commence à l'accepter. On ne sera jamais ensemble. C'est impossible. Les deux derniers soirs qu'il a passés ici, j'ai senti que les choses avaient changé entre nous. Il nous arrive encore d'avoir des moments gênants, mais on arrive à les éviter. On n'est qu'en octobre. Il restera mon prof jusqu'en juin. Encore huit mois à tirer. Quand je vois le tournant radical qu'a pris ma vie ces huit derniers mois, je n'arrive pas à me projeter si loin. Lorsque je m'allonge dans mon lit et que je ferme les yeux, je prends une résolution. Will ne sera plus ma priorité. Je ferai passer ma mère avant tout, puis Kel, et enfin, la vie.

Ça a pris du temps, mais il n'a plus d'emprise sur moi.

— Eddie, tu veux bien aller me chercher un lait au chocolat, ma puce ? J'ai oublié d'en prendre un.

Gavin regarde sa petite amie avec des yeux de chien battu. Eddie lève les yeux au ciel avant de s'exécuter. Dès qu'elle a quitté la table, il se tourne vers nous en chuchotant.

— Demain soir. Chez *Getty*. 18 heures. Apportez un ballon rose. On ira au slam après.

— Tu es dingue, Gavin ? C'est pas drôle. Elle va être folle de rage, je murmure.

— Fais-moi confiance.

Eddie est déjà de retour avec le lait au chocolat de Gavin.

— Tiens, tu me dois cinquante centimes.

— Je te dois mon cœur, rétorque-t-il en attrapant la boisson.

Elle lui donne une légère claque sur le front.

— Oh, arrête d'être aussi cucul, tu es ridicule ! s'exclame-t-elle avant de l'embrasser sur la joue.

J'entre à contrecœur chez *Getty* avec mon ballon rose à la main. Gavin et Nick sont assis dans un coin, au fond de la pièce. Ils me font signe de les rejoindre. Il y a des tonnes de ballons roses. Ça ne va pas plaire à Eddie.

Gavin attrape le mien et écrit quelque chose dessus au marqueur.

— Tiens, dit Gavin en me tendant tous les ballons. Prends-les et va te cacher dans les toilettes. Je viendrai te chercher le moment venu. Elle va bientôt arriver.

Il me pousse en direction des toilettes sans me laisser le temps de protester. Je me poste dans le couloir, entre les toilettes des hommes et le placard à balais. En levant la tête, je me rends compte que des noms sont inscrits sur les ballons.

Quelques instants plus tard, un vieux monsieur s'approche de moi.

— C'est toi, Layken ? me demande-t-il.

— Oui, je réponds.

— Je m'appelle Joel. Je suis le père d'accueil d'Eddie.

— Oh. Bonsoir.

— Gavin veut que tu ailles dans la salle. Je m'occupe des ballons. Eddie est arrivée. Elle pense que je suis allé aux toilettes. Ne dis rien.

— Euh, OK.

Je lui tends les ballons et retourne à notre table.

— Layken ! Tu es là, toi aussi ! Vous êtes adorables, les gars, s'exclame Eddie.

Au moment où elle essaie de s'asseoir, Gavin l'en empêche.

— On ne va pas manger tout de suite. On doit aller dehors.

— Dehors ? Mais il fait froid !

— Allez, viens, dit-il en la tirant vers la porte.

On suit tous Gavin à l'extérieur et on se poste à côté d'Eddie. Je jette un coup d'œil à Nick, qui hausse les épaules. Il n'en sait visiblement pas plus que moi. Gavin sort une feuille de papier de sa poche et vient se placer devant la jeune femme.

— Ce n'est pas moi qui ai écrit cette lettre, Eddie. Mais on m'a demandé de te la lire.

Eddie relève la tête en souriant. Elle nous regarde en essayant de jauger nos expressions. Elle n'apprendra rien de nous. On n'est au courant de rien.

— « C'est un 4 juillet que tu es entrée dans ma vie.

Le jour de l'indépendance. Tu avais quatorze ans. Tu as ouvert la porte à la volée et tu t'es dirigée tout droit vers le frigo en me disant que tu avais besoin de Sprite. Je n'avais pas de Sprite. Tu m'as assuré que ce n'était pas grave et tu as attrapé la bouteille de Dr Pepper à la place. Tu m'as terrorisé. J'ai expliqué à l'assistante sociale que je ne pouvais pas te garder. Je ne m'étais jamais occupé d'une adolescente. Elle m'a répondu qu'elle te trouverait une nouvelle maison dès le lendemain, mais que tu devais passer la nuit chez moi.

J'étais nerveux. Je ne savais pas quoi dire à une fille de quatorze ans. Je ne savais pas ce qu'elles aimaient, ce qu'elles regardaient à la télé. J'étais complètement perdu. Mais toi, tu as rendu les choses faciles. Parce que tu avais peur de me mettre mal à l'aise.

Plus tard, cette nuit-là, il faisait sombre dehors et on a entendu un feu d'artifice. Tu m'as pris la main pour que je me lève du canapé et tu m'as emmené dehors. On s'est allongés dans l'herbe pour observer le ciel. Alors, tu n'as pas arrêté de parler. Tu m'as raconté ta vie dans ta famille précédente, puis celle d'avant, et celle d'avant. Pendant tout ce temps, je t'ai écoutée. J'ai écouté cette petite fille pleine de vie. Animée par une vie qui lui mettait tant de bâtons dans les roues. »

Eddie hoquette de surprise en apercevant Joel qui tient le bouquet de ballons, dans le restaurant. Il sort et vient se placer à côté de Gavin. Celui-ci poursuit sa lecture.

— « Je n'ai jamais pu te donner beaucoup. Je ne t'ai pas non plus inculqué grand-chose, à part comment te garer. Mais toi, tu m'as appris beaucoup plus que tu ne le sauras jamais. Et en cet anniversaire très spécial, celui de tes dix-huit ans, tu n'appartiens plus à l'État du Michigan. À partir de maintenant, légalement, tu ne m'appartiens plus non plus. Tu n'appartiens plus à tous ces gens que tu as connus dans ton passé. »

Joel se met à lire les noms à voix haute, tout en relâchant les ballons un à un. Eddie pleure pendant qu'on regarde les ballons disparaître dans l'obscurité. Il continue de les lâcher jusqu'à ce que les noms de ses vingt-neuf frères et sœurs et treize parents aient été énumérés.

Il ne lui reste qu'un ballon dans les mains. Il y est écrit « Papa » en grandes lettres noires.

Gavin replie la lettre et fait un pas en arrière. Joel s'approche d'Eddie.

— J'espère que tu accepteras ce cadeau pour ton anniversaire, dit-il en lui tendant le ballon. Je veux être ton père, Eddie. Je veux être ta famille pour le reste de ta vie.

Eddie le prend dans ses bras et ils pleurent ensemble. On rentre à l'intérieur du restaurant pour leur laisser un peu d'intimité.

— Mon Dieu, il me faut une serviette, dis-je en reniflant et en cherchant quelque chose pour m'essuyer les yeux.

J'attrape des serviettes sur le bar, puis me tourne vers Nick et Gavin. Ils pleurent tous les deux. Je prends d'autres serviettes, et on regagne notre table.

17

Si je me fais tuer en ville
Ne cherche pas à venger mon nom
Une mort de plus serait futile
Ne te fais pas mettre en prison.

THE AVETT BROTHERS, « Murder in the City »

Je peux affirmer en toute honnêteté avoir dépassé les cinq stades du deuil dans ma vie.

J'ai accepté la mort de mon père. Je l'avais acceptée des mois avant qu'on emménage dans le Michigan. J'ai accepté le destin de ma mère. J'ai conscience qu'elle n'est pas encore morte et que je devrai recommencer mon travail de deuil à ce moment-là, mais je sais que ce sera moins difficile.

J'ai accepté de vivre dans le Michigan. La chanson que j'ai écoutée en boucle chez Will s'appelle « Weight of lies », le poids des mensonges. Les paroles disent :

« Le poids des mensonges te ralentira, te suivra partout

Car tout ce qui se passe ici, se passe aussi ailleurs. »

Chaque fois que la chanson recommençait, je n'entendais que cette partie à propos des mensonges et du fardeau qu'ils représentaient. Ce soir, en me rendant à Detroit avec ma Jeep, je comprends enfin la véritable signification de ces mots. Ils ne se rapportent pas uniquement aux mensonges, mais aussi à la vie. On ne peut pas simplement s'échapper dans une autre ville, un autre endroit ou un autre État. Ce qu'on fuit nous suivra obligatoirement et ne nous quittera que lorsqu'on y aura fait face.

J'ai accepté la situation avec Will. Je ne lui en veux pas d'avoir fait ce choix. Bien sûr, je rêve toujours qu'il revienne vers moi en courant en me disant qu'il n'a pas besoin d'un travail quand il a déjà l'amour... Mais en réalité, s'il avait fait passer ses sentiments pour moi en priorité, j'aurais eu du mal à accepter qu'il puisse renoncer aussi facilement aux choses les plus importantes pour lui. Il aurait baissé dans mon estime. Alors je ne lui en veux pas. Je le respecte. Et un jour, quand je serai prête, je le remercierai.

J'arrive devant le club un peu après 20 heures. Comme Gavin a une surprise pour Eddie, ils ont fait un petit détour. Ils arriveront plus tard. Le parking est plus rempli que d'habitude. Je suis forcée de me garer à l'arrière. En sortant de la voiture, je respire profondément et me prépare psychologiquement. Je ne sais plus quand j'ai eu l'idée de monter sur scène, mais je commence à douter de ma décision.

Tandis que je me dirige vers la porte, les paroles de ma mère me reviennent en mémoire. « Repousse tes limites, Lake. Elles sont là pour ça. »

Je peux y arriver. Ce n'est qu'un poème. Il suffit de le réciter une fois, et ce sera terminé. C'est aussi simple que ça.

Je passe la porte avec quelques minutes de retard. Je comprends tout de suite que le sacrifice est sur le point de débuter car on pourrait entendre une mouche voler. Je me faufile discrètement au fond de la salle. Comme je ne veux pas attirer l'attention sur moi, je m'assois à une table vide. Je sors mon téléphone pour le mettre sur silencieux et envoie un message à Eddie pour lui expliquer où je suis installée, quand tout à coup... Je l'entends.

Will se tient devant le micro, sur scène. Il déclame une de ses œuvres pour le sacrifice.

J'ai **aimé** l'océan
Et **tout** ce qui s'y rapportait.
Ses **barrières** de corail, son **écume**, ses **vagues**
rugissantes et les **rochers** qu'elles **lapent**,
ses légendes de **pirates** et ses histoires de **sirènes**,
Les trésors **perdus**, les trésors **gagnés**...
Et **tous**
Les **poissons**
De ses **eaux**.
Oui, j'ai **aimé** l'océan.
Et **tout** ce qui s'y rapportait.
Les berceuses qu'il me **chantait** quand je **dormais**
dans son lit
Avant de me **réveiller** avec une **force**
Que j'avais **vite** appris à **craindre**.
Ses **fables**, ses **mensonges**, ses yeux **trompeurs**.
Aujourd'hui, je l'**assécherais**
Si je n'avais pas mieux à faire.
J'ai **aimé** l'océan
Et **tout** ce qui s'y rapportait.

Ses **barrières** de corail, son **écume**, ses **vagues**
rugissantes et les rochers qu'elles **lapent**, ses légendes
de **pirates** et ses histoires de **sirènes**,
Les trésors **perdus**, les trésors **gagnés**…
Et **tous**
Les **poissons**
De ses **eaux**.
Si vous aviez déjà essayé de faire **voguer** un **navire**
sur une **mer** tempétueuse, vous **sauriez** que l'**écume**
est votre **ennemie**. Vous est-il arrivé de **nager**
jusqu'à la **rive** avec une **crampe** à la **jambe** et un menu
Big Mac qui vous **pèse** sur le ventre pendant
que les **vagues rugissantes** vous coupent le **souffle**
et vous remplissent les **poumons** d'eau salée,
pendant que vous **agitez** les bras pour tenter d'attirer
l'attention de quelqu'un, mais que vos amis vous
Rendent
Simplement
Votre signe ?
Est-ce que vous avez grandi avec des **rêves** de votre
futur plein la **tête**, de ce moment où vous seriez
capitaine d'un bateau pirate avec votre **propre**
équipage, et où **toutes** les sirènes
N'auraient *d'yeux*
Que pour
Vous ?
Si c'est le cas, vous *comprendrez*…
Comme j'ai fini par comprendre…
Que toutes ses **qualités** ?
Toutes ses **beautés ?**
Ce n'est pas **réel**.
Ce n'est qu'une **illusion**.
Alors, **gardez** votre **océan**.
Moi, je choisis le **lac**.

De l'air. De l'eau. Je ne sais pas de quoi j'ai le plus besoin. Je bondis de mon siège et cours me réfugier dans les toilettes. Je crois qu'en fait, j'ai besoin de silence.

Toutes les toilettes sont libres. Il y a seulement une fille devant l'unique lavabo de la pièce. Je décide d'attendre mon tour. Choisissant le cabinet le plus spacieux, je m'enferme à l'intérieur et m'appuie contre la porte.

Est-ce que ça s'est réellement produit ? Est-ce qu'il sait que je suis ici ? Non. Je lui ai dit que je ne venais pas. Il ne s'attendait pas à ce que je l'entende. Mais il l'a écrit quand même. Il a dit lui-même qu'il n'écrivait que ce qu'il ressentait réellement. Oh, mon Dieu. Il m'aime. Will Cooper est amoureux de moi.

J'ai toujours su qu'il avait des sentiments pour moi. Je le vois dans la façon dont il me regarde. Mais l'écouter mettre des mots dessus, entendre l'émotion qui transparaît dans sa voix... La manière dont il a prononcé le dernier mot. Comment vais-je pouvoir lui faire face ? Quelque part, je n'y suis pas obligée. Il ne sait toujours pas que je suis ici. Il suffit que je parte, que je parte avant qu'il m'aperçoive.

J'ouvre la porte et observe les alentours. Je ne le vois nulle part. Quelqu'un d'autre a pris le micro. Du coup, tous les regards sont tournés vers la scène. Je réussis à me faufiler vers la sortie.

— Layken ! Regarde ce que Gavin m'a offert !

Eddie s'approche de la porte en soulevant ses cheveux. Elle veut me montrer ses oreilles.

— Eddie, il faut que j'y aille.

Son sourire disparaît.

— Je t'appelle plus tard. (Je la dépasse sans regarder ses boucles d'oreilles.) Tu ne m'as pas vue ! je crie en m'éloignant.

En faisant le tour du bâtiment, je percute Javi de plein fouet. Putain ! Toute la classe est là, ou quoi ? Quelqu'un va finir par laisser échapper que j'étais ici. Je ne veux pas que Will sache que je l'ai vu.

— Pourquoi est-ce que tu es si pressée ? me demande-t-il pendant que je me colle au mur pour poursuivre mon chemin.

— Je dois y aller. On se voit demain.

Je m'éloigne d'un pas rapide. Je n'ai pas le temps de discuter. Je veux seulement monter dans ma Jeep et quitter ce parking le plus vite possible.

— Attends ! Je te raccompagne à ta voiture ! dit-il en me rattrapant.

— Ce n'est pas la peine, Javi. Rentre. Ça a déjà commencé.

— Layken, on est à Detroit. Tu es garée derrière un club. Je te raccompagne.

— D'accord, mais marche plus vite.

— Pourquoi est-ce que tu es si pressée ? demande-t-il en chemin.

— Je suis fatiguée, c'est tout. Il faut que je dorme.

Je ralentis, certaine que Will ne m'a pas remarquée.

— Il y a un café en bas de la rue. Tu veux aller boire quelque chose ? me propose-t-il.

— Non, merci. Je n'ai pas besoin de caféine. Seulement de mon lit.

Quand on arrive devant ma voiture, je tends la main vers mon sac pour attraper mes clés… Mince ! Mon sac ! Je l'ai laissé à la table.

— Merde ! je m'écrie à voix haute.

Je donne un coup de pied dans le gravier. Un caillou s'envole et tape contre la portière de ma Jeep.

— Qu'est-ce qu'il y a ? me demande-t-il.

— Mon sac. J'ai laissé mon sac et mes clés à l'intérieur.

Les bras croisés, je m'appuie contre la carrosserie.

— Ce n'est pas si grave que ça. On n'a qu'à aller les chercher.

— Non, je n'ai pas envie. Tu veux bien aller les récupérer pour moi ?

Je lui souris en espérant que ça suffira à le convaincre.

— Je t'assure, Layken, tu ne veux pas rester ici toute seule.

— OK. Alors, je vais envoyer un message à Eddie pour qu'elle me l'apporte. Tu as ton téléphone ?

Il tâte ses poches.

— Non, il est dans ma voiture. Viens. Je te le prête, dit-il en me prenant la main pour me guider vers sa camionnette. (Il déverrouille la porte et attrape son portable.) Plus de batterie. (Il branche le chargeur sur l'allume-cigare.) Tu pourras appeler Eddie dans deux minutes.

— Merci, je réponds en m'appuyant contre sa voiture pour attendre.

Il se place près de moi.

— Il recommence à neiger, dit-il en s'essuyant le bras.

En levant la tête, je vois les flocons blancs se détacher sur le ciel nocturne. Je suppose qu'on va enfin savoir à quoi ressemble un hiver dans le Michigan.

Je me tourne vers Javi. J'étais sur le point de lui poser une question sur les pneus neige, mais celle-ci me sort complètement de la tête quand il m'attrape le visage et fourre sa langue dans ma bouche. J'essaie de me dégager, de le repousser. Comme il me sent résister, il recule légèrement, le corps toujours collé au mien. Il me presse contre le métal froid de sa camionnette.

— Quoi ? s'exclame-t-il. Je croyais que tu voulais que je t'embrasse !

— Non, Javi !

Je continue de le pousser, mais il refuse de bouger.

— Dis-moi la vérité, continue-t-il avec un grand sourire. Tu n'as pas oublié tes clés à l'intérieur. Tu en as autant envie que moi.

Quand ses lèvres se posent de nouveau sur les miennes, mon cœur s'emballe. Mais pas de la même façon qu'avec Will. Cette fois, je suis passée en mode « fuite ». J'essaie de hurler, mais il tient mon visage avec une telle force que je ne peux même plus respirer. Chaque fois que j'essaie de me débattre, il se sert de son corps pour me maintenir contre la voiture, ce qui m'empêche de m'enfuir.

Je ferme les yeux. *Réfléchis, Layken. Réfléchis*.

Au moment où je m'apprête à le mordre, je le sens s'éloigner de moi. Ce n'est pas volontaire. Je comprends que quelqu'un le traîne en arrière de force. Quand il tombe par terre, Will s'assied sur lui, l'attrape par le tee-shirt et lui assène un énorme coup de poing dans la mâchoire. Javi retombe mais ne se laisse pas faire : il se retourne et pousse sur ses bras pour se relever. Will perd l'équilibre.

— Arrêtez ! je hurle.

Will s'effondre en recevant un coup de la part de Javi. Comme j'ai peur qu'il le frappe encore, je m'interpose… et l'attaque destinée à Will me touche en plein dos. Je tombe en avant sur lui. J'essaie de reprendre mon souffle, en vain. Je n'arrive plus à faire entrer de l'air dans mes poumons.

— Lake, dit Will en me faisant rouler par terre à côté de lui.

Son inquiétude est de courte durée. Elle est rapidement remplacée par la colère. Attrapant la poignée de la voiture près de nous, il se hisse sur ses pieds.

— Je ne voulais pas te frapper, Layken, dit Javi en avançant vers moi.

Vu que je suis allongée, je ne vois pas ce qui se passe ensuite. Lorsque j'entends un grand claquement et que je me rends compte que les pieds de Javi ne sont plus ancrés au sol, je relève la tête. Will est penché sur Javi et le frappe encore.

— Will, éloigne-toi de lui ! s'exclame Gavin.

Gavin tire Will en arrière. Ils tombent tous les deux au sol.

Eddie accourt vers moi et m'aide à me relever.

— Layken ! Qu'est-ce qui s'est passé ?

Elle passe un bras autour de moi. Je porte les mains à ma poitrine. Je sais que j'ai été frappée dans le dos, mais j'ai l'impression que mes poumons sont durs comme de la pierre. Je n'arrive pas à respirer. Je ne peux pas lui répondre.

Will réussit à se dégager de la poigne de Gavin pour se mettre debout. Il avance vers moi et me prend la main quand Eddie s'écarte. Il passe mon bras autour de ses épaules et pose la main sur ma taille pour m'aider à marcher.

— Je te ramène à la maison, dit-il simplement.

— Attends ! s'écrie Eddie en se plaçant devant nous. J'ai trouvé ton sac.

Je le lui prends des mains avec un semblant de sourire. Elle mime un téléphone.

— Appelle-moi.

Une fois installée dans la voiture de Will, je me laisse aller contre le siège. Mes poumons recommencent à se remplir d'air, mais chaque inspiration me fait souffrir comme un coup de poignard dans le dos. Je ferme les yeux et essaie de me concentrer sur ma respiration tandis qu'on démarre.

Aucun de nous ne parle. Moi, parce que je ne peux pas. Will parce que… je n'en sais rien. Le trajet se fait en silence jusqu'à l'entrée d'Ypsilanti.

Alors, Will s'arrête brusquement sur le bord de la route et coupe le moteur. Il donne un coup de poing dans le volant avant de sortir de la voiture en claquant la porte. Éclairé par la lumière des phares, il s'éloigne du véhicule en tapant de temps en temps dans une pierre en jurant. Au bout d'un moment, il s'immobilise, les mains sur les hanches. La tête penchée en arrière, il contemple le ciel, les flocons de neige lui tombent sur le visage. Il reste ainsi de longues minutes avant de revenir vers moi. Il s'assoit et referme calmement la portière, puis redémarre et continue sa route en silence.

Quand on arrive, je peux de nouveau marcher et respirer normalement. La douleur au niveau de mon dos a également diminué de façon considérable. Il insiste quand même pour m'emmener chez lui.

— Allonge-toi sur le canapé. Je vais chercher de la glace, me dit-il.

Je m'exécute. Je m'installe sur le ventre et ferme les yeux, me demandant ce qui a bien pu se passer ce soir.

Je sens sa main sur le canapé lorsqu'il s'agenouille près de moi.

— Will ! je hoquette en découvrant son visage. Ton œil !

Un filet de sang coule d'une plaie ouverte au-dessus de son œil, jusque dans son cou.

— Ce n'est pas grave. Ça ira, coupe-t-il en se penchant vers moi. Je peux ? demande-t-il en saisissant le bord de mon tee-shirt.

Je hoche la tête.

Quand il soulève le tissu, je sens quelque chose de froid entrer en contact avec ma peau. Il pose le pain de glace sur ma blessure avant de se lever. Puis il passe la porte d'entrée et la referme derrière lui.

Il est parti. Il est parti sans dire un mot. Je reste allongée quelques minutes en espérant qu'il revienne tout de suite, mais ce n'est pas le cas. Je roule sur le côté. Le pain de glace tombe du canapé. Je suis en train de remettre mon tee-shirt en place et de me préparer à me relever quand la porte s'ouvre à la volée pour laisser apparaître ma mère.

— Lake ! Ma chérie, tu vas bien ?

Elle me prend dans ses bras. Will arrive derrière elle.

— Maman, dis-je d'une voix faible.

Je lui rends son étreinte en pleurant.

— Je vais bien, Maman, je te le jure.

Elle est en train de me border. Ça ne fait que dix minutes que je suis rentrée à la maison et elle m'a déjà demandé cent fois si mon dos me faisait souffrir. Elle me caresse les cheveux en souriant. C'est ce qui me manquera le plus quand elle sera partie : la façon dont elle me caresse les cheveux et me regarde avec amour.

— Will m'a dit qu'on t'avait frappée dans le dos. Qui t'a fait ça ?

Je grimace en m'asseyant.

— Javi. Il est dans ma classe. Il essayait de mettre un coup de poing à Will, mais je me suis interposée.

— Pourquoi est-ce qu'il a fait ça ?

— Pour rendre la pareille à Will. Javi m'a raccompagnée à ma Jeep quand je suis sortie du club. Il a cru que je voulais qu'il m'embrasse. J'ai essayé de le repousser, mais il ne voulait pas arrêter. Et tout à coup, Will est arrivé et l'a frappé.

— C'est affreux, Lake. Je suis vraiment désolée.

Elle se penche en avant pour déposer un baiser sur mon front.

— Ne t'inquiète pas, Maman. Je vais bien. J'ai juste besoin d'un peu de sommeil.

Elle me caresse encore une fois les cheveux avant de se lever et d'éteindre la lumière.

— Et Will, alors ? Qu'est-ce qu'il va faire ? demande-t-elle en refermant la porte.

— Je ne sais pas, je réponds.

Au début, je crois que sa question concerne Javi. Mais après son départ, je comprends qu'elle parle de son boulot.

Je reste éveillée pendant des heures à retourner la situation dans tous les sens. Nous n'étions pas dans l'école. Il a pris ma défense. Javi ne dira peut-être rien. Mais c'est Will qui a commencé. Et qui a continué. Il ne se serait probablement pas arrêté si Gavin n'était pas intervenu. J'essaie de me rappeler les moindres détails de la soirée au cas où on me demanderait de témoigner demain.

Le lendemain, à mon réveil, je trouve Caulder en train de manger ses céréales avec Kel.

— Salut ! Mon frère ne peut pas nous emmener ce matin. Il a dit qu'il avait quelque chose à faire.

— Il a précisé de quoi il s'agissait ?

Caulder hausse les épaules.

— Non. Il est allé chercher ta Jeep ce matin et il est reparti.

Il avale une bouchée de Cheerios.

Pendant les deux premières heures de classe, je tiens à peine en place. Eddie et moi passons la deuxième à échanger des mots. Je lui raconte les événements de la veille. Tout sauf le poème de Will.

J'ai l'impression de ne pas être tout à fait là lorsqu'on se rend au cours suivant. Un peu comme dans ce rêve où je sors de mon corps et me regarde d'en haut. Je ne contrôle plus mes actions. Je me contente d'observer. Eddie ouvre la porte et entre en premier. Je la suis lentement tandis qu'elle avance dans la salle. Will n'est pas encore là. Javi non plus. Je prends une grande inspiration avant de m'asseoir. Le brouhaha des conversations de mes camarades est soudain interrompu par le grésillement des haut-parleurs.

— Layken Cohen est demandée au bureau de l'administration.

Je me tourne aussitôt vers Eddie. Elle lève son pouce en souriant légèrement pour m'encourager. Elle est aussi nerveuse que moi.

Quand je pénètre dans le bureau, plusieurs personnes sont déjà là. Je reconnais le proviseur, M. Murphy, qui discute avec deux hommes que je n'ai jamais rencontrés. Il me fait un signe de la tête et, ensemble, on entre dans une autre pièce. Will est assis à une table, les bras croisés. Il ne me regarde pas. Tout ça ne me dit rien qui vaille.

— Mademoiselle Cohen, asseyez-vous, je vous en prie, dit M. Murphy.

Il s'installe en bout de table, face à Will.

Je choisis la chaise la plus proche.

— Je vous présente M. Cruz, le père de Javier, poursuit-il en désignant l'un des inconnus.

M. Cruz est assis face à moi. Il se lève légèrement et me tend la main par-dessus la table.

— Et voici l'agent Venturelli, dit-il en présentant l'autre homme.

Il imite son voisin et me serre la main.

— Je suis sûr que vous savez pourquoi nous vous avons convoquée. Nous avons été informés d'un incident impliquant M. Cooper en dehors de l'enceinte du lycée, dit-il.

Il s'interrompt pour me laisser le temps de le contredire. Je n'en fais rien.

— Nous apprécierions que vous nous donniez votre version des faits.

Je jette un coup d'œil à Will, qui hoche brièvement la tête pour m'indiquer qu'il veut que je raconte la vérité. Alors je m'exécute. Pendant dix minutes, j'explique en détail ce qui s'est passé hier soir. Tout sauf le poème de Will.

Quand j'ai terminé mon récit et qu'on m'a posé plusieurs questions, on m'autorise à quitter la pièce. Au moment où je m'apprête à sortir, M. Cruz me rappelle.

— Mademoiselle Cohen ?

Je fais volte-face.

— Je voulais juste vous dire que je suis désolé. Je m'excuse pour le comportement de mon fils.

— Merci, je réponds.

Je retourne en classe.

Une remplaçante assure le cours de Will. C'est une dame plus âgée que j'ai déjà vue dans les couloirs. Elle enseigne sûrement ici, elle aussi. Je m'assois en silence. Je ne pense à rien d'autre qu'à Will. Je me demande s'il va perdre son travail à cause de moi.

Quand la sonnerie retentit et que les élèves commencent à sortir, je me tourne vers Eddie.

— Qu'est-ce qui s'est passé ? me demande-t-elle.

Je lui raconte l'entretien. Je lui dis que je ne sais rien de plus. Après le cours, je m'attarde quelques minutes devant la porte, espérant que Will revienne, en vain. Pendant la quatrième heure, je prends conscience que je ne suis pas dans le bon état d'esprit pour apprendre quoi que ce soit. Je décide de m'octroyer le reste de la journée.

Quand je m'engage dans notre rue, j'aperçois la voiture de Will devant chez lui. J'arrête la Jeep près du trottoir. Je ne prends même pas le temps de la garer correctement. Je coupe le contact avant de me précipiter de l'autre côté de la rue. La porte s'ouvre avant que j'aie eu le temps de frapper. Will se tient là, avec sa veste et son sac en bandoulière.

— Qu'est-ce que tu fais ici ? me demande-t-il, surpris.

— J'ai vu ta voiture. Qu'est-ce qui s'est passé ?

Il ne m'invite pas à entrer. Au lieu de quoi, il sort et ferme la porte à clé derrière lui.

— J'ai démissionné. Ils ont mis fin à mon contrat.

Il continue d'avancer vers sa voiture.

— Mais il ne te reste que huit semaines de stage ! Et ce n'était même pas ta faute ! Ils ne peuvent pas faire ça.

Il secoue la tête.

— Tu te trompes, ça ne s'est pas passé comme ça. Je n'ai pas été viré. On a simplement pensé que ce serait mieux si je finissais mon stage dans une autre école, loin de Javier. J'ai rendez-vous avec mon maître de stage dans une demi-heure ; il faut que j'y aille.

Il ouvre la portière, retire sa veste et son sac et les jette sur le siège passager.

— Et ton travail, alors ? j'insiste en tenant la porte. (Je ne veux pas qu'il s'en aille comme ça.) Tu n'as plus de revenu, c'est ça ? Qu'est-ce que tu vas faire ?

Il ressort de la voiture en souriant et me prend par les épaules.

— Calme-toi, Layken. Je vais trouver une solution. Pour l'instant, il faut vraiment que j'y aille.

Après s'être installé à l'intérieur et avoir fermé la portière, il baisse la vitre.

— Si je ne rentre pas à temps, est-ce que Caulder pourra rester chez vous après l'école ?

— Bien sûr, je réponds.

— On part aux aurores demain matin pour aller chez mes grands-parents. Tu peux l'empêcher de manger trop de sucre ? Il faut qu'il dorme tôt, me dit-il en reculant lentement.

— Bien sûr.

— Layken ? Calme-toi.

— Bien sûr, je répète.

Et sans un mot de plus, il est parti.

18

Ferme la porte de la buanderie
Avance sur la pointe des pieds
N'enlève pas tes vêtements
J'ai pris tout ce que je pouvais porter
Apprends-moi à faire
L'amour que les gens disent que tu as fait.

THE AVETT BROTHERS, « Laundry Room »

Je passe le reste de l'après-midi à aider ma mère à faire le ménage. Ça m'occupe l'esprit. Elle ne m'a pas demandé une seule fois pourquoi j'étais rentrée plus tôt. Je suppose qu'elle me laisse me débrouiller avec ce genre de choses. Quand il est l'heure d'aller chercher Kel et Caulder, Will n'est toujours pas chez lui. Je ramène les deux garçons à la maison. Ils parlent encore de leurs costumes d'Halloween.

— Je sais ce que je veux être, annonce Kel à ma mère.

Elle est en train de plier des vêtements dans le salon. Elle pose une serviette sur le dossier du canapé avant de se tourner vers Kel.

— Quoi donc, mon cœur ?

Il lui sourit.

— Ton cancer du poumon, répond-il.

Elle a tellement l'habitude des bizarreries qui franchissent les lèvres de mon frère qu'elle ne s'en étonne même pas.

— Ah oui ? Ils vendent ce genre de costume chez Walmart ?

— Je ne crois pas, dit-il en prenant à boire dans le frigo. Tu peux peut-être le fabriquer. J'ai envie d'être un poumon.

— Hé ! s'exclame Caulder. Je peux être le deuxième ?

Ma mère attrape un papier et un stylo sur le bar en riant. Elle s'assoit.

— On ferait mieux de trouver un moyen de coudre une paire de poumons cancéreux, alors.

Kel et Caulder s'approchent d'elle en débitant des tas d'idées à la seconde.

— Maman, j'interviens d'une voix calme. Il en est hors de question.

Elle relève les yeux de son dessin en souriant.

— Lake, si mon petit garçon veut un déguisement de poumon cancéreux pour Halloween, je ferai en sorte qu'il soit le plus beau poumon cancéreux du monde.

Exaspérée, je les rejoins au bar et note le matériel qu'il va nous falloir.

Lorsqu'on rentre du magasin avec le tissu et les accessoires nécessaires à la confection des costumes, Will se gare aussi devant chez lui.

— Will ! crie Caulder en traversant la rue au pas de course. (Il prend son frère par la main et le tire vers nous.) Attends de voir ça !

Will aide ma mère avec les cartons et ensemble, nous entrons tous à l'intérieur.

— Devine comment on va se déguiser ? Pour Halloween ?

Excité comme une puce, Caulder montre du doigt le matériel posé par terre dans la cuisine.

— Euh...

— En cancer de Julia ! s'exclame-t-il.

Will hausse un sourcil et regarde ma mère qui revient à peine de sa chambre avec sa machine à coudre sous le bras.

— On ne vit qu'une fois, pas vrai ?

Elle pose la machine sur le bar.

— On aura le droit de fabriquer les tumeurs nous-mêmes, dit Kel. Tu veux en faire une ? Je te laisserai faire la plus grosse.

— Euh...

— Kel, je l'interromps. Will et Caulder ne pourront pas nous aider. Ils ne seront pas là du week-end.

Après avoir apporté deux sacs jusqu'au bar, j'entreprends de les vider.

— En fait..., rétorque Will en saisissant les autres sacs. C'était avant que je sache qu'on allait fabriquer un cancer du poumon. On va devoir reporter notre petit voyage.

Caulder court vers lui pour le prendre dans ses bras.

— Merci, Will. Ils auront besoin de prendre mes mesures au fur et à mesure, de toute façon. J'ai beaucoup grandi.

Et pour la troisième fois en une semaine, nous formons de nouveau une grande et belle famille.

*

* *

Le modèle est presque prêt. Il ne manque plus que les mesures pour le patron.

— Où est ton mètre ? je demande à ma mère.

— Aucune idée, répond-elle. Je ne sais même pas si j'en ai un.

— Will en a un ; on peut utiliser le sien, dis-je. Will, ça ne te dérange pas d'aller le chercher ?

— J'ai un mètre chez moi ? me demande-t-il.

— Oui, dans ton nécessaire à couture.

— J'ai un nécessaire à couture ?

— Dans ta buanderie.

Je n'arrive pas à croire qu'il ne le sache pas. J'ai nettoyé sa maison une seule fois, et je sais où se trouvent les choses mieux que lui ?

— Il est à côté de la machine à coudre sur l'étagère derrière les patrons de ta mère. Je les ai rangés par ordre alphabétique en fonction des nu… Aucune importance, je me reprends en me levant. Je vais te montrer.

— Tu as rangé ses patrons par ordre alphabétique ? coupe ma mère, perplexe.

Je me retourne sur le chemin qui mène à la porte.

— J'avais eu une mauvaise journée.

Pendant qu'on traverse la rue, je saisis l'occasion pour l'interroger sur son rendez-vous. Je n'ai pas voulu lui poser la question devant Caulder parce que j'ignore s'il l'a mis au courant.

— On m'a donné une tape sur la main, répond-il en entrant chez lui. Comme j'ai défendu un autre élève, ils ne peuvent pas m'en vouloir.

— Tant mieux. Et ton stage, alors ? dis-je en traversant la cuisine pour atteindre la buanderie.

Je sors le nécessaire à couture et reviens vers lui.

— C'est là que ça se complique. Les seules places libres à Ypsilanti sont en primaire. Mais moi, ma spécialité, c'est le secondaire. On m'a donc proposé une école de Detroit.

J'arrête ce que je fais pour le dévisager.

— Qu'est-ce que ça veut dire ? Vous allez déménager ?

En voyant mon inquiétude, il éclate de rire.

— Non, Lake. On ne va pas déménager pour une histoire de huit semaines. Je vais juste faire beaucoup de route. J'allais vous en parler, à ta mère et toi. Je ne pourrai pas emmener les garçons à l'école ni aller les chercher. Je ne serai pas beaucoup chez moi, en fait. Je sais que ce n'est pas le bon moment pour vous demander de l'aide, mais…

— Ne dis pas n'importe quoi.

Une fois que j'ai trouvé le mètre, je replace tous les objets à l'intérieur de la boîte.

— Tu sais très bien qu'on va t'aider.

Will me suit lorsque je retourne dans la buanderie pour ranger le nécessaire à couture à côté de la machine. Mes doigts effleurent les patrons parfaitement rangés par ordre alphabétique. Le ménage et le classement que j'ai faits le week-end précédent me reviennent alors en mémoire. Je n'étais vraiment pas moi-même à ce moment-là. Je secoue la tête avant d'éteindre la lumière. Comme je ne regarde pas où je vais, je me cogne à Will. Il est dans l'encadrement de la porte, la tête contre le mur, et il m'observe. Il fait sombre, mais son visage est légèrement éclairé par la lumière de la cuisine derrière lui.

Une sensation de chaleur m'envahit. Pourtant, j'essaie de ne pas me faire de faux espoirs. Il me regarde de nouveau de cette manière bien particulière.

— Hier soir, murmure-t-il, quand j'ai vu Javi t'embrasser… (Sa voix se meurt et il reste silencieux un instant.) J'ai cru que tu lui rendais son baiser.

J'ai du mal à me concentrer quand il est aussi proche, mais je fais de mon mieux pour comprendre où il veut en venir. S'il pensait que j'étais consentante, pourquoi est-ce qu'il s'en est pris à Javi ? Pourquoi est-ce qu'il l'a frappé ? Soudain, tout devient clair. Will ne m'a pas défendue, hier soir. Il était jaloux.

— Oh.

Je ne peux rien dire d'autre.

— J'ai appris toute l'histoire seulement ce matin, quand tu as donné ta version des faits, poursuit-il sans me laisser passer.

Je reste dans le noir. Il se passe la main dans les cheveux en soupirant.

— Mon Dieu, Lake. Si tu savais à quel point j'étais en colère ! Je voulais lui faire mal. Et maintenant, maintenant que je sais qu'il t'a fait souffrir, j'ai envie de le tuer.

Il se détourne et s'adosse au chambranle.

Je repense à la nuit dernière et aux émotions que Will a dû ressentir. Déclamer son amour pour moi sur scène, puis me trouver dans les bras d'un autre ? Pas étonnant qu'il ait été aussi énervé sur le trajet du retour !

Il me bloque le passage. Ce n'est pas comme si j'avais l'intention de m'échapper. Je suis complètement crispée parce que je ne sais pas ce qu'il va faire ou dire. J'inspire profondément pour me calmer. Ma respiration s'est tellement emballée que mes poumons recommencent à me faire mal, ainsi que le bleu dans mon dos.

— Comment tu as su…, je bafouille. Comment tu as su que j'étais là ?

Il tourne la tête vers moi et pose les mains de chaque côté de la porte. Sa posture a quelque chose d'intimidant… d'agréablement intimidant.

— Je t'ai vue. Quand j'ai terminé mon poème. Je t'ai vue partir.

Les jambes flageolantes, je m'appuie contre le sèche-linge pour garder l'équilibre. Il sait que je l'ai vu sur scène ? Pourquoi est-ce qu'il me l'a dit ? J'essaie de ne pas m'emballer, mais comme il n'est plus mon prof, peut-être qu'on peut enfin être ensemble. Peut-être que c'est ce qu'il essaie de me faire comprendre.

— Will, ça veut dire…

Il franchit la distance qui nous sépare. Ses doigts caressent ma joue tandis qu'il me dévisage. Je pose les mains sur son torse et il m'entoure de ses bras pour me serrer contre lui. J'essaie de reculer pour poser ma question, mais il me retient contre le sèche-linge.

Quand je tente d'ouvrir la bouche, ses lèvres se posent sur les miennes, me réduisant au silence. J'arrête aussitôt de résister et le laisse m'embrasser. Bien sûr que je le laisse m'embrasser. Je me ramollis dans ses bras. Mes mains tombent sur mes flancs et je lâche le mètre.

M'attrapant par la taille, il me soulève et m'installe sur le sèche-linge. Nos visages sont au même niveau. Il m'embrasse comme s'il essayait de rattraper le temps perdu pendant un mois. Je ne sais plus où commencent mes mains et où terminent les siennes pendant qu'on se touche avec frénésie. J'enroule mes jambes autour de sa taille et pose mes lèvres contre son cou pour reprendre mon souffle.

Mes sentiments pour lui me sont revenus d'un coup. Les larmes aux yeux, je me rends compte à quel point je l'aime. Mon Dieu. Je l'aime vraiment. Je suis amoureuse de Will Cooper.

Je n'essaie plus de contrôler ma respiration. C'est inutile.

— Will, je murmure. (Il continue d'explorer mon cou avec ses lèvres.) Est-ce que ça veut dire... qu'on n'est plus... obligés de se cacher ? (Je respire tellement fort que j'ai du mal à prononcer une phrase cohérente.) Est-ce qu'on... peut être ensemble ? Puisque tu n'es... plus mon prof ?

Ses mains se font plus douces contre mon dos, et il referme lentement les lèvres contre mon cou avant de reculer. Quand j'essaie de le ramener à moi, il résiste. Il m'attrape les mollets pour dénouer mes jambes de sa taille, puis il recule et s'adosse au mur en évitant de me regarder dans les yeux.

Agrippant les bords du sèche-linge, je me laisse tomber d'un coup.

— Will ? je demande en avançant vers lui.

La lumière de la cuisine projette une ombre sur son visage, mais je vois très bien sa mâchoire. Elle est contractée. Les yeux emplis de honte, il m'adresse un regard d'excuse.

— Will ? Parle-moi. Est-ce que les règles s'appliquent toujours ?

Il n'a pas besoin de me répondre. Son comportement le fait pour lui.

— Lake, reprend-il calmement. J'ai eu un instant de faiblesse. Je suis désolé.

Je le repousse violemment.

— Un instant de faiblesse ? Tu appelles ça comme ça ? Un instant de faiblesse ? je crie. Qu'est-ce que tu comptais faire, Will ? Quand est-ce que tu allais me virer, cette fois ?

Je me retourne, sors de la buanderie puis de la cuisine.

— Lake, attends. Je suis désolé. Je suis vraiment désolé. Ça n'arrivera plus. Je te le promets.

Je m'arrête et me tourne vers lui.

— Tu ne crois pas si bien dire ! J'avais fini par me faire une raison, Will ! Après un mois de torture, j'avais réussi à pouvoir être dans la même pièce que toi sans problème. Et il a fallu que tu fasses ça ! Je n'en peux plus ! (Je pleure.) Tu monopolises mes pensées quand tu n'es pas là. Je n'ai plus le temps pour tout ça. J'ai des problèmes beaucoup plus importants que tes petits instants de faiblesse.

Je traverse le salon, ouvre la porte, puis m'interromps.

— Apporte-moi le mètre, lui dis-je d'une voix calme.

— Pa… Pardon ? me demande-t-il.

— Il est par terre, putain ! Apporte-moi le mètre !

Le bruit de ses pas se fait de plus en plus faible à mesure qu'il avance dans la buanderie. Il retrouve le mètre et me l'apporte. Quand il me le tend, il en profite pour me prendre la main en me regardant intensément dans les yeux.

— Ne me donne pas le mauvais rôle, Lake. Je t'en prie.

Je retire mes doigts des siens.

— En tout cas, tu n'es plus un martyr.

Je me retourne et m'éloigne en claquant la porte derrière moi. Je traverse la rue sans regarder s'il est toujours là. Je m'en moque.

Devant ma porte, je prends un instant pour essuyer mes larmes. J'entre alors chez moi, dans ce qui est devenu mon foyer, avec un grand sourire pour aider ma mère à fabriquer ses derniers costumes d'Halloween.

19

N'est-ce pas le cas de tout le monde ?
Je ne suis pas très différent
On adore parler de choses
Dont on ne sait rien.

THE AVETT BROTHERS, « Ten Thousand Words »

Finalement, Will et Caulder sont quand même partis. Ma mère et moi, on a passé le week-end à apporter les dernières finitions aux costumes. Je lui ai parlé du nouvel emploi du temps de Will et du fait qu'on va devoir l'aider davantage. Même si je suis en colère, je ne veux pas que Kel et Caulder en souffrent. Le dimanche soir, je ne me rends même pas compte que Will est rentré. Je m'en moque.

*
* *

— Kel, appelle Caulder. Il peut venir enfiler son costume, dis-je en tirant mon frère du lit. Will doit partir tôt, de toute façon. Caulder peut se préparer ici.

C'est Halloween. Le jour des poumons cancéreux. Kel se précipite dans la cuisine et attrape le téléphone.

Je prends une douche, finis de me préparer, puis réveille ma mère pour qu'elle puisse voir le résultat. Quand elle est habillée, Kel et Caulder lui demandent de fermer les yeux. Je la guide dans le salon et la place devant les deux garçons.

— Attends ! s'exclame Caulder. Et Will ? Il faut qu'il nous voie, lui aussi.

Je ramène ma mère dans le couloir, puis enfile mes bottes à toute vitesse avant de sortir. Will a déjà démarré sa voiture. Je lui fais signe de s'arrêter. À son expression, je comprends qu'il espère que je lui ai pardonné. Je brise aussitôt tous ses espoirs.

— Je pense toujours que tu es un connard, mais ton frère veut que tu voies son costume. Alors viens chez nous une seconde.

Je retourne à la maison.

Lorsque Will entre à son tour, je les positionne, lui et ma mère, devant les garçons et leur demande d'ouvrir les yeux.

Kel est le poumon droit, Caulder le gauche. Le tissu rembourré a été cousu de façon à laisser sortir les bras et la tête par de petits trous. Le bas est complètement ouvert sur leurs jambes. On a utilisé de la teinture à différents endroits pour représenter les parties nécrosées. De plus grosses protubérances parsèment le tout çà et là. Ce sont les tumeurs. Ma mère et Will restent un long moment silencieux avant de réagir.

— C'est dégoûtant, dit Will.

— Écœurant, ajoute ma mère.

— Affreux, je confirme.

Les garçons se tapent dans les mains. Ou plutôt, les poumons se tapent dans les mains. Après avoir pris des photos, je les fais monter dans ma Jeep et je dépose les poumons à l'école.

La deuxième heure de cours vient à peine de commencer quand mon téléphone se met à vibrer. Je le sors de ma poche pour regarder le numéro. C'est Will. Will ne m'appelle jamais. Je suppose qu'il veut s'excuser, je replace donc soigneusement mon portable dans ma veste. Il recommence à sonner. Je me tourne vers Eddie.

— Will n'arrête pas de m'appeler. Je réponds ou pas ? je demande.

Je ne sais pas pourquoi je lui pose la question. Qui sait ? Elle aura peut-être un très bon conseil à me donner.

— Je ne sais pas, répond-elle.

Peut-être pas.

Au bout de la troisième fois, j'appuie sur le bouton vert et plaque le téléphone contre mon oreille.

— Allô ? je murmure.

— Layken, c'est moi. Écoute, il faut que tu ailles à l'école primaire. Il y a eu un incident. Je n'arrive pas à joindre ta mère. Je suis à Detroit. Je ne peux pas y aller moi-même.

— Quoi ? Avec qui ? je chuchote.

— Les deux, je crois. Ils ne sont pas blessés. Il faut juste que quelqu'un aille les chercher. Dépêche-toi ! Et rappelle-moi après.

Je m'excuse et m'éclipse discrètement de la classe. Eddie me suit.

— Qu'est-ce qui se passe ? me demande-t-elle dans le couloir.

— Je ne sais pas. C'est Kel et Caulder, lui dis-je.
— Je viens avec toi.

Une fois devant l'école, je me précipite à l'intérieur. Je n'arrive plus à respirer et je suis au bord de l'hystérie quand on arrive dans le bureau de la directrice. Kel et Caulder sont assis dans l'entrée.

J'ai l'impression que mes jambes ne vont pas assez vite tandis que je me jette sur eux pour les prendre dans mes bras.

— Vous allez bien ? Qu'est-ce qui s'est passé ?

Ils haussent les épaules.

— Aucune idée, répond Kel. Ils nous ont dit d'attendre nos parents ici, c'est tout.

— Mademoiselle Cohen ? dit quelqu'un derrière moi.

Lorsque je me retourne, je me retrouve nez à nez avec une grande rousse élancée. Elle porte une jupe crayon noire qui lui arrive aux genoux et une chemise blanche rentrée à l'intérieur. En l'observant, je ne peux m'empêcher d'espérer qu'elle n'est pas aussi coincée que son apparence le porte à croire. Elle nous fait signe d'entrer dans son bureau. Je la suis avec Eddie.

Après s'être assise, elle désigne deux chaises libres pour nous. On s'installe à notre tour.

— Je suis Mme Brill, la directrice de l'école primaire Chapman.

Son ton tranchant et son attitude hautaine ne me plaisent pas du tout. Je n'apprécie pas cette femme.

— Est-ce que les parents de Caulder vont nous rejoindre ? demande-t-elle.

— Les parents de Caulder sont morts, je réponds.

Elle hoquette de surprise avant de se redresser pour cacher sa réaction.

— Oui, c'est vrai. Je suis désolée, s'excuse-t-elle. C'est son frère, c'est ça ? Il vit avec son frère ?

Je hoche la tête.

— Il est à Detroit. Il ne peut pas se déplacer. Je suis la sœur de Kel. Quel est le problème ?

Elle éclate de rire.

— N'est-ce pas évident ?

Elle fait un geste de la main pour désigner les garçons derrière la vitre qui nous sépare.

Je les regarde. Ils jouent à « pierre feuille ciseaux » en riant. Je sais qu'elle veut parler des costumes, mais comme elle a complètement perdu mon respect, je décide de jouer les idiotes.

— Le jeu « pierre feuille ciseaux » est interdit par le règlement ? je demande.

Eddie rit.

— Mademoiselle Cohen, reprend Mme Brill. Ils sont déguisés en poumons cancéreux !

Elle secoue la tête d'un air incrédule.

— Ah ! Je croyais que c'étaient des haricots pourris ! s'exclame Eddie.

On en rigole ensemble.

— Je ne trouve pas ça drôle, reprend la directrice. Ils perturbent les autres élèves. Ce sont des déguisements offensants et vulgaires ! Dégoûtants, qui plus est. J'ignore qui a pensé que ce serait une bonne idée, mais vous devez les ramener chez vous afin qu'ils changent de vêtements.

Je reporte mon attention sur elle. Me penchant en avant, je pose les bras sur son bureau.

— Madame la directrice, dis-je d'une voix calme. Ces costumes ont été fabriqués par ma mère. Ma mère qui souffre d'un cancer à petites cellules de stade quatre. Ma mère qui ne verra plus jamais son petit garçon fêter Halloween. Ma mère qui vivra sans aucun doute les dernières expériences de sa vie cette année. Son dernier Noël. Son dernier anniversaire. Sa dernière fête de Pâques. Et si Dieu le veut, sa dernière fête des mères. Ma mère qui, quand son fils de neuf ans lui a demandé s'il pouvait être son cancer du poumon pour Halloween, n'a eu d'autre choix que de lui confectionner le plus beau costume de poumon cancéreux qui soit. Alors, si vous le trouvez offensant, je vous propose d'aller chez nous pour le dire en face à ma mère. Voulez-vous mon adresse ?

La directrice me regarde, bouche bée, puis secoue la tête. Elle ne tient pas en place sur sa chaise, mais elle ne répond pas. Quand je me lève, Eddie me suit jusqu'à la porte. Avant de sortir, je me retourne et fais marche arrière.

— Une dernière chose. Le concours de costumes ? J'espère que les juges seront impartiaux.

Eddie éclate de rire et je referme la porte derrière nous.

— Qu'est-ce qui se passe ? demande Kel.

— Rien, je réponds. Vous pouvez retourner en cours. Elle voulait juste savoir où on avait acheté tout le matériel. Elle veut se déguiser en hémorroïde, l'année prochaine.

Pendant que les garçons regagnent leur classe, Eddie et moi avons du mal à nous retenir de rire. Dès que nous passons la porte, nous explosons. On rit tellement qu'on finit par en pleurer.

De retour à la voiture, je me rends compte que j'ai six appels en absence de ma mère et deux de Will. Je les rappelle pour leur assurer, sans lésiner sur les détails, que la situation est sous contrôle.

Plus tard, dans l'après-midi, quand je vais chercher les garçons, ils s'approchent de la voiture en courant.

— On a gagné ! crie Caulder en montant à l'arrière. On a gagné tous les deux ! Cinquante dollars chacun !

20

Ça fait pas mal de temps que je reste
enfermé chez moi
À lire, à écrire, à lire, à réfléchir
À chercher des raisons, à regarder passer
les saisons
Automne, printemps, été, la neige
L'enregistrement s'arrête, puis reprend
Des verrous condamnent les fenêtres,
Le chien entre, le chien sort
Le café me réveille, l'alcool m'endort
M'inquiétant sans arrêt pour ce que je possède
Distrait par le travail, mais je ne peux rien y faire
Ma confiance en moi remonte, puis redescend
Je sombre tout au fond, puis regagne la surface
Et en y réfléchissant, ça m'arrive souvent
Le monde au-dehors continue il continue il
continue il continue.

THE AVETT BROTHERS, « Talk On Indolence »

Les semaines suivantes passent à une vitesse folle. Eddie garde les garçons quand Will rentre tard et que je dois emmener ma mère aux séances de chimio. Will part le matin à 6 h 30 et ne revient pas avant 17 h 30. On ne se voit pas. J'y veille particulièrement. Pour discuter de Kel et Caulder, on s'envoie des messages ou on s'appelle. Ma mère n'arrête pas de me poser des questions. Elle veut savoir pourquoi il ne vient plus à la maison. Alors, je lui mens en lui disant que son stage lui prend tout son temps libre.

En deux mois, il n'est passé nous voir qu'une fois. C'est la seule occasion où on a été obligés de se parler depuis l'incident de la buanderie. Il est venu m'annoncer qu'on lui avait proposé un poste dans un collège à partir de janvier, autrement dit, dans deux semaines.

Je suis contente pour lui, mais c'est un sentiment doux-amer. Je sais ce que représente ce travail pour Caulder et lui mais, au fond de moi, j'attendais la fin de son stage avec impatience. Et maintenant qu'elle arrive enfin, il signe encore un nouveau contrat. Ça rend les choses plus concrètes. Ça signifie que c'est vraiment fini.

Notre propriété au Texas a été mise en vente. Ma mère a réussi à mettre cent quatre-vingt mille dollars de l'assurance vie de mon père de côté. Cette maison n'est pas encore payée, mais on recevra bientôt un chèque de la vente. Ma mère et moi passons le mois de novembre penchées sur nos finances. On met de côté suffisamment d'argent pour nos études, et elle ouvre un compte épargne pour Kel. Elle paie ensuite toutes les dettes des cartes de crédit à son nom et me fait promettre de ne jamais en souscrire moi-même. Elle me menace même de revenir me hanter si je ne lui obéis pas.

On est jeudi aujourd'hui. C'est le dernier jour d'école, même pour Will. Comme tout le monde finit plus tôt, je ramène Caulder avec nous. En général, il dort à la maison quand son grand frère va à la soirée slam.

Je ne suis pas retournée au Club N9NE depuis que Will a lu son poème sur moi. Je comprends maintenant ce que Javi voulait dire à propos de la souffrance que l'on ne veut pas revivre. C'est pour ça que je n'y vais pas. Je l'ai suffisamment ressassée.

Après avoir fait manger les garçons, je les envoie dans leur chambre, puis me rends dans celle de ma mère, comme chaque soir, pour notre discussion quotidienne.

— Ferme la porte. C'est pour Kel, murmure-t-elle.

Elle est en train d'emballer des cadeaux de Noël. Je referme le battant derrière moi et m'assieds sur le lit pour l'aider.

— Qu'est-ce que tu as prévu pour les vacances ? me demande-t-elle.

Elle a perdu tous ses cheveux. Elle préfère ne pas porter de perruque parce qu'elle dit qu'elle aurait l'impression d'avoir un furet endormi sur la tête. Malgré tout, elle est toujours aussi belle.

Je hausse les épaules.

— Rester ici avec vous, je suppose.

Elle fronce les sourcils.

— Tu viens à la remise de diplôme de Will demain ?

Il nous a envoyé une invitation il y a deux semaines. Je pense que chaque étudiant a le droit d'inviter un certain nombre de personnes. À part nous, il a aussi demandé à ses grands-parents de se déplacer.

— Je ne sais pas ; je ne suis pas encore décidée, lui dis-je.

Elle ferme une boîte avec un ruban puis la pose sur le côté.

— Tu devrais. Ce qui s'est passé entre vous importe peu. N'oublie pas qu'il a été présent quand on a eu besoin de lui, Lake.

Je n'ai pas envie de lui avouer que je ne veux pas y aller parce que je ne sais plus comment me comporter en sa présence. Ce soir-là, dans la buanderie, quand j'ai cru qu'on pouvait enfin être ensemble, c'était la première fois que je ressentais une telle joie. C'était le sentiment le plus incroyable que j'aie jamais connu. J'étais enfin libre de l'aimer. Mais je me trompais. La souffrance qui a suivi cet instant de pur bonheur est quelque chose que je ne veux plus jamais revivre. J'en ai marre d'être toujours en deuil.

Ma mère pousse le papier cadeau de ses genoux et me prend dans ses bras. Je ne croyais pas être aussi transparente.

— Je suis désolée. Je crois que j'ai été de très mauvais conseil, dit-elle.

Je recule en riant.

— Ce n'est pas possible, Maman. Tes conseils ne sont jamais mauvais.

J'attrape une boîte par terre et une feuille de papier pour la recouvrir.

— Pourtant, c'est le cas, cette fois. Toute ta vie, je t'ai dit de penser avec ta tête et pas avec ton cœur, poursuit-elle.

Je remonte les bords avec soin, puis attrape le rouleau de Scotch.

— Ce n'est pas un bon conseil, Maman. C'est un excellent conseil. C'est grâce à ça que j'ai survécu à ces derniers mois.

Je déchire un morceau de rouleau adhésif pour refermer le tout.

Ma mère attrape le paquet avant que j'aie terminé et le pose à côté d'elle. Elle saisit mes mains et me force à me tourner vers elle.

— Je suis sérieuse, Lake. Tu penses tellement avec ta tête que tu oublies complètement ce que te dit ton cœur. Il faut que tu trouves un équilibre. En vous laissant dépasser ainsi par les événements, vous risquez tous les deux de passer à côté du bonheur.

Perplexe, je secoue la tête.

— Je ne me laisse pas dépasser, Maman.

Elle me secoue les mains, comme si je ne comprenais pas ce qu'elle me disait.

— Si, Lake. Par ma maladie. Il faut que tu arrêtes de t'inquiéter autant à mon sujet. Vis ta vie. Je ne suis pas encore morte, tu sais ?

La tête baissée, je réfléchis à ses paroles. Je me suis concentrée sur elle, ces derniers temps, c'est vrai. Mais elle en a besoin. On en a besoin toutes les deux. Il ne lui reste pas beaucoup de temps et, en attendant, je veux partager chaque minute qu'il lui reste.

— Maman, tu as besoin de moi. Tu as besoin de moi plus que je n'ai besoin de Will. De toute façon, il a déjà fait son choix.

Elle détourne les yeux et me lâche les mains.

— Non, Lake. Il a pris la décision qui, à ses yeux, était la meilleure. Mais il avait tort. Et toi aussi.

Je sais qu'elle veut me voir heureuse. Je n'ai pas le cœur à lui dire que tout est fini entre nous. Il a fait son choix ce soir-là dans la buanderie quand il ne m'a pas retenue. Il a ses priorités. Et pour le moment, je n'en fais pas partie.

Elle reprend le paquet qu'elle avait mis de côté et termine de l'emballer.

— Tu te rappelles quand je t'ai annoncé que j'avais un cancer et que tu t'es précipitée chez Will ? (Sa voix s'adoucit. Elle évite mon regard en se raclant la gorge.) Il faut que tu saches ce qu'il m'a dit… à la porte.

Je me souviens de la conversation dont elle parle. Je n'avais pas réussi à l'entendre.

— Quand il a ouvert la porte, je lui ai dit qu'il fallait que tu rentres à la maison, qu'on devait en parler. Il m'a lancé un regard très triste. Il m'a dit : « Laissez-la rester ici, Julia. C'est de moi qu'elle a besoin. »

» Tu m'as brisé le cœur, Lake. Ça m'a bouleversée de savoir qu'il t'était plus nécessaire que moi. Dès que les mots ont franchi ses lèvres, je me suis rendu compte que tu avais grandi… que ta vie ne se limitait plus à moi. Will a tout de suite compris. Il a vu que ses paroles m'avaient blessée. Quand je me suis retournée pour rentrer à la maison, il m'a suivie et il m'a prise dans ses bras. Il m'a dit qu'il ne comptait pas te voler à moi. Il m'a dit qu'il allait renoncer à toi… pour que tu puisses te concentrer sur moi et sur le temps qu'il me restait.

Elle pose le cadeau empaqueté sur le lit, puis s'approche de moi pour prendre de nouveau mes mains dans les siennes.

— Il ne t'a pas oubliée, Lake. Il n'a pas préféré son boulot à toi… Il nous a fait passer toutes les deux en premier. Il voulait que tu aies plus de temps avec moi.

Je prends une grande inspiration tandis que les mots de ma mère résonnent en moi. Est-ce qu'elle dit la vérité ? Est-ce que Will m'aime assez pour renoncer ainsi à moi ?

— Maman ? (Ma voix n'est qu'un murmure.) Et si tu te trompes ?

— Et si je ne me trompe pas ? Il faut toujours tout remettre en question, Lake. Peut-être qu'il voudrait te préférer à tout le reste... mais tu ne le sauras jamais si tu ne lui dis pas ce que tu ressens. Tu l'as complètement écarté de ta vie. Tu ne lui as pas laissé l'occasion de te choisir.

Elle a raison. Je me suis refermée depuis cette soirée-là, dans la buanderie.

— Il est 19 h 30, Lake. Tu sais où il est. Va lui dire ce que tu ressens.

Je suis incapable de bouger. J'ai les jambes en coton.

— Dépêche-toi ! me dit-elle en riant.

Sautant du lit, je me précipite dans ma chambre. Mes mains tremblent et mes pensées se mélangent pendant que je change de pantalon. J'enfile le chemisier violet que j'ai porté à notre premier rendez-vous. Puis, je vais dans la salle de bains jeter un coup d'œil à mon reflet.

Il manque quelque chose. Je retourne dans ma chambre en courant, soulève l'oreiller et en sors ma barrette violette. Je retire la mèche de cheveux de ma mère et la place dans ma boîte à bijoux. Je me rends alors une dernière fois dans la salle de bains pour me coiffer et placer la barrette dans mes cheveux.

21

Ne dis pas que c'est fini
C'est la pire chose que je pourrais entendre,
Je jure que je ferai de mon mieux pour être présent
De la façon dont tu le souhaites
Même s'ils sont difficiles à cacher
Je mettrai mes sentiments de côté
Je modifierai mes plans et
Je changerai pour toi.

THE AVETT BROTHERS, « If It's The Beaches »

Quand je pénètre dans le club, je ne m'arrête pas pour le chercher du regard. Je sais qu'il est là. Je ne prends pas non plus le temps de remettre en question ma décision. Je me contente de marcher vers l'avant de la pièce avec une confiance que je ne ressens pas vraiment. Au moment où je monte sur scène, le présentateur est en train d'annoncer les scores des participants précédents. Il m'adresse un regard effaré tandis que je lui prends le micro des mains et que je me tourne vers le public. La lumière des projecteurs est si vive que je ne vois aucun visage. Je ne vois pas Will.

— J'aimerais réciter un poème que j'ai écrit, dis-je à la salle.

Ma voix est calme, pourtant, mon cœur est sur le point d'exploser. Je ne peux plus reculer. Je dois aller jusqu'au bout.

— Je sais que ce n'est pas le protocole standard, mais c'est une urgence, je continue.

Un éclat de rire parcourt l'auditoire. Ce puissant grondement me fige littéralement sur place. Je repense à ce que je suis sur le point de faire. Comme je commence à me remettre en question, je me tourne vers l'animateur, qui me donne son autorisation.

Je replace le micro sur son pied et le baisse à ma hauteur. Les yeux fermés, je prends une grande inspiration avant de me lancer.

— Trois dollars ! crie quelqu'un dans le public.

J'ouvre les yeux en me rappelant que je n'ai pas payé mon droit au slam. Je fouille frénétiquement mes poches, en sors un billet de cinq dollars et le tends au présentateur.

Je retourne alors au micro et ferme de nouveau les paupières.

— Mon poème s'appelle...

On me tape sur l'épaule. Je rouvre les yeux. Le présentateur me tend deux billets d'un dollar.

— Ta monnaie, dit-il.

Je l'accepte et la range dans ma poche. Il ne bouge pas.

— Va-t'en, je siffle entre mes dents.

Il bafouille avant de quitter la scène.

Je me retourne une dernière fois vers le micro et commence à parler.

— Mon poème s'appelle « Ce que j'ai appris », dis-je dans le micro.

Ma voix tremble. Je respire profondément. J'espère simplement me souvenir de tout. J'ai réécrit quelques phrases pendant le trajet jusqu'ici. Je prends une dernière inspiration avant de me lancer :

J'ai beaucoup **appris** cette année.
De **tout le monde**.
De mon petit frère…
Des *Avett* Brothers…
De ma **mère**, de ma **meilleure amie**,
de mon **professeur**, de mon **père**,
Et
D'un
Garçon.
Un garçon dont je suis **sérieusement, profondément, follement, incroyablement et indéniablement amoureuse**.
J'ai vraiment **beaucoup appris** cette année.
D'un enfant de **neuf** ans.
Il m'a appris que parfois on **pouvait** vivre sa **vie à l'envers**
Et **rire** de choses qui ne donnent pas **envie** de rire.
J'ai beaucoup **appris** cette année
D'un **groupe** de musique !
Ils m'ont aidée à réveiller mes **sentiments**.
Ils m'ont appris à **décider** ce que je voulais **être** et à **foncer**.
J'ai beaucoup **appris** cette année.
D'une malade du **cancer**.
Elle m'a appris **tant** de choses. Et elle **continuera**.
Elle m'a appris à me poser des **questions**.
À ne **jamais** rien regretter.
Elle m'a appris à **repousser** mes limites,

Parce qu'elles sont **là** pour **ça**.
Elle m'a dit de trouver un **équilibre** entre ma **tête**
et mon **cœur**
Puis,
Elle m'a montré **comment faire**…
J'ai beaucoup **appris** cette année
D'une fille placée en **famille d'accueil**.
Elle m'a appris à **respecter** les cartes
qu'on m'avait **distribuées**
À m'estimer **heureuse** d'en avoir seulement en **main.**
Elle m'a appris que la **famille**
N'a pas forcément le même **sang**.
Parfois, vos **amis**
Sont votre **famille**.
J'ai beaucoup **appris** cette année
De mon **professeur.**
Il m'a appris
Que les **notes** ne sont pas le plus **important**
L'**important**, c'est la **poésie**…
J'ai beaucoup **appris** cette année
De mon **père**.
Il m'a appris que les **héros** ne sont pas toujours
invincibles
Et que la **magie**
Est **en** moi.
J'ai beaucoup appris cette année
D'un
Garçon.
Un garçon dont je suis **sérieusement, profondément,**
follement, incroyablement et indéniablement
amoureuse.
Et il m'a appris la chose la plus importante de **toutes** :
Mettre **l'accent**
Sur la **vie**.

Ce qu'on ressent devant un public, tous ces gens qui boivent vos paroles, qui tentent d'entrapercevoir votre âme… C'est enivrant. Je rends le micro à l'animateur et redescends de la scène en courant. Je regarde autour de moi, mais je ne le vois nulle part. Je jette un coup d'œil à la table où l'on s'est assis lors de notre premier rendez-vous. Elle est vide. Debout, au milieu de la salle, je me rends compte qu'il n'est même pas là. Je fais un tour sur moi-même pour examiner la pièce une deuxième fois. Puis une troisième. Il n'est pas là.

Le sentiment d'exaltation que j'ai ressenti sur scène… assise sur son sèche-linge… ou même à la table au fond de cette salle… s'est envolé. Je n'en peux plus. J'ai envie de fuir. J'ai besoin d'air. J'ai besoin de sentir l'air du Michigan sur mon visage.

J'ouvre la porte à la volée et pose un pied dehors lorsqu'une voix, amplifiée par les haut-parleurs m'arrête en plein mouvement.

— Si j'étais toi, je ne ferais pas ça, dit-elle.

Je la reconnais, ainsi que cette phrase. Je me retourne lentement pour faire face à la scène. Will se tient là, le micro entre les mains. Il me regarde droit dans les yeux.

— Tu ne devrais pas partir avant d'avoir reçu ta note, dit-il en désignant la table des juges.

Je suis son regard vers eux. Quatre d'entre eux m'observent intensément. Le cinquième siège est vide. Je hoquette de surprise en comprenant que le cinquième juge de la soirée n'est nul autre que Will.

La sensation de flottement m'envahit de nouveau. Je me dirige vers le centre de la pièce. Tout le monde se tait. Je regarde autour de moi. Tous les yeux sont braqués sur moi. Personne ne comprend ce qui est en train de se passer. Moi-même, j'ai du mal à suivre.

Will se tourne vers le présentateur à côté de lui.

— J'aimerais réciter un poème. C'est une urgence, dit-il.

Le présentateur recule en lui donnant son accord. Will se poste devant le public.

— Trois dollars ! crie quelqu'un dans la foule.

Will jette un coup d'œil en arrière vers l'animateur.

— Je n'ai pas de liquide, avoue-t-il.

Je sors aussitôt les deux dollars de ma poche, cours vers la scène et jette les billets aux pieds du présentateur. Il inspecte mon argent.

— Il manque toujours un dollar, dit-il.

Le silence est brisé par le frottement de plusieurs chaises contre le sol. Un léger brouhaha s'élève tandis que des gens avancent vers moi. Je suis encerclée. On me pousse de toute part. La foule s'épaissit. Quand elle se disperse enfin et que tout le monde retourne à sa place, le silence retombe. Je pose les yeux sur la scène. Des dizaines de dollars ont été déposés aux pieds du présentateur. Je suis du regard une pièce qui roule et tombe de la scène. Elle se met à tourner sur elle-même avant de s'arrêter devant moi.

Le présentateur contemple un instant tout cet argent.

— OK, dit-il. Je crois que ça suffira. Comment s'intitule ton poème, Will ?

Will porte le micro à ses lèvres et me sourit.

— Mieux que troisième, répond-il.

Je recule de quelques pas pendant qu'il commence.

J'ai rencontré une fille.
Une ***très belle*** fille.
Je suis tombé amoureux d'elle.
Fou amoureux.
Malheureusement, parfois, ***la vie*** nous barre le ***chemin***.
En tout cas, elle m'a barré ***le mien***.
Du début à la ***fin***.
La vie m'a ***bloqué*** la ***porte*** avec des planches de bois
de ***deux mètres par quatre,*** clouées ensemble, ***fixées***
à un mur de ***béton*** de quinze centimètres d'épaisseur
derrière une ***rangée*** de ***barreaux*** en acier ***boulonnés***
à un ***cadre en titane*** qui malgré mes ***assauts*** répétés…
Refusait
De
Bouger.
Parfois, ***la vie*** ne ***bouge*** pas.
Elle se contente de nous ***barrer le chemin***.
Elle a bloqué mes ***projets***, mes ***rêves***, mes ***désirs***,
mes ***vœux***, mes ***envies***, mes ***besoins***.
Elle a bloqué cette ***très belle*** fille
Dont je suis tombé ***fou*** amoureux.
La vie essaie de nous dicter ce qui est le ***mieux***
pour nous.
Ce qui devrait être ***important*** pour nous.
Ce qui devrait passer en ***premier***
En ***second***
En ***troisième***.
J'ai fait de ***mon mieux*** pour tout bien ***ranger***,
par ordre ***alphabétique***, par ordre ***chronologique***,
que tout soit à la ***place idéale***, à ***l'endroit idéal***.
J'ai cru que c'était ce que la vie ***voulait*** que je fasse.
Mais c'était ce que la vie ***avait besoin*** que je fasse.
Pas vrai ?
Ne pas sortir des ***sentiers battus*** ?
Parfois, la vie nous barre le ***chemin***.

Du début à la ***fin***.
Mais elle ne nous barre pas le chemin parce
qu'elle veut qu'on ***baisse les bras*** et qu'on lui laisse
prendre le contrôle. La vie nous barre le chemin
parce qu'elle veut qu'on ***l'emmène avec nous***.
La vie veut qu'on ***s'oppose*** à elle.
Qu'on apprenne à la retourner en ***notre faveur***.
Elle veut qu'on prenne une ***hache*** pour ***fendre*** le ***bois***.
Elle veut qu'on prenne une ***masse*** pour ***casser*** le ***béton***.
Elle veut qu'on prenne une ***torche*** pour ***fondre*** le ***métal***
et ***l'acier*** jusqu'à ce qu'on puisse traverser et ***l'attraper***.
La vie veut qu'on ***attrape*** tout ce qui a été ***classé***,
rangé par ***ordre alphabétique***, par ***ordre chronologique***.
Elle veut qu'on les ***mélange***,
Qu'on les ***mixe***,
Qu'on les ***amalgame***.
La vie ne veut pas qu'on lui laisse ***dire*** que notre petit
frère est la ***seule*** chose qui doit passer en ***premier***.
La vie ne veut pas qu'on lui laisse ***dire*** que notre
carrière et nos ***études*** sont la ***seule*** chose qui doit
passer en ***deuxième***.
Et ***la vie*** ne veut ***absolument*** pas
Que ***je*** lui laisse ***dire***
Que cette ***fille*** que j'ai rencontrée
Cette fille ***courageuse, incroyable, forte et belle***
Dont je suis tombé ***fou*** amoureux
Devrait ***seulement*** passer en ***troisième***.
La vie ***sait***.
La vie essaie de me ***dire***
Que la ***fille*** que ***j'aime***
La fille dont je suis tombé
Fou amoureux…
Peut également avoir la ***première*** place.
Alors, je la ***lui*** donne.

Will repose le micro et saute de la scène. J'ai passé tant de temps à essayer de l'oublier, à me défaire de l'emprise qu'il a sur moi... Ça n'a pas marché. Ça n'a jamais marché.

Il me prend le visage entre les mains et essuie mes larmes avec ses pouces.

— Je t'aime, Lake. (Il sourit et pose son front contre le mien.) Tu mérites de passer en premier.

Le monde disparaît autour de nous ; le seul son que j'entends est celui des remparts que j'ai élevés autour de moi qui s'effondrent.

— Je t'aime aussi. Je t'aime tellement.

Quand il presse ses lèvres contre les miennes, je passe ses bras autour de son cou et lui rends son baiser. Bien sûr que je lui rends son baiser.

Épilogue

Mes parents m'ont appris à apprendre
De mes erreurs
Fais de ton mieux
Fais de ton mieux

THE AVETT BROTHERS, « When I Drink »

Je fais le tour du salon en enjambant les monticules de jouets pour ramasser les papiers cadeaux et les jeter.

— Vous avez aimé vos cadeaux ? je demande.

— Oui ! s'écrient Kel et Caulder à l'unisson.

Quand j'ai terminé, je referme le sac-poubelle à l'aide du ruban et vais le jeter dehors.

Pendant que je marche le long du trottoir, Will sort de chez lui et me rejoint en courant.

— Laisse-moi m'en occuper, mon cœur, dit-il en me prenant le sac des mains et en l'emmenant jusqu'à la benne à ordures.

Lorsqu'il revient vers moi, il me serre contre lui et enfouit son visage au creux de mon cou.

— Joyeux Noël, me souhaite-t-il.

— Joyeux Noël, je réponds.

C'est notre deuxième Noël ensemble. Le premier sans ma mère. Elle est décédée cette année, en septembre, presque un an jour pour jour après notre emménagement dans le Michigan. Ça a été difficile. Extrêmement difficile.

Quand un proche meurt, son souvenir devient douloureux. Ce n'est qu'après le cinquième stade du deuil qu'il cesse de vous faire souffrir et que son évocation se transforme en quelque chose de positif. Car on arrête de penser à la mort de cette personne pour se concentrer sur tous les instants merveilleux qui ont constitué sa vie.

Avoir Will à mes côtés m'a permis d'affronter cette épreuve plus sereinement. Après sa remise de diplôme, il s'est inscrit en master d'éducation. Il n'a pas accepté le poste au collège, finalement. Il a préféré continuer de vivre avec son prêt étudiant pendant un semestre, jusqu'à ce que je termine le lycée.

Will me prend la main et, ensemble, on retourne à la maison. Le nombre de jouets entassés sur le sol du salon est incroyable.

— Je reviens. Dernier aller-retour, dit Will en soulevant les cadeaux de Caulder et en se dirigeant vers la porte.

C'est la troisième fois qu'il fait la navette entre ici et chez lui. Il y transporte tous les nouveaux jouets de son frère.

— Tout ça ne peut pas être à toi, Kel, ce n'est pas possible ! je m'exclame en examinant la pièce. Ramasse-les et emmène-les dans la chambre d'amis. Il faut que je passe l'aspirateur.

Le sol porte les stigmates de l'ouverture des paquets. Après avoir tout nettoyé, j'enroule le fil de l'aspirateur et le range de nouveau dans le placard du couloir. Will réapparaît avec deux paquets entre les mains.

— Mince. Comment on a pu oublier ça ? je demande avant de rappeler les garçons.

— Ce n'est pas pour eux. C'est pour Kel et toi.

Il se dirige vers le canapé et nous fait signe de nous asseoir.

— Tu n'aurais pas dû, Will. Tu m'as déjà offert des places de concert, lui dis-je en m'installant.

Il nous tend les cadeaux avant de m'embrasser sur le front.

— Je n'y suis pour rien. Ils ne viennent pas de moi.

Il prend Caulder par la main, puis sort silencieusement avec lui. Je me tourne vers Kel, qui se contente de hausser les épaules.

On ouvre nos paquets en même temps et on y trouve une enveloppe. Sur la mienne est inscrit « Lake ». C'est l'écriture de ma mère. Les mains tremblantes, j'en extirpe un papier. Après avoir essuyé mes larmes, je déplie la lettre.

Mes bébés,

Joyeux Noël. Je suis désolée que ces lettres vous aient pris par surprise. J'ai encore tellement de choses à vous dire. Je sais que vous pensiez que vous en aviez terminé avec mes conseils, mais je ne pouvais pas partir sans coucher certaines choses sur papier. Cela ne vous concernera peut-être pas tout de suite, mais un jour, ils pourraient vous être utiles. Je n'ai pas pu rester à vos côtés pour toujours. J'espère que mes mots le seront.

— N'arrêtez pas de faire des basagnes. C'est bon. Choisissez un jour où il n'y aura pas de mauvaises nouvelles et préparez ces satanées basagnes.

— Trouvez un équilibre entre votre cœur et votre raison.

J'espère que tu y es arrivée, Lake, et que tu aideras Kel à le faire quand il en aura besoin.

— Repoussez vos limites. Elles sont là pour ça.

— J'ai volé le conseil suivant à ton groupe de musique préféré, Lake : « Souvenez-vous toujours qu'il n'y a rien de plus beau à partager que l'amour grâce auquel on partage notre nom. »

— Ne prenez pas la vie trop au sérieux. N'hésitez pas à la frapper quand elle en a besoin. Prenez-la à la rigolade.

— Riez de tout. Ne passez pas une journée sans rire.

— Ne jugez jamais les autres. Vous savez mieux que quiconque que des événements soudains peuvent influencer le comportement d'une personne. On ne sait jamais ce qui se passe dans la vie de quelqu'un.

— Remettez toujours tout en question. L'amour, la religion, les passions. Si vous ne vous posez pas de questions, vous ne trouverez jamais de réponses.

— Soyez tolérants. Pour tout. Les différences des gens, leurs similitudes, leurs choix, leur personnalité. Parfois, il faut de la variété pour que la collection soit complète. Ça marche aussi avec les êtres humains.

— Choisissez vos combats. Mais n'en choisissez pas trop.

— Gardez l'esprit ouvert ; c'est la seule façon d'y laisser entrer des choses.

— Et mon dernier conseil, mais pas des moindres, vraiment pas des moindres... N'ayez aucun regret.

Merci à vous deux de m'avoir offert les plus belles années de ma vie.

En particulier la dernière.

Je vous aime,

Maman.

Remerciements

Merci à Abigail Ehn de *Poetry Slam, Inc.* pour avoir répondu à mes questions à la vitesse de la lumière. À mes sœurs, Lin et Murphy, de partager à parts égales l'incroyable ADN de notre père. À ma mère, Vannoy, pour son amour de « mystery bob », et pour m'avoir encouragée à vivre de ma passion. À mon mari et mes enfants extraordinaires de ne pas s'être plaints de la lessive et de la vaisselle qui se sont accumulées pendant le mois que j'ai passé enfermée dans ma chambre. À Jessica Benson Sparks pour sa gentillesse et pour m'avoir aidée à réussir. Et pour finir, la dernière, mais pas la moindre… merci à mon coach de vie, Stephanie Cohen d'être aussi fantastiquement incroyable.

Composition
NORD COMPO

Achevé d'imprimer en Espagne
par BLACKPRINT CPI
le 31 juillet 2023

Dépôt légal : août 2023
EAN 9782290393017
OTP L21EDDN001268-600440

ÉDITIONS J'AI LU
82, rue Saint-Lazare, 75009 Paris

Diffusion France et étranger : Flammarion